小匠女開業中 1

風文創 1194

染青衣 著

目錄

序文

染青衣

我是個經常作夢的人，別人或許只有在睡眠不佳時才會作夢，而我恰巧相反，若有一晚沒作夢，反而會睡得不踏實。而這些或古怪離奇、或美妙的夢境，次日醒來鮮少還能記得清楚，除非情節著實令我動容歡喜，恰巧《小匠女開業中》就是其中一個。

讀完這本書的人或許能注意到，前十幾章的寫法有點像電影鏡頭拍攝的感覺，因為這就是我夢中所見過的畫面。寫作時，我也盡力還原腦海中見過的影像。

但夢境總是破碎、抽象的，想將此化為一個完整、精采的故事，必須賦予完整的框架和內容。寫《小匠女開業中》時，我的行文還很笨拙，好比女主角的設定，我並沒有運用太多技巧，大多是投射自己的想法，比如她的俠骨柔腸，她的豪爽堅韌，她的灑脫自由，都是我最喜歡的人物特質。

不僅是女主角，文中許多配角也是如此。比如雲大將軍，他的戲分不多，彷彿只活在主角以及其他配角口中，卻是最令人難忘以及遺憾的角色。有很多讀者希望他未真正死去，甚至希望我用文字讓他復活。但一個人物之所以動人，或許悲劇性也是原因之一。

關於男女主角，我不知道有多少少女曾在青春時期作過類似的夢，與最喜愛的明星邂逅，與幻想中的白馬王子相遇，至少我的夢裡出現過不少次。比起一見鍾情，我更喜歡日久生情，尤其是彼此倚仗，更令我動容。男女主角便是如此，起初互為依靠，到相攜相知，再到感情至深，並非一人單向付出，而是互相成就。

這次我也嘗試了從未寫過的戀愛類型，就是養成系。相信不少人看過類似題材的小說，即便題材不算新穎，仍舊是我為數不多的作品裡最令人感動的，因為它並不僅僅是養成系甜文，還包含家國情、俠義情，以及穿越帶來的觀念衝擊等，是我想藉此文表現的內容。

對於《小匠女開業中》的收尾，我仍有些許遺憾的地方，比如雲峰兄妹的過往，昌王與重芳之間的糾葛，很多讀者希望我能另開一文細敘這兩對之間的故事。雖然還未開始動筆，但以後若有機會，我一定會嘗試，還請大家拭目以待！

楔子

大漢惠寧十一年。

朝霞宮裡，一身穿鵝黃宮衣的宮女急匆匆地捧著一封密信入了內殿。

「娘娘，相爺來的密信，說是要您親啟。」

「爹爹的密信？」

身著華麗緋色宮裝的女子從軟榻上慵懶地伸出一隻手，宮女立刻恭敬地將密信送上。

女子打開密信，看了幾眼，迷濛的媚眼登時閃出一道精光，又重新看了一遍，隨後嘴角揚起一抹愉悅的笑。

「果然還是爹爹有法子。這下，我看雲家怎麼翻身。」

這時，又有一個宮女急匆匆走進來，臉上帶著藏不住的欣喜和討好。

「娘娘，何公公來傳話，今晚皇上還是宿在朝霞宮。」

方才送信的宮女聞言，立即奉承道：「恭喜娘娘，皇上一連一個月寵幸娘娘，看來長春宮那位是沒什麼戲了，後宮之首定非娘娘莫屬。」

然而，女子眼中並未因此生出欣喜，將密信交給宮女。

「妳小看了雲初霜的本事。當年皇上力排眾議納她為妃，對她的眷戀，怎麼可能一、兩日便散得乾淨？」
兩名宮女相視一眼，不知如何接話。
女子忽然勾唇，陰笑一聲。
「這世上最靠不得的，就是男人的眷戀。這麼多年，皇上早已不是當初那個皇上，雲家亦不是當年的雲家，爹爹已經想好計策，不久塞外便會傳來雲峰裡通外賊的消息。雲峰一死，雲家被抄，雲初霜還能如何？」
她說到這裡，抬起食指，掐住小几上的紅梅花苞撚了撚，指尖染上一片血色。
「妳們說，我該替雲初霜想個什麼罪名比較好？」
兩名宮女抬眼，只見女子半張臉龐隱藏在陰影裡，嘴角勾起一抹似魔似魅的弧度。
「淫亂後宮，混淆皇嗣，怎麼樣？」

大漢惠寧十一年一月十四日，大漢與昌國交戰之期，塞外傳來驚天噩耗，雲峰大將軍率三萬親兵被圍困於狼牙山，邊塞接連痛失十餘座城池。
同年一月二十一日，雲峰率軍投降，叛歸昌國，惠帝痛下軍令，派十萬大軍圍剿叛軍，終在二月十三日絞殺雲峰。昌國出派使團求和，同年三月初三，與大漢訂立盟約。
此時，宮中也發生劇變，雲峰被斬的消息傳來，寵冠後宮的雲貴妃被太監及宮女揭發淫亂後宮的醜行。當天晚上，一杯毒酒送進長春宮，不知為何卻引起一場大火，一代美人雲初霜香消玉殞，她所出的二皇子軒轅澈不知所蹤。

有人道，雲貴妃是畏罪自盡，二皇子恐怕身世有疑，已被惠帝暗自處以極刑。也有人道，雲家滿門忠烈，雲峰大將軍叛亂之事，怕是有內情。

然而，世人不知的是，這段史實，還有一個特別的人被捲入其中。

因為她的參與，大漢國往後數十年的歷史完全偏離了既定的軌道，也因此出現將大漢盛世推往另一個巔峰的帝王。

而這一切的開端，都要從一只特殊的按摩浴桶說起……

第一章

皇宮內廷，長春宮內殿。

霧氣氤氳的內室之中，一只不圓不方、造型古怪的浴桶被放在中央，一名身著鵝黃宮衣的宮女正費力地搖著浴桶後面的把手，不知道搖了多久，額上都沁出了細小的汗珠。

浴桶中是位豔絕天下的美人，青絲纏繞，肌膚如雪，只是年逾三十，眼角已生了幾道細紋，正是寵冠後宮的雲貴妃。

此刻，她靠坐在浴桶裡，許久後才閉著眼，發出一聲喟嘆。「真是不錯，這叫什麼？」即便只是輕聲一句，亦有嬌媚之姿。

正在搖把手的宮女彩芝立即恭敬回答。「回稟娘娘，這叫按摩浴桶，是奴婢從宮外聽說的新鮮玩意兒，特地請匠人做好送來的。每日這般泡一泡、按一按，去疲解乏最好不過。」

雲貴妃欣然點頭。「著實不錯，尤其是這桶裡設置的機關，真是絕妙。也是妳有心，這些事情，就妳想得周到。我倒不知該賞些什麼，妳可有什麼想要的？」

彩芝聞言，忙上前謝恩。「奴婢確實有一件事，需求娘娘的恩典。」

「哦？說來聽聽。」

長春宮後殿西院裡，說是西院，其實是長春宮中最偏僻的院子，宮內最無存在感的下等宮女住在這裡。

此時正是晌午，宮人們每天只有這個時辰能稍事歇息，所以要麼趕著回房補眠，要麼三五成群坐在廊簷下閒扯。

有個穿鵝黃宮衣的宮女急匆匆從院門口走進來，正是剛才服侍雲貴妃沐浴的彩芝。宮人的穿戴是極為考究的，光說衣服顏色，便象徵等級劃分。能著鵝黃宮衣，代表是在貴人身前服侍的紅人，是低等宮人們高不可攀的人物。

按理來說，這些下等宮女平日不是待在後殿打掃，就是洗衣服、倒糞水，莫說遇到二、三等的宮人，貴人身邊的大宮女更是高攀不起。但這些人瞧見來人之後，竟連絲毫訝異也無，甚至不等彩芝發話，便一致伸手指向柴房。

「彩芝姊姊，妳又是來找柳絮的吧？她在裡面。」

彩芝衝著宮女們笑了笑，寒暄一聲，急急往柴房方向走去。

宮女們繼續湊在一起閒聊。西院雖然偏僻，但比規矩森嚴的前殿和內殿自由多了。

「嘖嘖，妳說柳絮到底怎麼想的，有個在娘娘身邊混得這般好的同鄉，不想著攀一攀，每天窩在廢柴房裡，不知道在幹什麼。」一名年輕宮女酸溜溜地道。

在旁邊繡帕子的老嬤嬤聞言，忍不住笑了一聲。

「莫管她幹什麼，能讓彩芝這樣身分的人次次主動來找她，就不是個簡單人物。我在這宮裡見過多少宮人，從未看走眼。柳絮丫頭不會永遠窩在這裡，妳們且瞧著吧。」

彩芝走到廢柴房門口，伸手推開破舊的木門，果然看見一名青衣少女正毫無形象地坐在小凳上，鼓搗著面前半人高的大圓木桶，連秀麗小臉上都蹭了一道道的黑灰。

「柳絮，妳在幹什麼？」

名叫柳絮的青衣少女這才發現有人進來，後知後覺地起身，抬腿一踢，準備藏起木桶。

彩芝見狀，哭笑不得。「是我，彩芝。」

柳絮抬眼看，果然是她，舒了一口氣。「嚇我一跳，以為又是誰發現我偷懶。」

她說著，重新坐回小凳子上，繼續手上未完的事。「進來別忘了關門。」

彩芝莞爾。「好，聽妳的。」

把門關上之後，彩芝好奇地走到另一只木桶旁邊，見木桶上面居然是被封合的，底部還有塊凸出來的東西，好奇地摸了摸。

「這又是什麼新鮮玩意兒？」

柳絮抬頭看看她，伸手擺弄，便掀開了木桶上面嚴絲合縫的蓋子。

彩芝伸頭一看，見裡面的桶壁居然和外層分開，底下還有一條條細小的縫隙，不知道是用來幹什麼的。

「喏，洗衣桶，裡面放衣服放水放皂角，再用腳反覆踩。」柳絮伸腿往那塊凸起的木板上一踩，裡層便開始飛快旋轉。

「洗完一遍之後，還可以甩乾。撥一下這個木片開關，水會從這些細縫流出去。」

柳絮說完，撥了撥側面的小木片，悠悠嘆口氣。「可惜沒有電，怎麼弄都只能算半自動，還是費勁。」

縱然已經在這裡見識過不少稀奇古怪的玩意兒，彩芝也依然吃驚得說不出話來，好半晌才張口問道：「電……又是什麼？」

柳絮抬頭看著她，眨巴眨巴眼，果斷地岔開話。「妳來找我，有事嗎？」

彩芝這才發現自己被打岔，連忙笑著從袖子裡掏出一只沉甸甸的荷包。

「差點忘了告訴妳，娘娘答應提早放我出宮，這是我這幾個月的月銀，全給妳了。多虧了那個按摩浴桶，娘娘果然很喜歡。後日我便要離宮，往後怕是見不著妳，特地來告辭。」

柳絮聞言，彎了彎唇角，十分乾脆俐落地將銀子收下，放進袖囊中。雖是在明令禁止私下買賣的宮中，這種事情在她看來，依然再正常不過。

「恭喜妳了。」

彩芝笑著搖搖頭。「這次多虧了妳，否則娘娘不一定肯放我走。其實我也捨不得，只是喬哥已經等了我這麼多年，實在不能再等了。」

她想了想，又道：「對了，我歸家之後，可有什麼話要託我捎帶給妳叔嬸？」

柳絮愣怔一瞬，似是許久才反應過來她說的這兩人是誰，搖搖頭。

彩芝見狀，並不覺得奇怪。

「既然狠心將妳賣進宮，日後也不值得來往。妳剛進宮時，便大病一場，我還以為妳會……沒想到一覺醒來，腦子倒是活泛多了。以妳的本事，多存些銀子，將來出了宮，不愁沒地方待。」

柳絮聽到這話，表情竟有些不自然，半晌後才乾笑一聲。「後日什麼時辰走？我提前送妳。」

彩芝似乎也習慣了她跳脫的說話方式，莞爾道：「辰時前出發。不必送我，宮裡不方便，等日後妳出宮再聚吧。內殿還有事，我不多待了。西院這邊，我會交代認識的嬤嬤一聲，讓她儘量看顧著，若有什麼難事，妳便去尋她。」

「謝謝妳，彩芝。」

這句話，柳絮說得十分誠懇，沒想到她和彩芝只算有點同鄉之誼，彩芝出宮前仍能記掛著她。

「應該是我謝妳，這兩年如果不是因為有妳在背後幫我想的這些點子，我不可能爬到今天這個位置，存錢治好我爹的病。雖然我不明白妳為什麼甘心屈居在西院裡當個低等宮女，但若有需要我的地方，妳儘管說，我能幫的就盡全力幫。娘娘那邊還有事情交代我去做，我得趕緊走了，妳自己保重。」

彩芝說完，笑著拍了拍柳絮的手，轉身拉開門離去。

柳絮望著她的背影，又低頭看了看那個洗衣桶，彎腰將它拖出去。

在屋簷下閒話的低等宮女們，此時已經散得七七八八，只剩下老嬤嬤還坐在門口，看樣子也準備起身了。

柳絮看到她，便喊道：「崔嬤嬤慢著，我有東西要送給妳。」

崔嬤嬤瞧見她拖著的大木桶，手上拿著繡好的帕子走過來，忍不住笑出聲。

「妳弄個大木桶做什麼？」

幾個宮女遠遠站在屋簷下，伸頭看著，一副好奇卻又不願意靠近的樣子。

柳絮笑了笑，將蓋子掀開。

「這是洗衣桶，把衣服放進去，加水跟皂角，像這樣踩一踩便能洗衣服。洗完之後，撥下這個小閥門放掉水，再用腳踩一踩、甩一甩，就可以將衣服甩乾。」

宮女們聞言，更好奇地探頭去看，但柳絮啪的一聲蓋上了蓋子。

「崔嬤嬤，我見您洗衣服時腰疼得厲害，特地做給您的。」

「當真這麼好用？」崔嬤嬤打量著木桶，十分驚訝。「這些天，妳鑽進廢柴房裡，就是為了做這個？」

柳絮笑道：「您喜不喜歡？」

崔嬤嬤是西院裡的管事，為人忠厚慈和，對待宮女們就像對待自己的女兒一般，即便是她這種經常偷懶的另類也是一樣。平時她不受宮女們喜歡，只有崔嬤嬤願意關心她，所以十分親近崔嬤嬤。

崔嬤嬤笑得合不攏嘴。「喜歡，當然喜歡。妳的心思巧，手也巧，做的東西我都喜歡。正好，我這裡也有東西要給妳。」她說著，用手上的錦帕擦了擦柳絮臉上的黑灰，然後把錦帕遞到柳絮手裡。

「女兒家家縱然喜歡這些活計，也得注意一下。尤其是在這宮裡，見了貴人更要保持體面，知道嗎？」

柳絮看著手上的帕子，雖然只是一方小小的錦帕，但上面很用心地繡了一小截柳枝，看著很清爽可愛。

她怔了怔，半晌才揚起唇角。「我知道了，崔嬤嬤。」

「好了，別以為妳送東西討好我，我就當不知道妳又偷懶了一上午。恰好方才前殿差人過來，說是要人打掃，妳現在過去，別再開小差了知道嗎？」

這次，柳絮倒是很爽快地點頭。「我現在就去。」

出了西院，柳絮卻在中途繞路去了馬廄。

大漢皇宮廣闊，往各宮的大小通道又繁雜非常，所以每座宮內都設有馬廄，放置步輦和馬車、馬匹等代步工具，由低等宮人中的太監負責，供貴人出行使用。

柳絮並未進門，只站在門口，往馬廄裡瞥了一眼。

兩、三個小太監正在洗刷車馬，其中一個看似未及弱冠的小太監發現了她，神色似是有些慌張，連忙揪耳對旁邊的太監說一聲後，朝柳絮跑來。

「妳怎麼到這裡來了，不是說晚些再給妳答覆嗎？」

小太監神色躲閃，不住地打量四周，生怕被人看到他和柳絮在一起似的。

柳絮並未在乎他話裡明顯不歡迎的意思，伸手往袖子裡掏了掏，將剛才彩芝給她的那一荷包銀錠子放在他手上。

「比之前許諾的多了一倍多，足以讓你贖出妹妹。後日辰時，彩芝便要離宮，你沒有多少時間可以考慮了。」

常安的表情十分糾結，似乎心有顧忌，卻又緊緊抓著荷包不放。

柳絮看著他猶豫不決的樣子，無奈地嘆口氣，伸手將荷包收回來。

「你既如此害怕，我也不為難你，再想其他法子便是。」

「等等。」

常安忽然衝到她面前，低頭盯著她手上的荷包，那裡頭裝著他還在青樓被折磨得生不如死的妹妹的命。

「就算我答應妳，但出宮守備森嚴，馬車就這麼點大，妳能藏在哪裡？若被人發現是我讓妳藏在馬車裡逃出了宮……」

「不用擔心，只要今晚你能把裡面的人引開一個時辰，讓我進去，我便能想到法子。到時候，你要是不放心，可以先試試能不能找到我。若我的法子不行，你還有機會反悔。」

常安想了想，咬咬牙，伸手搶過荷包。「好，我答應妳，明天亥時在這道門等我。」

「好。」

常安不敢與她多談，柳絮也不多事，趁著沒人發現的時候轉身離開。

開春不久，宮內的花圃已然姹紫嫣紅，十分漂亮。

柳絮一邊賞花、一邊慢悠悠地走著，開始盤算出宮之後的生活要怎樣開始才好。

早在彩芝告訴她想要離宮時，她就安排好了。

嚮往自由的不只彩芝一個人，但宮內規定，宮女到了二十五歲才能放出宮。彩芝年方二十四歲，卻是雲貴妃跟前的紅人，才能獲得提前一年離宮的機會。

但她不同，她不到十六歲，又是低等宮人。想順利離宮，就必須想別的方法。

所以，她多方打聽，這才找上了常安。

常安負責看守馬廄，而根據大漢宮內的規矩，凡是宮女出宮，按照等級，待遇也有所不同。彩芝身為長春宮大宮女，可乘坐馬車從側門出宮，而她的機會就是藏在那輛馬車裡，悄無聲息地跟出去。

這些年，她在長春宮低調做人，存在感低得比雜草好不到哪裡去。只要能順利出宮，縱使宮裡有人發現她不見，那也是她逃出京城之後的事情了。

深宮內苑，一個低等宮女莫名其妙失蹤是再尋常不過，更大的可能是不了了之，權當她死了了事。

雖然這樣做免不了要欺騙彩芝，但這也是她僅能想到的、最妥貼的辦法。所以，她才想著離開之前做好洗衣桶送給崔嬤嬤，當作是離別禮物。畢竟這四年宮裡唯一關心她的人，只有崔嬤嬤。

想起這幾年的生活，柳絮走著走著，又忍不住嘆了口氣。遇到時空穿越這種玄幻至極的事也就算了，但她除了腦子，居然什麼都沒捎過來，還被迫占用一具屍體的身子。

想到這裡，她的腳步一滯，滿是雞皮疙瘩地晃晃頭。算了，還是不要繼續想這麼噁心的事情，反正這四年她跟正常人沒什麼兩樣，就當是重新投胎做人了。

打掃院子的差事不難，不到傍晚時分，她便向前殿的管事嬤嬤交差，回到西院。此時，西院裡沒什麼人，她便乘機重新打開了廢柴房的木門。

初來乍到時，原主病重，高燒三天不退，到了最後一夜，已然是進氣不如出氣多。宮女們怕她死在屋子裡，便將她抬到這裡。

沒想到，一夜過去，這具身子的原主香消玉殞，她卻撿到了鳩占鵲巢的機會，此後便經常躲在這廢柴房裡製作那些見不得人的小東西。如果真能順利離宮，她還是要靠這些老本行吃飯的。

她拐進廢柴房裡間，伸手撥開雜亂的腐木，又踢開牆角的幾塊地磚，底下埋著一只小黑陶罐。她舒了口氣，小心地將陶罐抱出來，卻沒發現身後有個人影跟著溜進來，不等她轉過身，便搶走她懷中的罐子。

「我就知道，妳整天在柴房裡瞎轉，定是在裡頭藏了什麼東西。柳絮，宮中不允許宮人私下做買賣，終於讓我逮到了妳藐視宮規的證據。這裡面是什麼？」

柳絮抬頭一看，對面的不是旁人，正是平日最喜歡找她麻煩的桃兒。

但她並未如桃兒意料中那般慌亂，反而不緊不慢地看桃兒一眼，無奈地嘆口氣。

「桃兒，我知道妳不怎麼喜歡我，但放過我娘吧，她老人家還是喜歡清靜點的。」

桃兒冷笑一聲。「別以為妳打諢，就能騙得了我。」

她說著，伸手去掀罐子上的封蓋，才剛揭開，便被灰塵嗆了一下。再睜眼去看，果然瞧見罐子裡有厚厚一層白灰，其中可見幾小截零星的骨頭。

「啊！」

她尖叫一聲，鬆了手，眼見罐子要往地上砸去，被柳絮及時伸手抱住。

「妳……妳……」

柳絮面無表情。「妳什麼？還有什麼想說的？還是妳真的想和我娘半夜談談天？」

桃兒膽戰心驚地看著她懷裡的罐子，側面貼著一張白紙，上無名姓，只有娘之一字，且字跡歪歪扭扭，形如蜈蚣，實在是難看。

「妳是故意嚇唬我的。妳等著，早晚有一天我會在崔嬤嬤面前揭穿妳的真面目。」桃兒說完，轉身慌張地逃出了門。

柳絮看著她像是被狗追似的背影，忍不住噗哧笑出聲，抱起罐子看了看，然後熟練地伸手進去摸索幾把，摸出一只小囊袋，裡面正是她辛苦存下的所有家當。

骨灰什麼的，不過是她從鍋灶裡扒出來的炭灰加吃剩的雞骨頭。她這具身體的親生爹娘是誰，連原主都不知道，更別說天天供著對方的骨灰過日子了。這一招，為的就是防桃兒這樣喜歡找碴，膽子又小的人。

她將銀兩跟銀票從囊袋裡倒出來數一數。

「三百七十二兩銀子，足夠出去當富婆了。」滿意地將錢重新收進囊袋裡，放入罐中埋好，抬腳抱出了門。

第二章

低等宮女的日常事務大多繁重，但低等宮女和低等宮女之間也存在著高低，好比在宮裡攀得上主子的，好比和某宮裡哪個有頭有臉的公公對食的桃兒，好比同鄉好姊妹在貴人身前受寵的柳絮。

遇到這樣的人，大多數的嬤嬤跟宮女都會放水，即便柳絮偷懶，也很少有人敢責怪，別的宮女再嫉妒，也得顧忌彩芝的面子。一旦遇到桃兒和柳絮起爭執，有些小心思、會算計的人，自然會善待柳絮多一些，畢竟彩芝的臉面是比桃兒那位小靠山要大一些。

久而久之，桃兒自然氣不過，找柳絮吵了幾回，但柳絮不是找藉口避開，就是乾脆不見人，所以桃兒更覺得是柳絮看不起她，不給她面子罷了。

桃兒屢次為難，柳絮自然明白是什麼原因，但她不想跟桃兒槓上，畢竟她沒打算在宮裡多待，不願在沒來得及離宮之前，就惹出了事，引起貴人們的注意。

更何況，她馬上就能隨著彩芝的車馬出宮，實在不想在這個節骨眼和桃兒起爭執。

然而，桃兒卻不是這麼想。

夜裡，柳絮抱著罐子回房，發現屋裡的人看她的眼神，似乎與平日有些不一樣。

低等宮女們沒有住單間的待遇，大都是四、五個人擠在一個房間裡，毫無隱私可言。巧的是，桃兒跟她住在同一間房，只是平日大家回來之後都累得不得了，即便想找碴，都沒力氣了。

但今日不同，因為她們剛得到消息，後日彩芝要離宮，也就是說，這屋裡即將有一個人跟著失寵。

桃兒得知消息之後，笑得最是暢快，幸災樂禍。

「宮人的命運確實不可捉摸，誰能想到前幾日還囂張跋扈的人，馬上就要落魄了？妳聽，我說的對不對？」

桃兒見柳絮進來，便佯裝和鄰床的小宮女說話，意有所指，嘲弄地斜瞥著柳絮。

柳絮抱著罐子，歪著頭，認真地想了想。她囂張跋扈過嗎？沒有吧？

她將罐子放在自己的被子上，鄰床的宮女看到那個明晃晃的「娘」字，有些膽怯。

「柳絮，妳抱著妳娘的骨灰罐進來做什麼？」

「哦，剛才有隻老鼠想掏我娘的骨灰，我怕我娘受驚，拿進來放一夜，過幾天就找地方安置好。」

桃兒聞言，臉色變得十分難看，差點忍不住站起來罵人。但她瞥了罐子一眼，終究還是避諱地憋回去，冷哼一聲，扭過頭，不再搭理柳絮。

一會兒後，等房裡的宮女們都睡著，角落的被子動了動，一個人影抱著罐子鑽出來，輕手輕腳地套上衣服，鬼鬼祟祟地打開房門，直奔柴房而去。

人影消失之後，本該熟睡的桃兒卻睜開了眼，看著被合上的房門，暗暗冷笑，跟著起身，穿衣服摸出門。

柳絮鑽進柴房，沒過一會兒，又揹著布包出來，桃兒趕緊上前堵住她的去路。

「終於讓我逮住了！我看妳這次怎麼狡辯？妳拿著這些東西，半夜三更幹什麼去？」

柳絮沒想到這個時候桃兒居然還盯著她，一時之間有些錯愕。

包裡的東西是她的吃飯傢伙，特地託人請宮外的能工巧匠造出來、天下獨一份的工具。明晚她便要跟著馬車一塊兒出宮，今晚便將能帶過去的東西藏好，省得明天出了變故。

但這身行頭顯然是有貓膩，她怎麼解釋？

桃兒見柳絮半晌不說話，更加肯定她不是做什麼正經事。

「好妳個柳絮，藏著肯定沒什麼好事。現在就跟我去見崔嬤嬤，今天我一定要讓她評評理！」

然而，不等她上前抓人，便聽身後傳來一道聲音。「這麼晚了，妳們在這裡做什麼？」

兩人一扭頭，發見崔嬤嬤站在廊簷上看著她們。

桃兒連忙跑過去告狀。「崔嬤嬤，我看到柳絮半夜揹著包袱出去，不知道要做什麼骯髒事，您一定要好好盤問盤問。」

崔嬤嬤抬眼看向對面揹著包袱、抱著罐子的柳絮。

柳絮不知如何開口，宮規明示，宵禁之後，不允許任何宮人出入各自的院子。平日崔嬤嬤負責管教西院的一干宮女，若是手下有人犯了宮規，被人看見，連崔嬤嬤都免不了被罰。

白日她才保證自己會聽話，到了晚上便出爾反爾，就算崔嬤嬤脾氣再好，大概也不會再縱容她了吧？

孰料崔嬤嬤只看了她一眼，便緊了緊身上披著的外衫，慢條斯理道：「這有什麼好盤問的，不過是我讓她出來替我修一修那個洗衣桶罷了。」

她說著，頗為嗔怪地瞪向柳絮。「說是好使的玩意兒，結果只用一個下午就壞了，實在誇大了些。」

柳絮腦筋一轉，立即反應過來，乾笑著解釋。「畢竟是頭一次製作，難免有些瑕疵。崔嬤嬤放心，今晚我定會將它修好。」

桃兒左右打量兩人，還是有些不相信。「若是修理東西，為何還要帶著妳娘的骨灰罐和包袱？」

柳絮嘆氣，將肩上的包袱解下，打開給她看，裡面果然都是些造型古怪的錘子、小鋸子之類的物事。

「這些都是修理時需要用到的工具。至於我娘的骨灰罐嘛……」

柳絮笑了笑。「當然是怕老鼠還惦記著。」

「妳！」桃兒憤怒地指著她。「柳絮，妳是成心和我過不去是不是？」

「到底是誰和誰過不去？要不是妳每天盯著，想抓我的馬腳，我又怎會跟妳槓上？這個時辰，好好睡妳的覺不好嗎？」

「我不信妳沒藏著什麼壞事，妳——」

「行了行了，大半夜的吵什麼吵？時辰不早了，各自做自己該做的事情，別再讓我瞧見有人出來閒逛。」

崔嬤嬤似是有些不耐煩，說完便轉身往自己的房間走去，臨走時還招呼柳絮一聲，讓她跟著一起進房。

桃兒站在原地看著兩人的背影，心中憤憤，但崔嬤嬤的話她又不得不信，只能不甘地跺了跺腳，便回房了。

另一邊，柳絮跟在崔嬤嬤後頭，心裡惴惴不安。

她不明白崔嬤嬤為什麼會幫她說謊，這四年崔嬤嬤對她稍有親近是不假，但她對宮女們的態度大多相同，兩人之間並無私下交情。

臨走時出現這種沒把握的情況，不知道是好事還是壞事？

崔嬤嬤伸手推開門，側過身道：「進來吧。」

柳絮緊了緊肩上的包袱，有些不自在地邁進去。

崔嬤嬤關門後，走到茶桌旁，緩緩坐下，伸手倒了兩杯熱茶，將其中一杯推給她。

「不用拘謹，坐。」

柳絮猶豫一下，將包袱隨手放在地上，再把骨灰罐放到旁邊的位置，坐了下來。

馬上就要到亥時了，她等不及跟崔嬤嬤慢吞吞耗著，便主動開口問：「崔嬤嬤，妳為什麼要……」

「為什麼要幫妳？」

崔嬤嬤放下手中的茶盞，抿唇一笑，不答反問。「馬廄那邊，可是安排妥了？」

柳絮心底一震，不可置信地抬頭看著如往日一般面容慈和的崔嬤嬤，半晌才找回自己的聲音。

「崔嬤嬤，妳知道我……」

崔嬤嬤笑了笑，眉目之間有種柳絮看不懂的滄桑。「我好歹也在宮裡待了幾十年，誰心思活絡不活絡，我還是辨得清的。」

怕不只是辨不辨得清的事，既然知道她和常安的計劃，眼線怕是也廣得可怕。

柳絮發現，她一直以來都小看了這位看起來沒什麼威脅的老婦。西院居然藏著一位大佬，而且她到現在才發現？

出宮前的最後一天晚上，她就要栽了？

見柳絮不說話，崔嬤嬤又笑了笑。

「妳不用怕我。我若要揭發妳，早些時日便可以揭發了，何必等到現在，更沒必要幫著妳避開桃兒，不是嗎？」

這話說得有道理，但是……

「嬤嬤，妳想讓我做什麼，直說吧。」既然崔嬤嬤知道她要幹什麼，卻還冒著大不韙的風險來幫她，說是沒有別的目的，她才不信。

崔嬤嬤頗為驚訝地看她一眼，忽然很愉悅地笑了幾聲，才緩緩道：「我就喜歡和聰明人講話。柳絮，我沒看錯妳。」站起身。「且等我一會兒。」

崔嬤嬤轉身走進內室，在裡面摸索一會兒，拿著一塊東西走出來，往柳絮面前一遞。

「不管妳想出宮做什麼，我只有一個要求，將這塊玉珮送到西關州碎葉城的夏飛將軍手上。」

柳絮接過玉珮，只覺入手溫潤，一看便知不是普通貨色，且方方正正的玉珮中央還雕刻著抽象的圖騰，像一隻展翅欲飛的鳥。

「這是……」

「夏飛將軍是我的故友，經年未見，早已失去聯繫，就當是捎句平安吧。我只需要妳做這件事，若是妳答應，我便當今晚沒見過妳。」

反之，她便是不給面子，自找死路嘍？

柳絮認命地將玉珮揣進懷裡，復而抬頭看崔嬤嬤。

「嬤嬤，既然您想見故人，為何不離宮呢？以您的身分，自請出宮，應該不是難事？」

崔嬤嬤走回凳子重新坐下，淡淡笑了笑，端起茶杯，輕抿一口。

「不是所有人都當這裡是牢籠。我還有未完成的心願，等事情做完，自然就離開了。」

這些話說得似有深意，但柳絮不想多問，抬頭看了看外面的天色，急忙起身。

「嬤嬤，時辰到了，我得先走了。這邊還請嬤嬤幫我看著，子時之前，我定會回來。」

崔嬤嬤淡淡點頭，見她快出了門，又道一句。「記住，那玉珮萬萬不可弄丟，或許它往後能保妳一條命，也未可知。」

「謝謝嬤嬤提醒，告辭。」柳絮說著，關上了門。

她不知道的是，從這一刻起，她出宮的所有計劃，將會被迫往另一個方向發展而去。

柳絮走後，崔嬤嬤放下手中茶盞，走進內室。

她在床邊的牆面上摸索幾下，嘎吱一聲，牆面居然挪開了道小門，裡面憑空多出一間小暗室，僅能容下一個人站立。

除此之外，暗室裡還放著一張木桌，桌上供著靈位，上書幾個大字——賢太皇太后之神位。

她供奉的，正是當朝已故的太皇太后。

賢太皇太后的功績，大漢國可是無人不知，無人不曉。十四歲入宮為后，十八歲喪夫，她一手穩固朝堂、一手教養先朝順康皇帝，本是一代女流，卻生生帶大漢王朝撐過了最艱難的十幾年。

其子順康皇帝雖無其母風範，但在位數十年間，也算是政績穩固。

只是，賢太皇太后並未看到這一天，在順康皇帝親政不久，她便因病離世。如今還能記得那段歷史的宮中老人所剩無幾，崔嬤嬤便是其中一個。

平日，她的寢房並不禁止宮人走動，沒事時還會邀幾個小宮女來喝茶閒聊，但誰也不知道，這巴掌大的地方，竟然還藏著一間小暗室。

更無人知曉，一個小小的西院管事老嬤嬤，居然是曾經叱吒風雲的賢太皇太后身前的大宮女崔梨花。

供香燃起，青煙裊裊而上，崔嬤嬤敬重地朝著靈位拜了拜，再將供香插在香爐裡。

「今日辰時收到消息，蕭氏父女動手了。太后，雲家滿門忠烈，老奴不忍見雲家後繼無人，二皇子是老奴看著長大的，小小年紀便智謀無雙，心性過人，老奴願意拚死保他一命。

「至於柳絮這丫頭……若不是她，老奴怕也尋路無門，只能將鳳令交給她賭一賭。

「太后，老奴是否賭對了？」

然而，青煙冉冉，無人回答她的問題。

崔嬤嬤深深嘆了口氣，看向門外。此番籌謀，希望不是白費心一場。

與此同時，柳絮已經到了馬廄。

她揹著包袱、抱著罐子，小心翼翼地四處張望，見沒有什麼可疑情況，才輕敲了敲門。

不久後，門縫裡傳來一道同樣小心翼翼的聲音。「可是柳絮？」

「廢話，我的聲音還認不出來？快開門。」

門被打開一條縫，柳絮立即鑽了進去，卻聞到一股濃烈的酒味。

「我請他們喝酒，現在全醉了，一時半刻不會醒來。妳動作快些，最多一個時辰便要離開，不然被他們酒醒起夜看見，就麻煩了。」常安擔心道。

柳絮衝他笑了笑。「一個時辰夠了，不過動靜會大一些。你先穩住他們，別讓他們靠近馬廄。」

她說著，絲毫不耽誤，立即往馬廄走去。

常安一聽，居然還要他看著那兩個鬧騰的人，心裡雖然不太情願，但錢都收了，此時反悔也來不及。

另一邊，柳絮對著馬車轉了好幾圈，思慮無果。

這是再普通不過的馬車，由一馬拉動，車廂裡只有三張長條矮榻，唯一能藏人的地方，只有矮榻下面的儲物位置，但這太容易被發現了，幾乎一查就知道。

其次，只能像武俠電影裡那般藏在馬車底部，但是她沒有那麼好的體力。而且如常安所說，宮門關卡盤查嚴格，車底也不容錯漏，這方法完全行不通。

就這麼小的地方，能藏在哪兒呢？

她摸著下巴想了想，目光不經意地朝馬車底托瞥了一眼，忽而想到一個主意。

常安在屋裡，一邊要防著被灌醉的人突然酒醒、一邊還要防著柳絮製造出的動靜會不會將外面的人引過來。

從剛才起，他便聽見馬廄裡傳來乒乒乓乓的動靜，不知道那位姑奶奶到底是藏馬車，還是拆馬車，又不敢放著眼前的醉鬼不管。

隨著外面的動靜越來越大，被灌醉的人似要被吵醒了，常安再也坐不住，跑了出去。

然而，跑到馬廄裡，常安卻沒看見柳絮。轉了一圈，依然沒找到她。

這可糟了，莫不是出了什麼意外？

他連忙鑽進馬車，仔細翻了翻三個榻櫃，仍舊不見柳絮的身影。越找越著急，急忙下了馬車，打算去外面找找。

然而，他跳下車後，身後的車廂裡傳來一道愉悅笑聲，一個纖細的身影跟著跳下馬車。

「怎樣？連你也找不到我，這下你還不放心？」

常安看看她，又看看她身後的馬車，難以置信。「不可能，妳是怎麼藏的？」

他已經翻遍了能藏人的地方，不可能找不到人，尤其這輛還是他最熟悉的馬車。

「別管我怎麼藏。後日辰時之前，你是否能放我進來？」

常安猶豫了下，點頭道：「可以。他倆睡得熟，凌晨卯時之前，還是這道門，我放妳進來。可妳出宮之後，這輛車……」

「你放心，出宮之後，我會想辦法毀掉這輛馬車，這樣宮裡的人找不到證據，縱然查到你這裡，也毫無辦法。你只需要保守秘密，便會沒事。」

「好，我就再信妳一回。」

第三章

柳絮從馬廄出來時，已經快過亥時。

她將包袱跟家當全藏在馬車裡，明日晚上隻身過來，等待出宮便可。

想到出宮後的自由生活，柳絮頓時覺得身心暢快至極。

孰料，她剛溜出馬廄不久，便迎面撞上人。

「妳是何人？為何深夜還在外閒晃？」

柳絮捂著被撞疼的胳膊，藉著月光抬頭一看，居然是個小少年，不過十一、二歲，分辨不清料子的衣衫，臉上還帶著些嬰兒肥。

尤其是那一對鳳眼，煞是好看，在月光下泛著一片瑩潤的光。

長春宮裡有這麼小的太監？看起來怪可愛的。

柳絮放下心，好笑道：「你又是哪個宮裡出來的小太監？這麼晚了還溜出來玩，不怕被抓住？」

少年的目光閃了閃，神色有些怪異。「妳以為我是……」

他的話說到一半，卻又住了口，打量柳絮一眼，道：「那妳又是出來幹什麼的？」

「我啊……」柳絮見他默認太監的身分，起了逗弄的心思，指指天上的月亮。「我是出來抓月光仙子的。拇指大、長翅膀的小人兒，你見過嗎？」

少年老老實實地搖搖頭。「世上哪有拇指這麼大的小人？」

見這孩子一本正經問問題的樣子，柳絮忍不住噗哧笑了一聲。

「沒見過，不代表不存在哦。大千世界，你沒見過的東西可多了去，千里傳音機見過嗎？不用馬拉就能跑的車見過沒？」

少年仍舊老老實實地搖頭。

柳絮被他的表情逗得哈哈大笑，笑夠了，從懷裡摸出半個巴掌大的東西遞到他手上。

「小弟弟，今天能遇到你很開心，不過以後我們或許再也見不到了。只要你別將今晚遇到我的事情說出去，這個小玩意兒就送給你。」

少年翻了翻手上四四方方的木塊，只見每一面都被分成九個小方格，上面還雕刻著他看不懂的符號。

「這是什麼？」

柳絮笑著將木塊拿到手上，飛快轉了轉，那些混亂的符號居然被分開來，接著每一面都整齊地排列著相同的符號。

「這叫魔方，玩法很簡單，就是將相同的符號轉到一起。」

柳絮說著，又將魔方上的阿拉伯數字打亂，還給少年。

「收了我的東西，就要遵守諾言喔，今晚就當沒看見過我，知道嗎？你也盡快回你自己的院子，被人抓到就不好了。」

她說完，摸了摸少年的頭，便往岔路口跑去。

馬上就到子時，她得盡快回去，不然再被多事的桃兒發現可麻煩了。

看著柳絮的背影消失在拐角處，少年才拿起那個叫魔方的小東西，看了看，又轉了轉。他來時的方向忽然響起一片腳步聲，幾個提著宮燈的太監看見他的身影，立即焦急地跑過來。帶頭的人是個位分稍高的老太監，見到少年便叫了起來。

「二殿下，您可叫老奴一陣好找。這麼晚了，您自己跑出來幹什麼？還穿得這般單薄，萬一染上風寒，怎生是好？」

老太監說著，將手上的狐皮披風披在少年身上，少年卻只看著手上的魔方，不知在思索什麼。

「這是從哪裡弄來的木頭疙瘩？仔細別傷了您的手。」

少年道：「我哪裡這般嬌貴了。這東西叫魔方，是件奇物。」想了想，又問老太監。

「你可曾聽說過拇指大、長翅膀的小人兒仙子？」

老太監愣了愣，搖搖頭。「老奴未曾聽說。」

「那聽過千里傳音機嗎？」

「未曾。」

「不用馬拉，就能跑的車呢？」

老太監被問得一愣一愣，半晌才嘆口氣，笑道：「二殿下是從哪裡聽到這些稀奇古怪的東西？老奴聞所未聞，見所未見。若真有不用馬拉就能跑的車子，老奴定會立刻找來給您和娘娘瞧一瞧。」

少年的目光閃了閃，半晌後吩咐。「明日去尋個人……」看了看手上的魔方，又道：「算了，回去吧。」

不遠處，又有個小太監匆匆忙忙跑來，老太監擔心他衝撞少年，上前一步攔住他。

「何事慌慌張張的？」

小太監喘了口氣。「二殿下，方才朝上傳來消息，說是邊關告急，接連痛失十餘座城池，雲大將軍……雲大將軍……」

「雲大將軍怎麼了，快說！」

小太監撲通跪下，顫顫巍巍道：「雲大將軍與旗下三萬大軍於十日前被圍困於狼牙山，如今已投敵國，跟著反了。」

「你說什麼?!」

少年捏著魔方的手指緊了緊，顧不得肩上還未繫好的披風，便往內殿的方向狂奔而去。

「二殿下！二殿下！」

老太監立即撿起地上的披風，帶著人急追過去，卻不見了少年的影子。

長春宮內殿，隨著一道響亮的巴掌聲落下，一疊信紙被砸在地上。

「賤婦，這些年朕可曾虧待過妳半分？妳竟敢背著我做出這種下作事！若不是嵐兒戳穿了妳的真面目，妳還想騙我多久?!」

雲貴妃趴在地上，目光所及之處，便是散落一地的「罪證」，面上無驚無怒，只有一片心如死水的悲涼，半晌才輕輕抬眼，看著眼前這個曾為了見她一面，不惜翻牆爬窗的男人，冷笑一聲。

「縱使是死囚，也有權要求查明真相。皇上現在便急著往妾身頭上扣帽子，是不是太心急了些？」

她臉上譏嘲的神情刺痛了惠帝軒轅敬的眼，反而更讓他怒火橫生。

「呵，朕最信任的臣子叛了國，最寵愛的女人也背叛朕，你們雲家兄妹真是好樣的。」

惠帝一揚袖袍轉身，臉上盡是陰沈和森冷。

「從今日開始，長春宮內外，不許任何人出入。等這件事查清，長春宮內不該留的，一個不留！」

他走至殿門前，卻被一道小小的身影擋住。

二皇子軒轅澈向惠帝重重跪下。「父皇，舅舅一世忠良，絕無叛國之心。此事定有內情，還請父皇明察！」

軒轅敬看著他，瞇了瞇眼，冷笑道：「父皇？這一聲父皇，朕可擔待不起。讓開！」

小小的身影仍舊倔強地挺直著，惠帝毫不留情，伸腿便是狠狠一腳。

「澈兒！」

雲貴妃飛撲過來，心疼地抱住軒轅澈，見他嘴角流下鮮血，呼吸狠狠一窒，抬頭怨恨地看著惠帝。

「你怎能如此狠心？他可是你的親生兒子！」

「親生？」惠帝冷笑。「他是不是朕的皇嗣，還待查明。就算是，他有這樣一個不知廉恥的母親，將來也必定是塊反骨，朕怎能留他？」

「你要弒子？」雲貴妃不可置信地看著他。

她懷中的少年聞言，眼底閃過一絲受傷，卻伸出手摟了摟她的肩膀。「母妃莫怕，清者自清……」

「好，好，母妃不說了，母妃帶你進去歇息。」

雲貴妃攬著軒轅澈，費力地往內殿走去，不再理會這個已然不復當年的男人。

惠帝見她無視他的臉色，神情更是陰沈，一個甩袖離開了長春宮。

片刻後，彩芝帶著兩名宮女，與兩列禁衛在長春宮門口對峙著，但這些以往對她們極為客氣的禁衛們，此時卻強硬非常。

「皇上有旨，長春宮內的任何人，都不得踏出宮門一步，若有違抗者，我等可先斬後奏。奉勸爾等還是老實退下，不然我們就不客氣了。」

「放肆！我是為二殿下去請太醫，你們膽敢攔我？」

「彩芝姊姊，我們還是先回去稟告娘娘再說吧。」另外兩名宮女有些怯怯道。

彩芝憤怒地看禁衛一眼，帶著她們回內殿。

到了門口，彩芝頓住腳步，對兩名宮女道：「妳們去尋兩個能治傷的嬤嬤過來，莫要耽誤，快去。」

「是。」

兩人應下，立即轉身離開，彩芝才進了內殿。

雲貴妃靠坐在床邊，看著雙目緊閉的軒轅澈，臉上滿是憂心和急切，連平日最喜打理的髮髻亂了，也絲毫不在意。

彩芝向她行了禮。「娘娘……」

「出不去也不奇怪，我並不怪妳。他竟調了禁衛軍看守長春宮，看來已是狠心絕情。」

雲貴妃似乎知道了宮門前的爭執，伸手輕觸軒轅澈的額頭，語氣是說不出的平淡。

「我早該猜到會有這一天。他容不得大漢有戰神存在，哥哥是他心頭的一根毒刺，如今有人乘機替他拔掉，他高興還來不及，又怎會顧念舊情？」

彩芝聞言，心中戚戚。她跟在雲貴妃身邊多年，見慣了她深受榮寵時的模樣，如今見她這般，心裡自然不好受。

「娘娘，我讓人去找宮內懂醫術的嬤嬤過來。二殿下不會有事的，請娘娘放寬心。」

雲貴妃搖搖頭。「如何寬心？我擔心的，怎會只有這件事……」

這時候，幾個人進了內殿，正是剛才被派出去的宮女，但兩人卻只帶來一個低等嬤嬤。

彩芝皺了皺眉。「怎麼不去請其他嬤嬤？」

兩個宮女聞言，立即回答。「這嬤嬤說，她對醫術頗有研究，且似乎早已知曉二殿下受傷，求我們帶她來的，還說她有計策要獻給娘娘。」

雲貴妃聞言，抬頭打量眼前的嬤嬤，見她雖著一身低等宮人的宮衣，但眉目沈靜舒展，絲毫未有見到貴人的膽小怯懦，氣勢和她這名貴妃相比，也不遑多讓。

「妳是……」

嬤嬤上前一步，行禮道：「若娘娘相信老奴，請讓老奴替二殿下看看傷勢。」

「放肆！」

彩芝正要上前阻攔，卻聽雲貴妃道：「彩芝，讓她過來。」

彩芝掃了嬤嬤一眼，順從地退下。

嬤嬤目不斜視地走到床邊，見床上的少年面色蒼白、雙目緊閉，伸手去探了探他的手腕，半晌後才收回手。

「二殿下無事，看似嚴重，實則只是五臟六腑受了震動，血氣紊亂，休養一些時日便好。可有紙筆？」

雲貴妃對彩芝使眼色，彩芝會意，取來紙筆遞給嬤嬤。

嬤嬤在紙上畫了數筆，將紙筆還給彩芝。

「這是老奴在後殿花圃種下的藥草，待會兒派人採些過來熬成湯，餵二殿下服下。」

彩芝看看雲貴妃，見她點頭，便將紙交給另外兩個宮女，讓她們去採藥。

不久，兩人端著一碗藥湯進來，雲貴妃接過，扶起軒轅澈，餵入他嘴裡。過了一會兒，他臉上的氣色便好了許多。

「果然有用，皇兒能無事就好。」雲貴妃欣喜道。

嬤嬤卻搖了搖頭。

「娘娘，當務之急，怕不只是治傷。往後如何打算，您可考慮清楚了？如今皇上不顧舊情，已然派禁衛軍看守雲家，雲家被抄是早晚的事。宮裡，蕭妃如何肯放過您，如何肯放過二殿下？這些，您當如何？」

雲貴妃聞言，神色一變，立即起身。「妳怎麼知道這些事？妳到底是誰?!」

嬤嬤嘆道：「娘娘莫管老奴的身分。如今您能信任之人極少，若是肯信老奴，老奴還有一法可行。」

雲貴妃複雜地看著嬤嬤許久，最終伸手對宮人揮了揮手。「你們都下去。」

「這位不必退下，此計策缺她不可。這些事情，也不必瞞著她。」嬤嬤說著，望向正準備和其他宮人一同退下的彩芝。

彩芝抬眼，納悶地打量嬤嬤，這才發現她似乎有些面熟，忽然想起，這不是西院的管事崔嬤嬤嗎？

「嬤嬤有什麼計策？」

崔嬤嬤看了看床上的軒轅澈，轉身對雲貴妃鄭重行禮。

「娘娘，老奴斗膽獻策，但此計只能保住二殿下。娘娘的生死，老奴實在無可轉圜。」

「妳胡說什麼?!」

彩芝聞言，便要上去理論，卻被雲貴妃伸手攔住。「讓她繼續說。」

崔嬤嬤道：「皇上鐵了心要拔除雲家，如今蕭妃趁亂栽贓，要置娘娘和二殿下於死地。但皇上只派禁衛軍看守長春宮，遲遲未下旨，看來還是多少顧念著舊情，所以娘娘只需向皇上提一個要求便可。」

「什麼要求？」

「求皇上放過長春宮內所有宮人一命。」

彩芝聽了，臉色氣得通紅。「大膽！妳居然為了自己活命，讓娘娘替妳求情？」

崔嬤嬤再次向雲貴妃深深行禮。「娘娘，老奴此計可不可行，全在娘娘選擇。若是皇上答應這個要求，彩芝便可離宮，屆時就是二殿下逃走的機會。」

彩芝雙目赤紅，撲通一聲跪下。

「娘娘，奴婢自請出宮，確實是有私心，但若讓奴婢棄娘娘於不顧，奴婢做不到。況且宮門盤查嚴密，若是奴婢無能讓二殿下逃出生天，奴婢萬死難辭其咎！」

雲貴妃半晌不語，望著窗外春景，一隻鳥兒正停在窗沿，嘰嘰喳喳跳了跳，便展翅朝宮牆外飛去。

「天高海闊，任我兒遨遊，如此甚好。」

她笑了笑，轉身摸摸軒轅澈的側臉，語似呢喃。「澈兒，母妃怕是不能陪著你了。往後的日子，你得自己珍重，知道嗎？」

一滴淚在軒轅澈臉上滑落，似是有所覺般動了動手指，但隨即又陷入了昏睡。

御書房裡，一道明黃身影正伏案而坐，手上執一份奏摺。

惠帝神色煩躁，才看了幾行字，便將奏摺丟在案上。

「來人！」

一個老太監走進來，正是惠帝的近侍何公公。

「皇上，可是想要歇息了？」

惠帝擺了擺手。「長春宮那邊，可有消息傳來？」

何公公搖頭。「未曾。不如老奴遣人去問問？」

「罷了。」

惠帝起身，準備往後殿的寢房走去，殿外傳來小太監通報的聲音，他耳尖地聽到了「長春宮」三個字。

「讓他進來。」

何公公朝外面喊道：「進來回話。」

小太監低頭謹慎地走進來，稟報道：「啟稟皇上，長春宮的雲貴妃求見皇上一面。」

惠帝聞言，眼中露出一絲快慰，隨即又面無表情，出聲吩咐。「擺駕長春宮。」

第四章

惠帝帶著宮人，到了長春宮宮門口，兩列禁衛下跪行禮。

他隨意地揮了揮手，直接進去。

內殿裡，一個宮人也無，唯有雲貴妃靜立於中央，似是在此恭候他多時。

惠帝抿了抿唇。「妳要見我？」

雲貴妃未抬眼看他，聞言後雙膝落地，衝著他行了個大禮。

「皇上，妾身自知再多辯解也是無用，這麼多年，妾身對皇上之心，皇上不願信任；哥哥對皇上忠心耿耿，皇上也不相信。這些，妾身無話可說，只有一件事，請皇上成全。」

「事到如今，妳還想替他說話？」

惠帝心中怒火洶湧，瞪著她看似臣服，實則指責的樣子，冷笑幾聲。但見她髮髻散亂，目光又不可控制地閃了閃。

「好，妳且說說妳的請求。」

雲貴妃頭上的鳳釵動了動，那張不復韶華的容顏微微抬起，眼底露出惠帝看不懂的光。

「皇上，妾身自願作為人質，前往邊塞勸阻哥哥，希望皇上能放過長春宮的一干宮人，他們是無辜……」

她的話還未說完，下巴便被一隻大手掐住，惠帝面色陰冷至極。

「妳倒是打的好主意，讓妳去邊塞見雲峰，好成全你們是不是？」

雲貴妃愣了一下，又驚又痛地看著惠帝。「你竟以為我和哥哥……」

「哥哥？」惠帝冷笑一聲。「妳不過是雲家的養女而已，這些年妳嘴裡念的是他，心裡念的也是他，連澈兒張口閉口都是他的戰神舅舅，你們將朕置於何地？雲初霜，妳當朕會由著妳為所欲為？」

他一個甩手，雲貴妃髮上那支本就搖搖欲墜的鳳釵哐噹一聲砸落在地。

雲貴妃低頭沈默，許久才發出一聲輕笑，只是那笑裡帶著說不出的淒切。

「我竟不知道，皇上一直都是如此想我的。」她抬起頭，望向惠帝。「皇上可曾記得，當初在雲府對我承諾過什麼？」

惠帝的目光閃了閃。

他怎會不記得？他許諾過她一生一世一雙人，但如今他身分和責任早已不似當年，他給了後宮女人最尊貴的位置還不夠？甚至空了這麼多年的后位，也是為了她。

雲貴妃輕輕勾了勾嘴角，又道：「澈兒年幼時便濡慕他的父皇，但他的父皇卻不只他一個兒子。這麼多年，皇上來看過澈兒幾次？三皇子且能嬉鬧時叫皇上一聲爹爹，但澈兒呢？皇上可盡到身為父親的責任？」

「妳若有嵐兒半分會做人，而不是事事與我針鋒相對，我又怎會冷落你們母子？」

惠帝走至雲貴妃身前，狠狠抓住她的胳膊。「雲初霜，說到底，妳還是記著朕的不是，怪朕無法給妳想要的，所以才轉投向雲峰，是不是？」

他冷笑一聲，又道：「可惜，他回不來了。朕調了十萬大軍，即日出發討伐叛軍，他的人頭一定會立刻送回朕的手上。而雲家的人，朕一個都不會留！」

見雲貴妃面色灰敗，惠帝才放開她。

「至於妳剛才的請求，就當是朕高興，准了。等朕處理完雲家，再來收拾妳。」

惠帝說完，一甩袍袖離開了長春宮。

殿門外，崔嬤嬤和彩芝見皇駕離遠，才抬腿進去。

彩芝見雲貴妃跌坐在地，連忙跑過去扶起她。

「他答應了。」

崔嬤嬤見雲貴妃臉色難看，嘆了口氣。「娘娘，苦多傷身，何不看開一些？若是二殿下能活著離宮，將來羽翼豐滿後，未必沒有回宮的機會。」

「不，不要回來。」雲貴妃麻木地看著富麗堂皇卻冰冷的殿門。「永遠都不要回來，更不要坐那個位置。我只要他像普通人一般活著，活著便好。」

崔嬤嬤沈默片刻，又道：「如今第一步算是走穩妥了，但宮門有重兵把守，娘娘可有好的辦法避一避？」

雲貴妃起身，撿起地上那根鳳釵，放在手心裡撫了撫，語氣是說不出的輕，且帶著一絲無畏與決絕。

「你們只管去做，屆時本宮自有辦法。」

大漢惠寧十一年一月二十五，雲峰率三萬親兵謀亂的消息傳入京城。舉國譁然，有人唏噓，有人不信，卻無人敢為雲家說上一句話。唯有朝上幾個頗有骨氣的雲峰舊將上奏，請惠帝明查，卻被惠帝立即駁回，並下旨言明，若有替叛黨求情者，與叛黨同罪，幾個舊將也被打入天牢以儆效尤。

自此，朝中上下再也無人敢上奏。

雲家滿門被抄，誅連九族，長春宮於當日封禁，不允許任何人出入。同日下午申時，宮內又傳令，長春宮的宮人解禁，兩列禁衛軍從長春宮門移守至內殿。

眾人只當是雲貴妃受兄長牽累，往後也許不復榮寵，但畢竟膝下有皇嗣，至少不會和雲家人落得同樣下場。

一大早起來，柳絮才知道這些消息，還以為自己倒了大楣，剛準備逃走就遇到宮禁。聽到雲家滿門被抄，心裡難受起來。

前世她生長在重視和平與人權的世界，始終覺得自己跟古代格格不入，但人微言輕，除了報以同情之外，也無法做什麼。這種隨波逐流又無能為力的感覺，很不好受。

不過，這更加堅定了她要離宮的決心。

宮人禁令一解除，她立刻去馬廄問常安，出宮的計劃是否能順利進行？

常安也十分擔憂，現在情況不同，長春宮宮人禁令解除，但彩芝是雲貴妃的大宮女，不知宮裡會不會放她離開。

兩人正焦急時，外面有人來傳信，說彩芝明早辰時出宮，讓馬廄準備好，明日辰時之前去內殿後門接人。

「如此甚好，今晚按照原計劃，千萬莫要讓人看見。」

柳絮點頭。「放心，我比你更焦急，晚上再見。」說完便悄悄離開了馬廄。

如今，長春宮內人人自危，只關心自己的死活，沒人在意旁人的動靜。

柳絮回到西院，她沒多少可以收拾帶走的東西，唯一重要的銀子和吃飯傢伙也提前被放進馬車裡，現在只需要等到和常安約定的時辰，溜去馬廄就萬事大吉了。

終於到了晚上，確認同屋的宮女們都睡熟之後，她立即悄悄換上衣服偷溜出門，正準備出西院的大門時，胳膊被人一拽。

她回頭一看，居然是崔嬤嬤。

「崔嬤嬤，您可是還有事情要交代？」她的把柄被握在對方手裡，對方再提多少要求，她也只能答應。

崔嬤嬤的神色不似往常，頗為嚴肅地盯著她許久，最終只問了一句——

「若是今夜遇到有人被截殺，妳有辦法救人，當如何做？」

柳絮覺得莫名其妙，以為崔嬤嬤在開玩笑，但表情不像。難道是怕她吞了那價值不菲的玉珮，故意出題考驗她的？

她認真想了想，最終給了真實的回答。

「嬤嬤，我不想騙妳，如果對方與我毫無關係，我當然不願意蹚這趟渾水。但我也有良心，妳說的計，若我有十足把握，便不會坐視不理。」

崔嬤嬤凝視柳絮半晌，忽然放開她的胳膊，臉上重新浮現笑容。

「妳很誠實，也夠聰明。」

崔嬤嬤語氣一轉，神色有些意味深長。「要是這場截殺，也會多少牽連妳呢？」

「崔嬤嬤，我怎麼覺得，妳似乎有事情瞞著我？」又是截殺、又是救人的，為何這麼不對勁？

崔嬤嬤聞言，輕笑了一聲。

「莫要多想，隨便問問罷了。此去我們再無相見的機會，嬤嬤也沒什麼東西可贈與妳。不過，等妳見到了夏飛將軍，若有什麼需要的，盡可向他提。」

柳絮想了想，有些遲疑地問：「銀子也行？」

「當然。」

「那敢情好。」

柳絮滿心歡喜，忍不住伸手抱了抱崔嬤嬤的肩膀。

「這四年來，您對我的好，我都記在心裡。若是將來有緣再見……不，將來若是您完成心願，願意出宮，我定會奉養您終老。」

她說著，掏出袖裡的帕子。「這條帕子，我也會留著的。崔嬤嬤，謝謝您。」

崔嬤嬤似是被她這奇怪的動作驚得愣住，但隨即又順著拍了拍她的背。「好了，時辰不早了，別讓旁人看見。」

「好，嬤嬤保重。」

柳絮衝崔嬤嬤笑了笑，將手上的帕子重新收回袖子裡，轉身邁出院門。

崔嬤嬤望著她的背影，合上門前，忍不住嘆氣。

「希望經過今夜之後，妳不會怨我。」

確認門關好之後，崔嬤嬤轉過身，卻見身後不遠處有個人影，正愣愣地看著她。

桃兒不可置信，半晌後才出了聲。「崔嬤嬤，您竟然幫著柳絮逃走？您……」

「我如何？」

「您……」

桃兒見崔嬤嬤面上未見一絲慌張，反而往她逼近了幾步，立即轉身想逃，然而剛跑沒幾步，頓覺後心口一疼，低頭看去，胸口處的衣襟瞬間染出一朵血花，身體如同破布一般倒在地上。

崔嬤嬤伸出的手飛快一收，纏在手上的絲線從桃兒胸口扯出一根細針，走近屍體，嘆了一聲。

「黃泉路上好走。要怪，只能怪妳自己太過多事。」

她說完，搖了搖頭，望向內殿。

「今夜之後的皇宮內院，怕是蕭妃一人獨大了。」

柳絮溜出西院之後，便直接奔向馬廄，衝著大門咚咚咚敲三聲。

大門打開一條縫，常安探出了頭。「妳怎麼來得這般晚，快跟我進去。」

柳絮擠進門。「剛才有點事情耽擱了。你這邊安排好了？」

「好了，妳只要躲進去便可。辰時之前，順子會起床趕車送彩芝出宮，出宮之後的事情，就看妳自己了。」

「好，多謝。」柳絮說著，直接爬上了馬車。

常安看著關上的車門，心裡頗為忐忑。柳絮這一行成不成功，直接牽扯他的命，若是她能順利逃走還好；若是沒成功，那他的死期也不遠了。

但想到妹妹，他又不得不這麼做，只希望一切都能順利。

這時，一個伸著懶腰的小太監從他身後走過來。「常安，這個時辰，你不去打掃馬廄，在馬車裡發愣做什麼？」

常安猛然回神，忙道：「啊，無事，路過而已，我現在就過去。」看了馬車最後一眼，轉身離開。

柳絮躲在馬車裡，聽見外面傳來常安和一個陌生太監的說話聲。不久後，隨著一聲有力的「駕」，馬車開始慢慢駛動，朝內殿行駛而去。

與此同時，朝霞宮裡，一道瓷碎聲突然響起，宮人皆低垂著頭，不敢多言。

「皇上居然還護著那個賤人！」

雲鬢花顏的女子滿臉怒氣。「難不成，雲家犯下如此重罪，皇上還打算讓她穩坐貴妃的位置？」

站在她身側的宮女，眼珠子轉了轉，忽然湊近她，低聲提議。「娘娘，何不乘機再添一把火？」

蕭嵐聞言，看她一眼。「何意？」

宮女低頭笑道：「娘娘可曾忘了皇上身邊的侍衣太監？」

「那個前些日子主動投誠的小太監？」

宮女點頭，眼底露出一絲陰毒。

「如今正是娘娘出手的好時機。雲初霜一直是娘娘的心頭大患，此時若不連根拔除，早晚生禍。若娘娘敢冒一回險，便能一勞永逸。」

蕭嵐想了想，嘴角勾起一抹駭人笑容。

「不錯。現在滿朝文武都站在蕭家這邊，本宮離后位只剩一步之遙，絕不能讓那賤人春草再生！」

她起身，聲音形似魑魅。「至於那侍衣太監，他不是說過會為本宮效犬馬之力？那這次便讓他出頭吧。若此事成了，便放了他的父母，厚葬他便是。」

宮女聞言，立即俯身行禮。「是，娘娘。」

長春宮內殿裡，雲初霜端坐在座上，看著底下跪成一排的小太監。

二皇子軒轅澈身旁的近侍劉公公上前一步。

「娘娘，這是長春宮內所有符合您要求的人選，年紀都在十二、三歲左右，身量與二殿下不相上下。」

雲初霜點了點頭，揮手讓他退到一旁，打量著底下稚嫩且惶恐的面孔。

「今日本宮召你們過來，是有件事需要你們其中一個人做。本宮不瞞你們，之所以找與我皇兒年紀相仿、身量相仿的人，是要做他的替身。此事之凶險，想必你們也清楚，可有人願意自告奮勇？不論事成事敗，你們想要什麼獎賞，只要本宮有，便允。」

眾人互看一眼，皆無人敢應。

如今惠帝對長春宮的態度，誰也不清楚。雲家已經被抄，上下百餘口人的血，整整從午門第一塊磚流到最後一塊磚。

原本他們心裡還存著僥倖，以為惠帝會對雲貴妃網開一面，封了長春宮不過是做做樣子而已。但如今哪裡還敢這麼想，現在連替身之法都用上了，足以說明情勢有多緊張，或許替身根本就是去替二殿下送死的。

劉公公看著底下無人應答，忍不住站出來怒斥。「你們這些忘恩負義的，忘了平日娘娘和二殿下對你們的寬厚了？如今需要用到你們的時候，一個個都跟縮頭烏龜似的。」

「罷了。」雲貴妃道：「送死的差事，確實是為難他們了。」伸手撫了撫額，起身要往內殿走去。

這時突然響起一道聲音。

「奴才願意。」

眾人側頭往中間看去，只見一個小太監起身走到雲貴妃和劉公公面前。

雲初霜看著他低下的頭，道：「抬起頭來，讓本宮瞧瞧。」

小太監抬頭迎視她的雙眼，面孔稚嫩，卻不見一絲恐懼。

「你叫什麼名字？」

「奴才無憂，是二殿下親自取的名。」

「你為何願意？」

無憂復而恭敬低頭。

「娘娘，奴才七歲那年，家鄉遭旱，父母雙亡，上京投親卻被拒之門外，無奈之下，只能當了乞丐。有一日，因肚中飢餓，偷了一枚包子鋪的包子，被打斷一雙腿。是二殿下微服出宮時救了奴才，並將奴才帶進宮，請了太醫治傷。」

他說著，又鄭重行禮。「奴才的這條命是二殿下給的，奴才發過誓，有生之年，若二殿下需要，縱然刀山火海，也願意捨命去闖。奴才不識字，但誓言二字重於天，奴才懂得。」

「好一個誓言二字重於天。」雲貴妃眼角泛紅，忍不住微笑。「你放心，本宮不會虧待你。你有什麼要求和想要的賞賜，盡可開口。」

無憂搖頭。「奴才無親無故，死後只有白骨一堆，能替二殿下赴難，已是榮幸。」

「好，好孩子。」

雲貴妃忍了忍淚，轉頭對老太監招手。「劉公公，我還有件事情交代你去做。」

「娘娘儘管吩咐。」

「帶其他人退出內殿，無論發生什麼事，都不要進來。」

「娘娘……」

「不聽我的話了？」

劉公公抹了抹眼淚，彎腰道：「是。」

見眾人退出內殿，雲貴妃才衝著無憂招手。「你隨我進來。」

兩人走進內室，無憂見到一日未見的軒轅澈躺在床上，雲貴妃身旁的彩芝和一名陌生的老嬤嬤正在照料他，見雲貴妃進來，便讓出位置。

雲初霜看著已經恢復氣色，卻仍舊未醒的軒轅澈，靠坐在床沿，從頭上取下那根鳳釵，收進少年的衣襟中，伸手摸了摸他的臉。

「皇兒，今日一別，母妃怕是再也見不到你了。出宮之後，莫要逞能回宮，好好長大，好好活著，母妃會保佑你的。」

她說完，便扶起軒轅澈，交給彩芝和崔嬤嬤。

「現在出宮的車馬就等在門外，妳們快帶他上去。」

「娘娘……」

「莫要耽擱時間，快去！」

彩芝道了聲「娘娘保重」，伸手抹了抹淚，和崔嬤嬤一起扶起軒轅澈，往後門走去。

雲貴妃咬著唇，眼睛一眨不眨地望著兒子的背影，終是忍不住跟了幾步，直到看見他們順利上車，才緩步走進內殿。

看著偌大的寢殿，她忽而想起許多少年時光。

那時，兩名少年追著她在草地上嬉鬧，天上白雲悠悠，風箏翩翩起舞。

如今兄弟成仇，夫妻成恨，她本以為手裡握著幸福，到頭來卻落得家破人亡，恩情不再的下場。

她輕笑了一聲，看向身後的無憂。「你可怕火？」

無憂聞言，目光閃了閃，忍不住露出一絲恐懼，但神色依然堅定。「奴才不怕。」

雲貴妃緩步走至燈盞旁，將燈罩取下，無憂卻上前接過了她手上的火摺子。

「娘娘，讓奴才來吧。」

他點燃蠟燭，放下殿內的所有帷幔，再舉起燭臺逐一點燃，而後將燭臺一把丟進床榻裡，見火勢順利蔓延，才走回雲貴妃身旁。

「過來。」雲貴妃衝著無憂招手。

無憂走過去，被一雙溫柔的手摟住。

「莫怕，有本宮陪你黃泉路上作伴。」

無憂忍不住紅了眼，在她懷裡輕輕點了點頭。

第五章

長春宮門外，一名太監端著一盤被白布蓋住的東西，行色匆匆地走過來，但還未進門，便被一排禁衛軍攔住。

「你不是長春宮內人，來做什麼？」

太監的神色躲閃了下，但馬上強自鎮定下來。「皇上有旨，叫我送來給貴妃娘娘的，手諭在盤子裡。」

帶頭的將軍懷疑地掃他一眼，上前揭開白布，看見確實有手諭，另外還放著一壺酒和一只空酒杯，一看便知裡面放的是什麼酒。

將軍拿起手諭看了看，確實沒什麼問題。縱然心裡有些懷疑，但他有手諭，只能放行。

可惜，一代美人今日便要香消玉殞。

他正準備抬手示意放行，但這時候遠處不知是誰喊了聲。「內殿走水了！」

他神色一變，顧不上這太監，帶著一排人馬，立即往內殿方向趕去。

太監見狀，十分震驚，一時間竟不知該如何做，便趁亂端著盤子離開了長春宮。

此時，柳絮剛隨著馬車出發不久，卻非常納悶，怎麼上車的好像不只一個人，似乎還聽到了崔嬤嬤的聲音。

馬車裡又傳來聲音，果然是崔嬤嬤。

「崔嬤嬤，馬上就要到第一道宮門，我們怎麼辦？」

「將二殿下藏進榻櫃裡。我只能送妳到最後一道宮門，在此之前有我在，不必驚慌。」

等等！二殿下？車裡為什麼會藏著二殿下?!

不對，這個時候，彩芝能從雲貴妃的眼皮子底下帶走二皇子，定是雲貴妃授意的。

什麼情況下，會讓雲貴妃捨得拋棄權勢，送兒子出宮？縱然雲家反叛，她被打入冷宮，但只要留著一條命，還有皇嗣，就有翻盤的機會。

若非情勢緊急，她斷不可能這麼做。

除非……除了雲峰反叛之事，雲貴妃還惹上什麼別的要命事。

還有崔嬤嬤。自從那晚之後，她一直覺得崔嬤嬤的身分神秘，崔嬤嬤到底是什麼人？

馬車裡傳來幾聲動靜，似乎是兩人打開了榻櫃，將人藏在裡頭。

如果此時她能挪得動手，定會無語扶額。這兩人怕不是傻，把人藏在這麼明顯的地方，不是故意讓人發現，一起送命嗎？

不對。柳絮突然想起，昨晚崔嬤嬤攔住她時說的那些話。

敢情她被設計了？藏在這裡是等著她出手呢，這老太太從一開始就在算計她？

要是這場截殺，也會多少牽連妳呢？

想到這句話，柳絮差點沒當場氣笑，這意思是她不出手看他們失敗，她也逃不出宮，甚至還可能被牽連，一起跟著送命？

毒，真是曠古絕今的毒。她收回養她終老的那句話。

馬上就要接近第一道宮門，因為最接近內宮，所以部署的守衛並不是那麼嚴密。

但即便如此，守衛仍會從頭到尾檢查一遍要出宮的馬車。

果然，馬車剛到宮門口，兩名守衛便舉起大刀。「何人何事出宮？」

趕車的小太監順子心中忐忑，沒想到自己會遇到這種狀況。本以為只是再尋常不過的差事，卻是接了個頂天的燙手山芋，但崔嬤嬤身手高強，他若是不從，怕是會命喪當場，只能認了命。

現在，他要如何回答，這車裡哪有地方能藏人？

正在他猶豫時，崔嬤嬤對彩芝使眼色，打開門探出頭，不等他說話，便先開了口。

「兩位官爺，我們是長春宮的宮人，貴妃娘娘提前遣她身旁的大宮女彩芝離宮，我奉娘娘的令，送她一程。」

崔嬤嬤將袖子裡的腰牌遞給兩名守衛。

其中一名守衛接過腰牌，見沒什麼異樣，便和另外一名守衛對視一眼。

「長春宮的？讓裡面的人下來，我們要查車。」

彩芝緊張地看崔嬤嬤，她回了一個按捺的眼神，從懷裡掏出一只沈甸甸的荷包，遞到那名帶頭說話的守衛手上。

「官爺，行行好，她有事急著出宮，麻煩放行。」

雖然平日宮裡禁止宮人之間買賣，但實際上這種私下打點卻不可少，但凡懂事的，都不會強人所難。今日卻不同，兩名守衛對滿荷包銀兩絲毫不動心，神情反而更凶狠了些。

「別來這一套。我告訴你們，蕭妃娘娘特意囑咐過，這段日子須嚴加盤查各宮出入的人，凡是想鑽空子的，都可能裡通外賊，快給我下車！」

彩芝急得快要哭出聲，崔嬤嬤神色一冷，右手悄然一縮，似是準備出手。

就在這時，一個老太監突然慌亂跑來，對兩名守衛急道：「長春宮內殿走水，貴妃娘娘和二殿下還在裡頭，你們快去叫臨近所有宮門的守衛和宮人去救火。晚了，若貴妃娘娘出事，可就完了！」

兩名守衛聞言，神色一驚，但還有些遲疑。

老太監催促道：「還不快去！只要皇上一日不發話，貴妃娘娘還是貴妃娘娘，遑論二殿下還是皇嗣。要是讓皇上知道你們如此懈怠，你們安得有命在？」

兩名守衛臉色一變，衝著老太監作揖，轉身離開。

老太監見兩人離開，也跟著轉身要走，胳膊卻被人抓住。

彩芝含淚看著他。「你剛才說什麼，內殿走水？娘娘呢，她真的……」

老太監正是劉公公，聞言也哽咽起來。「彩芝姑娘，我只能幫到這裡了，莫要耽誤時辰，快走吧。」

崔嬤嬤嘆了口氣，將彩芝的手扯回來。「娘娘此舉，是在為妳和二殿下鋪路，莫要辜負娘娘的一片苦心。」

彩芝抹了抹淚，臉上神色堅定幾分，重新爬上車。

崔嬤嬤和劉公公對視一眼，點點頭，也跟著上去。

順子抹了抹冷汗，立即駕車往外駛去。不論怎樣，他們已經沒有任何退路了。

柳絮躲在車底，聽著馬車正常駛動起來，大大鬆了口氣。

真是好險！看樣子，前方的情況不容樂觀，只是第一道宮門而已，便遇到這般波折，後頭還有好幾道宮門，縱然都被長春宮的大火引開，但總歸會有那麼幾個不買帳的，屆時又該怎麼辦？

想到那個偶爾瞥過身影的端莊妃嬪，她又忍不住嘆氣。

沒想到無情帝王家也會有這般護子之心的女人，縱然出了皇宮，二殿下才十二歲，又如何在這吃人的亂世活下去？

因為雲貴妃的苦心鋪路，馬車順利地連闖三道宮門，終於到了最後一道宮門。只要能通過，他們便可高枕無憂。

孰料馬車還沒行駛到宮門處，便被一列禁衛軍攔住。

「何人，下車。」

柳絮這邊還沒什麼感覺，彩芝和崔嬤嬤卻從彼此目光中捕捉到了一絲不妙。

這道聲音，她們熟得很，是禁衛軍副統領蕭朗，也是當今蕭妃的嫡親堂兄弟。

崔嬤嬤示意彩芝別動，自己下了車，向面前身騎黑馬的蕭朗行禮。

「蕭大人，老奴是長春宮宮人，裡頭是貴妃娘娘身旁的大宮女彩芝。彩芝已到出宮年紀，娘娘遣她離宮，我奉娘娘的令送她一程。」

蕭朗身長六尺，坐在黑馬上居高臨下，更顯人高馬大，掃了馬車一眼，眼底閃過一絲暗光，忽然一笑。

「貴妃娘娘身旁的彩芝？我記得明年的這個時候，她才到出宮的年紀，妳這老奴想要誆騙我?!」

崔嬤嬤神色一凜，沒想到這廝居然對雲貴妃身邊的人知曉甚清，蕭家人果然厲害。

她立即俯身，故作驚慌地將懷裡的腰牌交出來，遞到他跟前。「老奴並未誆騙大人，這是娘娘的手令，娘娘體恤彩芝，提前允她出宮。」

「哦？貴妃娘娘倒是心善，大難臨頭，居然還想著區區一個小宮女。」蕭朗冷笑一聲，將腰牌丟回崔嬤嬤懷中，向後面的一列禁衛軍揮手。「給我仔細地搜。」

崔嬤嬤忍不住往前一步，卻有一道聲音比她更快。

「蕭大人閒著無事，又在欺負弱小了？」

蕭朗聽到這道諷刺的聲音，扭頭看去，見來人蓄著長髯，一身官服，是他在朝中素來看不順眼的人物。如今蕭家在朝中如日中天，唯一顧忌的幾個人當中，便有這位天子近臣，戶部尚書賀子良。

縱然他再看不慣，但基於官職上下等級，還是得下馬，不情不願向賀子良行禮。

「賀大人沒事總往宮裡頭跑，似乎也沒忙到哪裡去。」

賀子良看看垂手低頭、立在一旁的崔嬤嬤，撫了撫長鬚，毫不在意地笑道：「本官也是公務在身，有事要向皇上稟報。正準備回去時，看到蕭大人在這裡逞凶鬥狠，閒來無事，便瞧一瞧熱鬧。」

他每說一句，蕭朗的臉色便黑上一分，末了還補了一句。「蕭大人，你可以繼續了。」

縱然情勢危急，柳絮躲在車底，還是險些笑出聲來。

這位賀大人可真是個妙人，說話懟人不帶髒字的。如果不是情況不允許，她真想出去認識認識這位賀大人。

蕭朗聞言，額上青筋直暴，但想到利害關係，最終還是忍住了。「我也只是奉命行事而已，禁衛軍有權搜查任何出入宮門的車馬，還請賀大人不要多事。」

賀子良非常贊同地點點頭，撫鬚道：「本官並未多事，不是說了，請蕭大人繼續，本官只是湊個熱鬧而已。難道蕭大人這般小器，連熱鬧也不給人瞧？」

蕭朗暗暗啐了一口，直罵這廝奸詐至極，他不想放過長春宮的宮人，若是賀子良不在，隨便找個由頭便可拿下。但現在賀子良在一旁看著，若真的查不出東西，他不放人都不行。

無奈之下，蕭朗只能揚了揚手，示意身後的下屬上車，仔細盤查。

本欲動手的崔嬤嬤見狀，順從地退後一步，在禁衛軍拉開車門時，對順子和彩芝使眼色，要他們也下車，按兵不動。

她只希望車裡的柳絮能及時出手，並且頂住他們的盤查，不然她只能隻身搏命，帶著軒轅澈硬闖出宮門了。

車裡，柳絮將幾人的動靜聽得清清楚楚，心道不好，立即趁空挪了挪身子，費力地伸手扣住上方的木板，使勁一拉，一具溫熱身軀便落入了她的懷中。

她空出地方，將這具身軀擺正，再飛快伸手反向一拉，合上木板。

她雖然花費了心思改造這輛馬車，但不知道能不能頂過這麼嚴格的搜查。

說白了，她只是利用人的視野錯覺而已，在馬車底部加了一層不到一尺厚的暗格，正好夠一個成年人平躺。從外面看去，因為有馬匹和車輪的遮擋，難以發覺，而出入口正在中間的榻櫃櫃底。

按照守衛的搜查習慣，最多翻翻三個榻櫃，絕不會想到榻櫃底下還能藏人，更不會想到馬車會被人這般細緻地改造過，她賭的就是這種慣性思維。

果然，禁衛軍們搜查一圈，沒找到任何不妥的地方，便向蕭朗抱拳回稟。

「大人，並未發現異狀。」

蕭朗的目光往立在一旁的彩芝等人掃去，眼尖地捕捉到順子臉上晃過的一絲緊張。

他忽然抽出腰側大刀，親自登上了馬車。

彩芝剛鬆下的一口氣又提起來，雖然不知為何禁衛軍們沒找到軒轅澈，但躲過一劫，又來一劫，還是蕭朗大人親自搜查，難道他們注定無法順利逃出皇宮，要喪命於此？

車裡的柳絮覺得馬車一動，上面傳來一陣腳步聲，從左邊的長榻移到右邊的長榻，最終停在中間那條長榻旁。

長榻被翻開，一道微弱亮光透過木板縫隙射過來，她屏氣凝神，悄悄伸手捂住懷中少年的口鼻。

不知過了多久，她才見那人動了動，將長榻的板子重新合上，腳步聲往門外移去。

她剛鬆一口氣，卻又聽一陣利刃破風之聲響起，嗖的一聲，鋒利的刀刃戳穿木板，正插在她和少年的臉中央，再偏一釐，便要見血。

她的心臟猛地一抽，立即死死抿住唇，不讓自己發出一丁點的聲音。

刀刃又嗖的一聲抽出，上車的人這才跳下了馬車。

方才彩芝見蕭朗進馬車，險些一口氣沒憋住暈過去，見蕭朗隻身出來，心裡疑惑，但更多的是鬆了口氣，覺得自己撿回一條命。

順子也默默地抹掉額頭的汗，實在太驚險了。

唯有崔嬤嬤始終鎮定如初，似乎早料到會有這個結果。

找不到任何貓膩的蕭朗，一時之間有些下不了臺。

賀子良眼睛一眨不眨地看著熱鬧，見蕭朗遲遲不發話，便道：「蕭大人，可是還有別的好主意找碴？」

「你！」蕭朗憤怒地抿唇，揮了揮手。「放行！」

彩芝和順子連忙上車離開。

這時，宮內有侍衛來傳信，說長春宮走水了。

蕭朗神色閃了閃，無暇再顧及賀子良，立即帶人過去。

賀子良看著蕭朗等人的背影，撫鬚笑道：「那馬車裡定有什麼重要的人，才讓崔嬤嬤如此緊張。」

崔嬤嬤向賀子良行了個禮。「多些賀大人出手相助。」

「欸，我可沒有幫妳。」賀子良轉過身。「本官只是閒來無事，看了場熱鬧而已，何事都與本官無關。」

崔嬤嬤看了看他慢悠悠往宮門外走去的背影，又看了看宮門，許久才轉過身，往長春宮的方向走去。

朝霞宮裡，蕭嵐聞訊，從榻上驚坐而起。

「你說什麼，長春宮內殿失火？」

小太監低頭回稟。「是，貴妃娘娘和二皇子還困在裡頭，看樣子是無力回天了。」

她起身踱步，怎麼也想不明白為何會發生這種意外，目光停在小太監身旁的毒酒上。

「有多少人知道你送毒酒的事？」

小太監戰戰兢兢地抖了抖肩膀。「只有今日看守長春宮的禁衛軍，奴才見機不妙，便偷偷出了宮。除此之外，並未讓任何人發現。」

蕭嵐瞇了瞇眼，勾唇一笑。「如此便好，禁衛軍內有蕭朗堂哥坐鎮，無聲無息抹去幾個無關緊要的人，並不是難事。至於你……」

小太監聞言，立即不停磕頭。「娘娘，不要殺我！我在皇上身旁服侍，往後必定對娘娘有用的。」

蕭嵐俯身，伸手勾住小太監的下巴，嘖了幾聲。「本宮就喜歡聽話的狗，希望你能記住今天說的話。」

她說完，抬頭道：「來人，伺候本宮去長春宮。」

第六章

蕭嵐到了長春宮，見惠帝身旁的何公公正在安排救火，立即換上焦急神色迎上去。

「何公公，本宮聽說長春宮失火，現在如何了？雲貴妃母子可是有事？皇上呢？」

何公公剛要說話，目光往她身後一瞥，惶恐行禮。「皇上。」

蕭嵐轉頭，瞧見穿著常服的惠帝，心中一喜，迎上去。「皇上，您終於來了……」

然而，她的話還未說完，便被他推開。

惠帝死死盯著變成火海的內殿，慢慢往前踱了兩步，腳步有些踉蹌。

何公公正欲上前攙扶，他卻猛地一使力，竟直接往大火蔓延的內殿衝去。

「皇上！」何公公顧不得上下尊卑，抱住惠帝的肩膀往後拖。「皇上，貴妃娘娘和二殿下已然薨了，您千萬要保重龍體！」

「廢物……」惠帝喃喃地唸了句，一腳踢開何公公，怒道：「都是廢物！為何會失火，為何不救人?!」

惠帝又想轉身往殿裡衝，何公公爬過來，抱住他的腿。「皇上，您怎麼懲罰老奴都行，求您保重龍體啊！」

「給我滾開！」

蕭嵐忍住心中的嫉恨，上前拉住惠帝的胳膊，神情悲傷地勸道：「皇上，何公公說得對，您千萬要保重，貴妃姊姊也不希望您為她傷害自己。」

「她不希望？」

惠帝自嘲一聲，雙目失神地盯著已然被燒壞的內殿大門。

「她恨我！朕千方百計思慮怎麼保她，她卻一把大火斷了朕的念想，她是在報復朕！」

蕭嵐從入宮起，還是第一次看見惠帝為一個人如此失態，極力忍下心中的嫉恨，扮演一個為姊姊惋惜、為丈夫心憂勸解的賢良妃子，直到蕭朗帶人趕來。

「皇上，下官來遲。」蕭朗向惠帝行完禮，隨即安排人手救火。

因為人手增加，火勢得到了控制。

蕭嵐對蕭朗使了個眼色，出聲勸惠帝。

「皇上，蕭大人來了，後面的事情就交給蕭大人處理，我也會在一旁看著，先讓何公公扶您去前殿休息可好？」

惠帝神情麻木，卻未拒絕，何公公立即扶住他的胳膊，往前殿走去。

蕭朗見惠帝離開，這才靠近蕭嵐，問道：「到底怎麼回事，怎麼會突然失火？」

「本宮怎會知道？」蕭嵐沒好氣地說：「對了，大堂哥，有件事情需要你替本宮做。」湊近他耳邊，將毒酒的事情告訴他。

蕭朗聞言，看看幾個今日看守內殿的屬下，眼底閃過一絲殺意。「此事，我會去辦。」

「辛苦大堂哥了。」

蕭嵐勾了勾唇，望向火勢還未熄滅的內殿，雙眼微瞇。

「本宮不信她會輕易放手，縱然她想身殉雲家，但身為一個母親的愛子之心，怎會帶著二皇子一同赴死？這件事情定有蹊蹺。」

蕭朗聽了，突然想起方才在宮門口遇到的馬車，心中一驚。「不好！」轉身就要走。

蕭嵐喊住他。「慢著，發生了什麼事情？皇上此時就在前殿，你若是走了，待會兒如何交差？」

蕭朗想了想，折了回來。「剛才我在宮門口遇到長春宮出宮的馬車，裡面是雲初霜身旁的大宮女彩芝。長春宮失火，她卻突然出宮，那馬車上定有貓膩。」

蕭嵐的眼珠子轉了轉，忽然想明白什麼，冷笑道：「本宮當她因何突然自焚，原來是為了這個。大堂哥，本宮還有件事情要你去辦……」

「我明白，我馬上派人出宮。縱然他們出得了宮，也無法逃出我的手掌心。」

蕭嵐滿意地點點頭，看著火勢漸漸熄滅的內殿，嘴角露出一絲陰冷的笑。

「本宮不會再讓任何人阻擋本宮的路，誰也不行。」

柳絮終於出了宮，卻絲毫沒有輕鬆的感覺，抱著懷裡的少年，總覺得像是抱著個燙手山芋，心裡更是有諸多疑問無人解答。

雲貴妃到底惹上了什麼麻煩，竟牽連得身為皇嗣的二皇子也不得不出宮逃難？

還有，崔嬤嬤到底是什麼人？為何隱藏在深宮內苑，又為何插手雲貴妃的事情？

她越想，腦袋越是一團亂，索性不再去想，低頭去看少年的腦袋瓜子。

她沒見過正兒八經的皇室子弟，是像小說裡寫的那樣，帥得鬼哭神嚎？還是像前世史書上畫的那般，醜得驚天動地？

她費力地伸出手，將少年的臉往上扳，看清之後卻是一愣。

這不是她前幾天晚上遇到的小太監嗎？真是尷尬了，她的眼睛看來不怎麼好使啊。

不過，她倒是確認了一件事，皇家子弟確實都長得挺好看，這小子成年之後，必定有不少姑娘追在屁股後頭跑。尤其是那雙貴氣逼人的鳳眼，不知有多吸引人啊。

可惜，本來是天之驕子，現在成了沒人要的蘿蔔頭。

柳絮無奈地嘆口氣，卻聽見馬車內有動靜，彩芝的聲音傳來——

「二殿下，你在哪裡？」

柳絮看了看懷中仍舊昏迷不醒的少年，此時因為馬車的顛簸，漸漸有被吵醒的跡象，只能無奈搖頭。

看來，她逃跑的事，是怎麼也瞞不住了。

就在彩芝焦急找不到人的時候，聽見中間的榻櫃嘩啦一響，似乎有東西往上頂了頂，接著一雙女子的手伸了出來。

柳絮氣喘吁吁地扒著木板邊沿。「快拉我一把。」

彩芝聽見這道本不該在這裡出現的熟悉聲音，探頭看了看，果然是柳絮，她懷裡正抱著二皇子軒轅澈。

「柳絮，妳怎麼會在這裡?!」

柳絮費力地將少年沈重的身子往上托了托。「等會兒再說。先拉我出來，好沈。」

馬車外的順子也聽到車裡傳來一道陌生的女聲，趕忙扭頭去看。

「彩芝姑娘，怎麼了？我好像聽到……」

「沒什麼，你繼續往前，莫要停下。」

順子沈默一下，索性不去管車裡發生了什麼事。今日他遇到的驚險實在太多，如今是否能安全回宮都不一定，哪裡還有閒心去管其他的事。

彩芝將二皇子放在榻上，這才抬頭看向柳絮。

柳絮撓撓腦袋，看看天，看看地，但彩芝始終盯著她不放，實在躲不過去，便乾脆說了實話。

「好吧，其實我只是想搭個便車逃出宮而已。馬車下面這層，是我買通了馬廄的小太監，自己改造的。正因為如此，才能幫你們的忙不是？」

彩芝笑了笑。「我並不是怪妳，只是沒想到會是妳救了我們的命。柳絮，要不是因為妳，也許我和二殿下，還有崔嬤嬤，都要葬身宮門了。」

她說著，眼睛又紅了起來。「只是娘娘她……」

柳絮知道她是在為雲貴妃難過，也跟著嘆了口氣。

「貴妃娘娘此舉，是為了救二皇子。我雖不知他們到底發生了什麼事情，但她選擇這麼做，看來也是最後的辦法了。」

彩芝點了點頭。「我只是替娘娘不值，若非皇上和蕭妃逼得娘娘走投無路，娘娘何必如此犧牲……」

「妳說什麼……」

榻上傳來一道微弱的聲音，兩人扭頭看去，只見軒轅澈正死死盯著她們，雙手緊緊抓住身下榻墊。

「母妃……怎麼了？」

晌午的古代野外，和二十一世紀的野外沒什麼區別。

柳絮用棍子串著幾個燒餅，放在火堆上烤，時不時觀察四周的動靜。

一炷香前，他們選在這片小樹林休息。除了她之外，另外三人的神色都不怎麼好看。

她抬頭看呆坐在對面、臉色還有些白的少年，不知他的眼睛一眨不眨地盯著火苗在想什麼，從彩芝將宮裡的情況告訴他之後，他便一直維持著這個神情。

另一側的馬車旁，彩芝正在拉扯著順子，不知在說些什麼。

柳絮收回目光，翻了翻手上的燒餅，見烤得差不多，便拿著棍子走到少年身旁，把燒餅遞給他。

「不論怎樣，人總是要吃飯的，填一填肚子吧。」

少年仍舊沒什麼反應，柳絮嘆口氣，將他的手拉過來，想讓他張開手，卻發現他的手指捏得很緊。

她扳開他的手指，手心已是一片血肉模糊，被他的指甲抓爛了。

柳絮沒來由的一陣心疼。

縱然軒轅澈出身皇家，但一夜之間父親絕義，母親慘死，這種打擊對他來說，怕是任何人也體會不了。

她扯過自己放在地上的包袱，拿出提前備好的膏藥，細心地敷在他的手心上，然後撕了一塊衣角布料包好。

許是感覺到手心上藥膏的涼爽，軒轅澈這才慢吞吞扭過頭看向眼前女子的側臉，張嘴說了這麼久以來的第一句話。

「舅舅一世忠良，精忠報國，愛民如子。母妃雖貴為貴妃，卻善待僕人，樂善好施，他們為何會有此一報？」

柳絮看著他通紅的雙眼，說不出話來。

她要如何告訴他真相？

當彩芝說起那些事情時，她就已經猜出了大概。

雲峰是忠臣，卻犯了功高蓋主的禁忌，加上後宮還有個心機、手段都在雲貴妃之上的蕭嵐，這一天早晚都會到來，只是當中到底有多少人參與，惠帝又對雲貴妃和二皇子是什麼態度，誰也不清楚。

但照雲貴妃的決絕看來，怕是早已心如死灰了吧。

原本她對雲家並不熟悉，但如今分析情勢之後，她也開始懷疑雲峰反叛的真相。

但是這些事，對於一個十二歲的少年來說，太過沈重。

她猶豫了許久，安慰軒轅澈。「也許是遭了小人算計。你是皇子，皇上英明果斷，早晚會查出真相，還你母妃和舅舅一個清白。」

「妳在騙我。」

軒轅澈抿緊了唇，眼中露出一絲恨意。

「父皇是一國之君，若他想查清真相，若他想救母妃和舅舅，又怎會變成這樣？」

柳絮一時無言，沒想到軒轅澈竟然聰明到猜出其中利害。

正在她尷尬得不知道怎麼勸慰時，彩芝拉著順子走過來。

「無論如何，你都要將我們盡快送出京城。」

順子不耐地甩開她的手。

「彩芝姑娘，妳就不要為難我了，我只是一名看守長春宮馬廄的小小太監。按照宮規，我將你們送到這裡，已經是仁至義盡，若是誤了回宮時辰，我可是要挨罰的。」

「你莫要誆我，我哪裡不知回宮的時辰，你明明是怕惹麻煩上身，想甩掉我們罷了。」彩芝怒道：「以前貴妃娘娘是怎麼厚待你們的，如今她遭了大難，要你幫這一點小小的忙，你卻再三推諉，到底還有沒有良心？」

順子聞言，神色出現一絲猶豫，扭頭又見軒轅澈正坐在石頭上，眼睛一眨不眨地看著他，思索再三，咬著牙一跺腳。

「好，我送佛送到西，帶你們出城門。但出城門後，接下來的路，就靠你們自己了。」

彩芝十分高興。「放心，只要我們順利出了京城，必定不會再纏著你。」又招呼軒轅澈。「二殿下，快跟奴婢上車。」

軒轅澈沈默起身，朝馬車走去。

柳絮盯著他還包著自己衣角碎布的手，嘆了口氣，將包袱收好，一起跟上。

彩芝見柳絮也跟上來，便道：「柳絮，妳已經出了宮，最好還是選別的路走，跟著我們會很危險。」

「我待在京城，也會很危險。更何況妳出宮，不是為了找妳的喬哥？」

彩芝沈默一下，笑了笑。「是我對不起他，但娘娘待我恩重如山，我既然答應要照顧好二殿下，便要履行諾言。等出了京城，若情勢好轉，我再想辦法回來見他。」

「所以我陪著妳，找好落腳之處再離開。」

彩芝有些驚訝。「柳絮，妳……」

柳絮微笑，不說話。那日她在西院門口對崔嬤嬤說的話是真，想必崔嬤嬤問那些問題，也是為了軒轅澈。

雖然她還因為無故被算計而有些生氣，但既然順著走到了這一步，在此世又無牽無掛，便權當做好事了。

然而，柳絮卻沒想到，事情的變故來得如此之快。

或許是那堆熄滅的篝火留下了不該留的線索，追兵趕來時，他們才剛出發不久。後方的樹林裡傳來密集的馬蹄聲，彩芝立即掀開後面的車窗看了一眼，只見數十名禁衛軍正騎馬帶刀，急追而來。

怎會如此之快？難道是娘娘瞞天過海之計沒能成功，他們發現二殿下已經逃出皇宮？

彩芝立即起身，打開中間的榻櫃，道：「柳絮，妳快帶著二殿下躲進去。」

柳絮拉住她的手。「妳瘋了！他們顯然是來者不善，妳和順子如何擋得住？」

「不會，他們應該只是為了長春宮走水的事情盤查而已，只要妳和二殿下不被發現，他們就不會為難我們。」

柳絮懷疑地看著她。「真的？」

彩芝微笑著安慰她。「這四年，我何曾騙過妳？」

「那妳千萬當心，若有變故，立即叫我。」

「好。」

見彩芝神色無異，柳絮才帶著軒轅澈藏進車底暗層，然而那一刻，她卻沒發現軒轅澈眼底閃過的一絲掙扎。

「前方車馬停下！」

順子自然也聽到了身後的馬蹄聲，但他心中害怕，非但未停，反而更加使力駕車逃離。但他哪裡跑得過他們，不消一刻，便被攔住了去路。

「車上的人下車！」

彩芝見柳絮和軒轅澈已經藏得嚴實，這才定了定神，打開車門下車，並對順子使了個眼色，示意他冷靜。

順子想起，方才在宮門口時也未被發現，便安下心，作揖道：「不知各位官爺有何事？奴才出宮時已經通過宮門盤查，待送完人，便要回宮了。」

「回宮？」

帶頭的禁衛掃了兩人一眼，上前拉開車門，往裡面看了看，卻沒發現異狀。

彩芝見他看不出什麼問題，便大著膽子道：「這位官爺，不知我們犯了什麼事，為何要被再三盤查？」

禁衛冷冷勾唇。「憑什麼？我來告訴妳憑什麼……」右手抽刀，猛地轉身一刺，鋒利刀刃已穿透彩芝的胸口。

柳絮聽見一道悶哼，從側面的木板縫隙裡，見禁衛拔出血刃，彩芝的身子像是落葉一般歪倒在地上，那雙含淚的眼對上她的目光。

柳絮一驚，忍不住捂住了自己的嘴。

順子瞠大了眼，不由拔腿往林子裡逃，然而還沒跑出幾步，便聽一道利刃破空之聲響起，白刃入心，倒地已然斷氣。

「馬車裡沒什麼問題。」

禁衛跳下馬車，對帶頭的人道：「蕭大人為何要我等費力除掉這兩個宮人？」

「寧殺百人，不放一人，怪只怪這兩個宮人是長春宮的。如此便可以交差，回去吧。」

林子裡又響起了馬蹄聲。

直到四周又恢復一片寂靜，楊櫃才動了動。

柳絮顧不上其他，出來後立刻跑到彩芝身旁，含淚抱起她，看著她開始渙散的目光。

「妳為什麼這麼傻，妳不要妳的喬哥了？」

她早該猜到的，以蕭家人的狠毒，怎麼可能放過長春宮的人？專派數十名追兵出宮，哪裡只是為了重新盤查一遍？

彩芝早猜到了這一點，所以選擇犧牲自己，保全她和軒轅澈。

所謂的主僕之情，值得這樣嗎？

彩芝費力地笑了笑。「妳不明白……娘娘早就知道我在騙她，我想出宮，但她還是對我好，願意……相信我……」

她抬起沾滿血污的手，握住柳絮，用盡最後的力氣。「柳絮，我不能完成娘娘的心願了，求妳……求妳……」

柳絮心裡一陣揪疼，反握住彩芝的手。「妳放心，我會照顧好他。」

彩芝聞言，嘴角露出一抹欣慰的笑，又從懷裡掏出一只錦囊，上面繡著青梅翠竹，針腳極為細密精緻，放到柳絮手中。

「清河巷三十八號，替我向喬哥說聲對不起……」

話音一落，彩芝的手便如枯死的秋蝶一般滑落在地，眼珠渙散，香魂已然不再。

柳絮再也忍不住，埋首哭了起來。

她從未親眼目睹過生命消亡，這一刻忽然痛恨自己無力轉圜。她一直以為自己是這個世界的旁觀者，但此刻的悲傷卻實實在在，無可緩解。

不知什麼時候，她身後響起腳步聲，軒轅澈的聲音有些沙啞。

「我知道她會死，但我卻沒阻止。很卑鄙，對嗎？」

柳絮轉頭看去，只見軒轅澈直直地看著她，眼中含著淚，但更多的是恨意，不由驚愕。

初見時，月光下的他，目光乾淨清澈。只短短一天，眸子裡竟多了數不清的陰霾。

軒轅澈緊緊捏著拳頭，掌心還未癒合的抓傷又滲出血跡，那雙好看的鳳眼微微一瞇，射出令人心驚的恨意。

「我不會讓他們白死的。終有一日，我會回來，讓他們血債血償！」

第七章

一炷香後，兩具已經涼透的屍體被搬到馬車中。

柳絮將馬解開，掏出火摺子往馬車裡丟去。不消片刻，馬車便燃起一陣大火。

她最後看了馬車一眼，一手牽著韁繩，一手往軒轅澈面前伸去。

軒轅澈打量她的手，並未配合。

柳絮嘆氣。「現在就剩你和我兩個人，目前也只有我能照顧你了。二殿下，就算你不太情願，這也是沒辦法的事情……」

她說著，忽然伸手摸了摸下巴。「不對，總是二殿下、二殿下的叫，也不是辦法。不如這樣，我十六，你十二，做姊弟再合適不過。我大名荀柳，以後就不用柳絮這個名字了，你便叫……荀二柱怎樣？」

哈哈，以前的人都說，賤名好養活嘛。

軒轅澈的嘴角動了動，面無表情地抬眼看著她。

荀柳乾笑幾聲，承認自己確實是惡趣味了。「你不喜歡也沒關係，我再想想。」

她也不硬牽人家少年的小手了，抓著揹好的包裹，牽著馬往前走。

軒轅澈看了看她的背影，雖然個子比他高不到哪裡去，但她的話卻是沒錯。如今母妃和雲家已經不在，舅舅的舊部們此時自身難保，宮外的情況不明，目前唯一的出路，便是跟著這個少女了。

他想著，邁步跟了上去。

此時，京城內已染了不少春色，這一片樹林裡有不少柳樹綠芽初綻，微風拂過，如青浪翻湧。

幾隻春燕喳喳叫著從荀柳頭頂飛過，她想了想，忽然對軒轅澈笑道：「荀風，你叫荀風如何？」

軒轅澈頓住腳步，抬頭看她。

荀柳摸著馬鬃毛，笑道：「你母妃被鎖在宮中大半輩子，最嚮往的應當是這自由來去的風。如今你能夠順利出宮，就當替你母妃實現心願。荀風，這名字是不是很好聽？」

軒轅澈抿了抿唇，沒答應也沒拒絕，荀柳就當他答應了。

「就這麼定了，往後你不能再自稱本殿下，將二皇子的身分全部忘掉。從今天起，你只是我的親生胞弟荀風，知道嗎？」

她說著，又走上前，將軒轅澈頭上的金髮冠拆掉。

軒轅澈忙退後一步，推開她。「妳做什麼？」

荀柳將金冠收進包袱中。「把衣服脫掉。」

軒轅澈又退後幾步，臉上有些怒氣。「妳到底想做什麼？」

荀柳翻出包裹裡的一身男裝，幸好她臨走時從常安那裡買了幾身男子常服，不然這會兒還真不好辦。

她抬頭看見軒轅澈一臉警覺地看著她，有些哭笑不得。「你才多大，毛都沒長齊，我能對你做什麼？你那身衣服一看就知道是貢品，穿出去立刻暴露身分，必須換下來。」

軒轅澈一聽她這話，臉色爆紅。「妳怎可說這種粗鄙之話？」

荀柳愣了愣，這才反應過來，他指的是「毛都沒長齊」那句，頓時噗哧一聲，忍不住笑出來，走過去點了點他的額頭。

「這就算粗鄙之話了，以後你在外頭可怎麼過？別磨唧了，快換衣服，我們得盡快離開林子。」

見軒轅澈抓著衣服，像是防賊一般盯著她，荀柳笑了聲，抓起包袱，抱著馬脖子轉身。

「行行行，我不看。你快換，或許我們還能找鋪子當掉這些東西，換點盤纏。」

然而，過了許久，荀柳背後始終沒有動靜。

她以為軒轅澈又在耍什麼脾氣，一轉頭卻看見他抓著腰帶，翻來覆去的，居然不知道怎麼解。

好吧，她忘了古代皇子都是衣來伸手、飯來張口的。

荀柳無奈地把馬韁拴在樹上，放下包袱，走過去扯軒轅澈手上的腰帶。

軒轅澈想躲，卻被她不容置疑地按住。

「小祖宗，這個時候就別矯情了，咱們是在逃命，不是在出遊。再拖一會兒，追兵說不定就追上來了。」

古代的衣服裡三層、外三層，又纏纏繞繞的，穿脫很費勁。為了求快，她解開腰帶之後，索性一手抓住少年的肩膀、一手揪住他的衣領，從下往上一拉，在軒轅澈震驚的目光下，像是脫襪子似的，把他從層層宮衣裡扯了出來。

然後，她再把常安的衣服往他身上一套，繫好腰帶，捲起有些長的袖口和褲腳。

「行了，很帥。」

荀柳抱起地上的宮衣，剛要起身，便聽到噹啷兩聲，似乎有什麼東西落在地上。

她低頭一看，是她之前送給軒轅澈的魔方，另一個則是一支金燦燦的鳳釵。

她剛想彎下腰去拿，便見一道身影比她更快，提前將那鳳釵撿起來，握到手裡。

軒轅澈愣愣看著手上熟悉的鳳釵，眼眶不覺濕了起來。

「這是舅舅送給母妃的鳳釵……」

見他又傷心起來，荀柳頗為感傷，嘆口氣走過去，軒轅澈卻警覺地往後猛退一步。

「這件東西，妳不能賣！」

「你不用一直防著我。」

軒轅澈見她從懷中掏出一張繡帕，遞了過來。

「用這個包好收起來，別讓旁人看見。」

他見那帕子上只簡單繡了段柳枝，看樣子她確實沒別的意思，便接過來將鳳釵包好收進懷裡。

剛抬頭，又見她遞過來一樣東西，正是那個魔方。

「逃命路上解解悶。」

見軒轅澈接過魔方，荀柳這才將宮衣塞進自己的包袱中，重新牽起馬往前走。

兩人很快就穿過樹林，來到了京城街區。

快到正午時分，酒肆茶樓裡有不少人，大街上走動的人卻很少，荀柳和軒轅澈打扮普通，不怎麼引人注意。

兩人先打聽到馬市的位置，將馬買了換錢，便直奔城門而去。

「前面就是城門，這個時候，守衛應該比較鬆懈。待會兒跟著我，什麼都別說。」

軒轅澈抿了抿唇，很聽話地點了點頭。

眼看城門越來越近，荀柳還來不及高興，便見一隊人馬急匆匆從大街上衝到城門處。

那隊人的打扮，兩人再熟悉不過，正是禁衛軍。

荀柳很不喜歡罵人，但這一次忍不住在心裡罵了個髒字。

原本能偷溜出去的關卡，現在成了銅牆鐵壁，那些禁衛軍甚至還拿著畫像，對著出入城門的人來回比對。

荀柳只能帶著軒轅澈溜了。

一個時辰之後，荀柳看著眼前這條左邊是小河，右邊是破房子的巷子，面帶微笑。

「好一個清河巷，這河水還真是清澈見底，香氣宜人啊……」

一路面無表情的軒轅澈，看著那條污水流動的小河溝，也忍不住抬起手，捂住了自己的鼻子。

荀柳咳嗽一聲，憋著氣，一家一家地找，終於在最末尾的房子找到了彩芝說的地方。

她抬起手敲門，心裡卻沒什麼底，這裡的房子看起來又老又舊，不少房頂塌了半邊，大部分看似已經無人居住。彩芝多年未出宮，不知給的地址是不是有誤？

過了許久之後，荀柳聽到裡面傳來一陣腳步踢踏的聲音，然後門鎖動了動，大門被打開，露出的卻是一張皺巴巴的老人臉。

老人看了看她，又看了看她身後的少年，疑惑道：「你們是？」

荀柳試探道：「請問這裡可是喬家？」

老人聽到喬家這兩個字，十分憤怒地揮了揮手。「不是不是，你們找錯了。」

見門就要關上，荀柳立即伸手擋住。

「老伯，那你認不認識彩芝？我們是她的朋友，替她帶信的。」

老人猛然一頓，轉過身來，急道：「是彩芝叫你們來的？那彩芝呢？」伸頭往荀柳身後看去。

這期盼又高興的動作，讓荀柳心裡頗不好受，一旁軒轅澈也抿了抿唇，別過頭。

「老伯……」

荀柳扶住他的手臂，有些哽咽道：「彩芝她……已經死了。」

老人不可置信看著她，往後踉蹌。「妳說什麼？我的彩芝好端端的……丫頭，妳莫要尋老漢我開心！」

荀柳心裡明白，眼前這位老人應當就是彩芝的父親，但她卻不能將事實告訴他。

「老伯，我並沒有騙你。彩芝臨死前，將這個交給了我。」

荀柳從懷裡拿出錦囊遞給老人，見他反覆摸索半晌，淚水忍不住滴到錦囊上。

「這是我女兒彩芝繡的，但是為什麼……她在宮裡得罪了誰？」

老人狠狠抓住荀柳的袖子。「我不信我的女兒會無緣無故死了！他們是貴人，貴人就可以如此糟蹋我女兒的命嗎？你們到底是誰?!」

軒轅澈閉了閉眼，忍不住捏緊了拳，正欲說話，身影卻被荀柳遮擋住。

荀柳仍不改和善神色，耐心地拉住老人一隻髒污的手。

「老伯，我們是彩芝在長春宮裡的朋友，我叫柳絮，他是宮裡的小太監順子。我們是逃出宮的。」

老人愣了愣，許久才問道：「逃出宮？彩芝到底發生了什麼事情？」

荀柳將今早發生的事情告訴老人，關於軒轅澈的地方改了細節，只將他說成是跟她一起出逃的小太監。

這是她臨時決定的，如今她和軒轅澈在京城無路可走，按照禁衛軍這樣的查法，要不了多久，就會挨家挨戶查上門。

依照她的猜測，蕭家不敢明目張膽地追查軒轅澈的下落，所以才為軒轅澈編了個身分，只希望這位老伯的人品能和彩芝一樣可信。

果然，老人聽到這些事情之後，明白自己的女兒是受這場宮變所累，傷心許久之後，將兩人引進門，兩人這才發現，他腿腳一瘸一拐，走路並不索利。

進了門，荀柳便聞到院子裡傳來一陣極為難聞的糞味，有輛驢車停在院子的角落裡，上面放著兩個半人高的大木桶。

木桶上雖然蓋著蓋子，但荀柳一看便知裡面裝的是什麼。

軒轅澈立即捂住了鼻子，但或許覺得這樣對主人不太尊敬，便又放下手，皺著眉頭，一副極力屏氣忍耐的模樣。

老人見兩人這副樣子，倒是沒介意，反而有些尷尬。

「別見怪，雖然髒了點，但平日我就靠這活計吃飯。屋裡味道小一些，先進去吧。」

荀柳點點頭，看著破舊的房子，窗紙幾乎沒有一張是完整的，遑論老人一身穿著單薄老舊，唯一能禦寒的長襖上，也破漏出不少棉絮。
這樣的環境，真是難以想像，老人是如何挨過冬天的。
荀柳記得，彩芝曾經說過，那位喬哥應該在照顧老人生活，但為何人不在？
「老伯，彩芝曾經跟我說過喬哥，他人呢？」
老人肩膀一抖，很是憤怒道：「那個忘恩負義的狗東西，早就走了！」
他推開門，迎面撲來一陣陰冷潮濕的霉味，看來屋裡比起外面也沒暖和到哪兒去。
老人走到屋裡，拿起桌子上蓋子破了半邊的茶壺，幫兩人各倒了杯茶水。
荀柳看著那張只剩三條腿的桌子，客氣地接過茶杯，心裡納悶，那桌子居然還能站得挺穩當。
她再低頭一看，杯裡的茶水黃中泛黑，裡面還漂著一粒粒不知道是灰塵還是水垢的雜物，忍了忍，終究還是沒敢喝下去，瞄了旁邊的軒轅澈一眼。
軒轅澈見狀，跟著不動聲色地將茶水放在桌子上。
「不喜歡喝？莫非是嫌棄老漢家的茶太差了？」老人有些不高興。
荀柳立即重新端起茶杯。「哪有哪有，就是怕燙，放涼而已。」硬著頭皮喝了一大口，以最快的動作吞了下去。
軒轅澈也猶豫地端起茶杯，但挨近嘴邊半晌，仍是沒下得了狠心。
荀柳瞪他，趁著老伯低頭喝茶時，猛地抬手一推，便將那杯茶推進了他嘴裡。

「咳咳咳！」軒轅澈邊咳嗽邊憤怒地瞪著她。「妳放……咳……放……」

「肆」這個字還沒憋出來，荀柳便熟能生巧地一手捂住他的嘴、一手拍著他的後背，憐惜道：「喝個茶這麼急做什麼，慢慢喝。」

她說著，乘機湊近了他，只用兩人能聽到的聲音道：「記住你的身分，別暴露了。」

軒轅澈一驚，這才收斂幾分，但還是憤憤瞪了她一眼。

荀柳衝他眨眨眼，轉頭看向老伯。「老伯，喬哥是怎麼回事？」

「他？他不過就是個忘恩負義的混蛋！這些年，彩芝在宮裡掙的銀子，大半都給了他做生意，現在生意做起來了，卻負了我的女兒。」

老人啐了一口，繼續罵道：「現在他娶了青樓女子不說，還想讓我的彩芝出宮給他做小妾，我呸！」

他恨恨罵了幾句，又想到自己的女兒還未來得及出宮，便死在宮裡，緊抓著那只錦囊，更是傷心。

「我可憐的女兒，我一直瞞著她這件事，就是不想讓她傷心，打算等她出來之後，再替她找個好人家。但是沒想到……沒想到……」

荀柳見狀，忙上前安慰他，心裡也有些不是滋味。

這些年，她沒少聽彩芝提起過喬哥，這份臨到死之前都記掛著的感情，沒想到會迎來這樣的結果。

軒轅澈坐在旁邊，臉上也有些動容，但彩芝的死多多少少跟他有關係，便只能緊抿著唇不說話。

荀柳嘆了口氣，扯過自己的包袱，從裡頭摸出一袋銀兩，遞到老人手上。

「老伯，人死不能復生，這是彩芝生前留給你的。」

老人抬頭看了看手上沈甸甸的荷包，忙搖頭道：「妳別誆我了，這些年彩芝哪裡還能存得下這麼多銀子？」

荀柳把他的手推回去，笑道：「裡頭有我和順子的一點心意，而且我們還有事求您。」

老人擦了擦淚，看了看兩人。「什麼事？」

「送我們出京城。」

經過一番交談，荀柳才知道老伯姓黃，平日的活計便是運送這附近的糞水，每天清晨便要趕著糞水車出入京城一次，這就是他們的機會。

本來荀柳的計劃是扮成黃伯的兒女跟著出城，但隨即被其他兩人反對。

「凡是出入京城者，需持官府所發的戶牒才可通行。」軒轅澈道。

黃伯也跟著點頭。「對啊，你們是出逃宮人，沒有戶牒，會被守衛抓起來的。」

荀柳思考了一會兒，不恥下問。「戶牒是什麼？」

軒轅澈納悶地看她一眼。「妳不知道戶牒？凡是大漢國人，必有大漢戶籍，戶籍由各地官府登記造冊存入，戶牒便由大漢國人自持，上刻有隸屬州縣、姓名和身分，不論男女老幼都有，而宮人在出宮之前，不予發放。」

這麼說，荀柳就懂了，這不就是身分證嘛。

「這麼嚴格嗎？不會出了京城，到哪裡都要查吧？」

軒轅澈搖頭。「京城乃天子腳下，查得嚴一些。出了京城之後，應當會寬鬆許多。」

黃伯看著軒轅澈一副小大人的樣子，忍不住笑道：「娃娃倒是厲害，知道得這麼多。」

娃娃……

荀柳噗哧笑出聲，軒轅澈則黑了臉。

這下難辦了，現在城門口搜查這麼嚴格，他們沒有戶牒，怎麼逃出去？又不能隱身……

等等，隱身？

荀柳猛地扭頭，盯著院子裡那兩個散發著惡臭的大糞桶，雙眼一亮。

「我有辦法了！」

「妳說什麼，讓我藏在這個糞桶裡？」軒轅澈不敢置信地看著眼前笑咪咪的少女。

黃伯呆呆看著兩人一眼，也有些不敢想像。

「丫頭啊，這味道聞慣了，倒也沒什麼。但人藏進去，實在……」太噁心了。

荀柳伸出一根食指搖了搖。「我可沒說直接泡進去，你們不嫌噁心，我還嫌噁心。我說的法子，是障眼法。黃伯，你還有沒有這麼大的新糞桶？」

黃伯點頭。「柴房裡還有兩個新的。驢車顛簸，總免不了磕磕絆絆，所以我習慣多留兩個備用。」

「那就行，兩個正好夠用。」

她說的法子還是老法子，利用人的視覺盲點，在糞桶底下隔開空間。說白了，就是做個夾層，在木桶上方加一層木板，把底下的空間和上面的空間隔開。

屆時，渾濁的糞水倒在上頭，人躲在下面，就算遇到搜查，也絕不會想到這糞桶裡另有玄機。

黃伯聽到如此辦法，直讚她聰明。這樣一來，只要不出意外，溜出京城也不是難事了。

軒轅澈看著荀柳，不由深思起來……

第八章

晚上，和黃伯一起吃完飯後，荀柳便摸到柴房裡，開始一頓叮叮噹噹。

不知過了多久，她背後突然響起一道聲音。

「妳從哪裡學到這些木匠本事的？」

荀柳擦了擦額頭上的汗，轉過身，只見少年眉眼如畫，腰背挺直，雖然才十二歲，雖然只穿著一身低劣布衣，但已初顯成人後的無雙風華，但現在還是嫩得跟棵小草一般。

見軒轅澈只穿著一身單薄的裡衣，她將旁邊凳子上的毯子扯過來，披在他身上。

「你不怕冷啊？要是生病了，咱們可沒地方買藥。」她說完，又去拿鋸子鋸木板。

軒轅澈走近她，手上拿著那個小魔方。「我剛才的問題，妳還沒有回答。」

荀柳停了停，隨口胡謅。「我爹生前是個木匠，我跟他學的。」

事實上，前世她就是個徹頭徹尾的機械工程女博士，這些東西是她那個教授爺爺逼著她從小學的。

「妳又在騙我。」

軒轅澈把手上的魔方遞到她面前。「這魔方，工部的大臣且做不出來，區區一個木匠，怎能做得了？」

荀柳心裡一震，低頭一看，又是一驚。

「你居然都解開了？」小小的魔方上，六面數字已然一格不差地歸位。一個剛滿十二歲的古代少年，不到一天的時間，忙著逃命，還能抽空解魔方，莫不是傳說中的神童吧？

荀柳稀奇地拿起魔方，仔細看了幾眼。「你不是摳出木片，重新按上去的吧？」

軒轅澈瞥她一眼，臉上表情很平淡。「尋到了規律，倒也沒什麼難的，但其中巧思確實厲害。我在問妳話，莫要岔開。」

他面貌稚嫩，語氣淡淡，眉宇之間帶著上位者從小養成的威嚴。若此時在他面前的是旁人，怕是真的會屈服，但他面前的偏偏是異世而來的荀柳。

荀柳見他小小年紀，說話語氣卻文謅謅、死板板的，偏偏又長得很可愛，忍不住伸手捏了捏他還帶著嬰兒肥的小臉。看他瞪著驚訝的眸子，臉蛋被捏得變了形，才鬆手笑起來。

「小小年紀，想這麼多幹什麼？我會的多了，對咱倆豈不是更好？別忘了，你將來還得靠姊姊我養活呢。」

她說完，轉身繼續去做手上的事情。

軒轅澈愣在原地許久，半晌才抬起手摸了摸自己的臉，有些不可置信。

他長這麼大，還未有人敢如此隨意地對他動手動腳，連兒時犯錯，受了父皇責罵，母妃也從不抱他，說他將來責任堪重，兒時起便要比旁人苦練心智，這句話他一直記到現在。

但眼前這個女人卻不同。

自從在長春宮中第一次見面，她就大膽地摸過他的頭，雖然那時她不知他的身分，他也只當好玩。但越是相處，他越覺得她不像是宮中的人，不像宮人那般習慣伏小謹慎，行為之間，更無階級之分。

他想著，看看少女忙得熱火朝天的背影，慢慢走近。

「妳那天說的月光仙子，是真的嗎？」

荀柳愣住，轉過頭，見軒轅澈那雙澄澈的眸子正看著她。

不總說她是個騙子嗎，這話一聽就是忽悠人的，還來追問做什麼？

她只是出於好玩才說的，但看著他的眸子，繼續忽悠的話卻難以出口。

她認真想了想，反問他一個問題。「你相不相信這世界上有鬼神存在？」

軒轅澈仍舊看著她，不說話。

荀柳指著天邊的月光，道：「我曾聽過一個故事，每個人身邊，從出生起就有一位月光仙子，陪伴他長大。仙子看不見、摸不著，但從生命伊始至垂垂老矣，無論皇帝或是乞丐，無論他是美是醜，是好是壞，直到命終之日來臨前，仙子都會陪著他，不讓他孤單。」

這是前世奶奶從小告訴她的故事，自從她長大懂事之後，便從未當真過。現在覺得，這樣的故事無論真假，至少對一個願意相信的人來說，總是美好的。

更何況，她自詡不信鬼神，卻經歷了這世上最稀奇古怪的事，穿越到異世四年多，前世的親人、朋友和生活，都慢慢忘卻了。

說起荒唐來，誰能比她的經歷更荒唐？

軒轅澈愣愣看著少女微笑的側臉，眼底似有光芒閃動，不知道在想些什麼。

最終，兩人誰也未再開口說話。

隔天，隨著一聲雞鳴響起，小雜院的後門被悄悄打開。

黃伯趕著驢車，小心地打量左右街道，見沒什麼人注意他，便敲了敲身後兩個大糞桶的桶邊。

「丫頭，我們已經出了門，待會兒就要過城門。我沒叫你們之前，莫要出聲，知道嗎？」

「知道，黃伯，你放心往前走。」

黃伯點完頭，想起藏在桶裡的人又看不見，尷尬地咳嗽幾聲，有些緊張地駕著驢車，往巷子口駛去。

荀柳躲在糞桶裡，雖然是新桶，她還特意釘了幾層破布，但還是抵擋不住惡臭熏天的氣味往她鼻子裡鑽。

連她都受不了，可想而知，另一邊的小祖宗軒轅澈，大概已經快被臭暈了。

正在她快忍不下去的時候，突然聽到了一道男人的聲音。

「何人出城，出示戶牒！」
看來已經到了城門口。荀柳屏住呼吸，祈禱這次順利過關。
黃伯剛將驢車駛近，方才出聲的禁衛，立即厭惡地捂住鼻子。
「這後面裝的是什麼？」
他身後幾位常守城門的士兵聞言，立即諂媚地上前。「大人，這是專門運送糞水的驢車，應當不會有問題。」
禁衛看了黃伯一眼，又看看他身後的兩個嶄新木桶，目光奸詐地閃了閃。
「運送糞水？那木桶為何這般新？你，給我上去掀開看看！」他指的，正是方才獻媚的士兵。
士兵沒想到，自己好心提個醒，卻招來這麻煩事，有些不情願地暗自啐了一口，表面上依然奉承地應了幾聲走過去，一手捂著鼻子、一手嫌棄地伸出兩根手指頭，捏住蓋柄，拿起蓋子。
他剛瞄了一眼，便被這味道熏得乾嘔幾聲，立即放下蓋子退回去。
禁衛見狀，似是放了心，不耐煩地揮揮手，吩咐身後的人讓路。
黃伯見狀，一顆心總算放了回去，連忙趕著驢車，出了城門。
現在天空已經一片大亮，通往京城的路上，行人漸漸多了。
怕引人猜忌，他特意挑了行人少的小路，見四周無人，這才打開木桶側面的木板，將荀柳跟軒轅澈放出來。

終於出了糞桶，荀柳頓時覺得空氣清新不少，見軒轅澈一臉鬱鬱的菜色，便知道他大概也待得不好受。

「黃伯，真的謝謝你，如果不是你，我們也不可能這麼順利出京城。」

黃伯笑著搖搖頭。「你們是彩芝的朋友，我幫你們是應該的，更別說妳還給了我那麼多銀子。往後怕是見不著了，這一路上，你們自己保重。」

「謝謝黃伯，保重。」

看著驢車遠去，身後便是綿延無盡的青山河川，一時間讓荀柳有些恍然。

在宮裡時，一直心心念念著要離開，但真的離開之後，卻又不知該往哪裡去。

她看了看站在身邊、表情淡淡的少年，問道：「如今是離京城越遠越安全，但是這麼多方向，我們應該去哪？」

軒轅澈指了指左方。「京城往東是徐州，徐州靠海，還算太平，但駐守的州官多是蕭黨。」又指了指前方。「往南是青州、憲州和禹州。青州靠近京城，太過冒險，而憲州和禹州地處偏遠，盜匪猖獗，也不宜去。」

北邊更不用說了，正和昌國交戰，去了就是死。聽起來，外面的州縣也沒比京城安全到哪裡去。

荀柳嘆了口氣。「照你這麼說，我們只能選往西的路了？」

軒轅澈抬頭，瞥她一眼。「京城往西，是靖安王駐守之地西關州和涼州。據我所知，靖安王與朝廷不合多年，恐有造反跡象。」

「啊？」荀柳張了張嘴，徹底服了。

等等！她突然靈光乍現。「你剛才說西關州？」

她將背上的包袱拿下來解開，從裡面翻出一件東西，正是在出宮之前崔嬤嬤託付給她的那塊玉珮，她差點將這件事情忘了。

崔嬤嬤為什麼這麼巧，讓她去西關州找人？如果當初沒將她算計到這一場宮變中，倒也算了，她會真以為，崔嬤嬤是托她帶話的。

現在，她卻無比懷疑崔嬤嬤的用意。

還有，崔嬤嬤說的那句，「記住，那玉珮萬萬不可弄丟，或許它往後能保妳一條命，也未可知」。

保命？保誰的命？

她抬頭看了看也感到很疑惑的少年，心裡大概是明白怎麼回事了。

敢情這條路，根本就是為讓軒轅澈活命鋪的。京城的情況尚不穩定，他們兩個是黑戶，連個安全的投靠地方也沒有，那位夏飛將軍看來就是他們安身保命的唯一機會。

也就是說，無論如何，他們只能往西邊去了。

在荀柳思考的時候，軒轅澈盯著那塊玉珮，震驚非常。

「妳為何會有我皇家之物？」

荀柳正想將玉珮收進包袱裡，聽到他這句話，愣了愣，又將玉珮拿出來。

「你說，這是你們皇族的東西？」她說完，又搖了搖頭。「不會吧，這是崔嬤嬤給我的，怎麼會跟你們皇家有關？」

軒轅澈認真地點頭。「這玉名為聖白玉，產量極少，且只有大漢官礦才能開產，每一塊必上貢皇家所用，大漢傳國玉璽便是由聖白玉所造。妳說的崔嬤嬤，她又是誰？」

荀柳一愣，崔嬤嬤到底是何方人物，手裡居然會有皇家的東西，現在到底該怎麼辦？她想了半晌，想不出頭緒，最終還是決定相信崔嬤嬤一回。至少，崔嬤嬤不會害他們費力救出去的二皇子吧？

荀柳將玉珮重新收到包袱裡，對軒轅澈道：「你順利出宮，那位崔嬤嬤也有不少功勞，這是她給我的東西，讓我們去西關州碎葉城找一位叫夏飛的將軍。現在看來，或許這是我們唯一的選擇了。」

話雖這樣說，但西關州這麼大，就算他們找到碎葉城，又如何順利見到夏飛將軍？就算見到夏飛將軍，又如何證明他會願意幫助一個出逃宮女和一個落難皇子？

這麼一想，前方的路好似西天取經路一般，困難重重。

軒轅澈見她連連嘆氣，低著頭，眸子閃了閃。「如果妳想分開走，我不會怪妳。」

荀柳低頭看他一眼，只見少年臉上面無表情，但垂在身側的雙手卻已默默握成拳。

明明害怕她丟下他離開，卻非要逞強說出這種無所謂的話。

荀柳上前一步，伸出手，揉了揉少年額前的亂髮，揚起一抹寬慰的微笑。

「你放心，我不會無緣無故丟下你的。」

軒轅徹歪了歪頭，避開她的手，不知道側著頭在想什麼。

荀柳並不在意，笑了笑，揹起包袱，轉身看著身後不太平坦的小路，伸了伸懶腰。

「走吧！現在天色還早，我們盡快多趕點路，看能不能在天黑之前找個村子避避寒。」

因為兩人沒有戶牒，所以荀柳決定儘量避開城鎮。

這樣一來，會增加不少路程，加上通往西關州多為山路，崎嶇難走多有意外發生，他們的速度著實算不上快。足足兩個時辰，才翻過兩座山頭。

已經到了晌午，荀柳的體力已經消耗得差不多，再看軒轅澈，雖然一路安安靜靜不說話，但額上也冒出了不少汗，看來也累壞了。

她將包袱解下來，遞給軒轅澈。「你在這裡等一等，我去前面看看。」說完，不等少年反應，便轉身往前方的小土坡上走去。

土坡上的視野開闊許多，但她看了一圈，仍舊沒發現村落的影子，倒是在下面的半山腰處看到一個破落的屋頂，像是一間小寺廟。

她跑回去，從軒轅澈手上拿起包袱。「底下有間寺廟，我們先進去歇一歇，等下午再繼續出發。」

軒轅澈不作聲，額上的汗滴卻越來越多，臉色也有些不正常的蒼白。

荀柳看出不對勁，問道：「你怎麼了？是不是哪裡不舒服？」

軒轅澈抿著唇，倔強地搖搖頭，抬腳想繼續往前走，但還沒走幾步，身體便歪了歪。

荀柳見狀，立即撲過去，攬住了他的腰。

「都這樣了，還逞什麼能？」荀柳有些生氣地瞪著他的頭頂。

雖然她這具身體才比他大四歲，但個頭比他高出不少，此時抱著軒轅澈的後腰，能從他的頭頂上看見他的一對睫毛和秀挺的鼻子。

那對睫毛似乎正因為某種疼痛顫抖著，但軒轅澈仍舊抿著唇，不肯說話。

荀柳無奈地仰天嘆了口氣。「小祖宗，我真是怕了你了。」

她把軒轅澈拖到一旁的石頭上坐下，這才發現他不敢動腳，腳一沾地，便立即縮回去。

她明白了，蹲下身子，便要去脫他的鞋。

「妳做什麼?!」

軒轅澈想抽開腳，卻被荀柳不容置疑地按住，另一隻手捏住鞋後跟，索利地脫掉鞋。

果然，他腳底的襪子已然血紅斑駁，磨破了血泡。

她如法炮製，脫掉他的另一只鞋，腳底果然也如此。

「起了水泡，為什麼不告訴我？如果及時處理的話，也不至於這麼嚴重。」

一路上，她忙著趕路，見他在後面安靜跟著走，便以為沒什麼事。孰料這小子是個悶雷，身體不舒服，還自己硬扛著。

如果不是忍不了了，他是不是還打算一直瞞著她？

軒轅澈別開臉，抿唇不語，神色說不出是倔強，還是別的。

經過這幾天的相處，荀柳大概摸清了他的脾性。雖然生氣，還是無可奈何地將包袱打開，拿出備用的藥膏，脫下他的襪子，替他上藥。

腳上突然傳來一陣舒適的涼意，軒轅澈轉頭看去，卻見少女此時單膝跪地握著他的腳，正仔細認真地替他上藥。

荀柳感覺到有道目光看過來，抬頭對上軒轅澈的注視，卻被那雙鳳眼裡閃爍的淚光驚得愣住。

軒轅澈立即轉過頭，抓住袖子擦了擦淚。

荀柳回神，忽然想到他這般拚命趕路的目的，心裡有些發酸，忍不住伸出手，抱住他瘦弱的肩膀。感覺到他身體突然僵硬，便伸手在他背後如安撫般拍了拍。

「傻瓜，我說過，我不會丟下你的，至少在你有能力保護自己之前，我不會離開。我向你發誓，行不行？」

她狠狠揉了揉少年的頭，笑道：「所以，你不用這麼害怕。如果累了，或者哪裡不舒服，一定要告訴我，知道嗎？」

她幫他重新穿好襪子和鞋，站起身背對他，雙手向後彎曲，示意他爬上她的背。

「上來，拿好包袱。」

軒轅澈愣愣看著她的背影，一時間不知該如何反應。

荀柳轉頭，發現他還愣著，道：「別發呆了，想快點自己下地走路，現在就得聽我的，快上來。」

他抿唇，拿來旁邊的包袱，揹到自己背上，然後慢慢起身，靠到少女溫軟的後背。

比起他，她的肩膀也沒寬到哪裡去，此時卻顯得溫暖可靠。

荀柳感覺到他上來，這小祖宗終於肯聽話，鬆了口氣。但她也累了，再揹個人更吃力。

不過，她不敢耽擱，因為剛才還晴空萬里的天色，此時已經烏雲密布。無論他們願不願意，雨停之前，只能盡快趕到才行。

第九章

路上驚險地打了好幾個趔趄，暴雨落地之前，荀柳終於揹著軒轅澈，進了破廟的門。

兩人剛進去，便聽外面春雷炸響，暴雨噼哩啪啦砸落在地上，濺起一地的泥花。

荀柳將軒轅澈放在佛像下的破蒲團上，便四處找能燃燒的材料，半刻之後，升起了一小堆火。

她又從包袱裡拿出兩件衣服，披到軒轅澈和自己身上，這才感覺到一點點暖意。雖然現在已經入春，但空氣還是冰寒刺骨。

「幸好臨走的時候，讓黃伯幫忙備了不少吃的。」

她念叨著，從包袱裡摸出一小包東西，打開一看，除了乾糧之外，還有不少豬肉乾。

「黃伯真夠實誠，這東西也捨得給。」

她笑呵呵地抽出一塊豬肉乾，遞給軒轅澈。

「餓了吧？早上就沒怎麼吃，多吃點，你正長身體呢。」

軒轅澈接過肉乾，咬了一口，咀嚼之後，臉上的表情詭異。

荀柳忍不住噗哧笑了一聲，把水壺遞過去。

「跟你以前吃的山珍海味肯定沒法比，但這東西已經不錯了。以後跟著我，可要吃不少苦頭，你可得做好準備。」

她想了想，又搖搖頭。「不過也不一定，如果有機會，我做更好吃的給你嚐嚐。」忍不住想起前世的各種美食，她的廚藝不錯，看來以後的家裡得準備夠大的廚房才行。

見荀柳雙手捧著臉，一副憧憬的模樣，軒轅澈的嘴角忍不住輕輕彎了彎，看了看手中的肉乾，就著水，重新啃了起來。

這時，小破廟外響起一陣腳步聲，還伴隨著陌生男人的聲音。

軒轅澈立即抬頭，警覺地往門外看去。

荀柳按住他的手背，讓他別太過緊張。

這條山路來往的人不少，附近又只有這一處避雨的地方，有人來並不是稀奇的事。

果然，不消一會兒，便有兩個男人揹著包袱，冒著雨跑進來。

其中身穿綠衫的小鬍子，甩了甩被雨淋濕的袖子，開始罵罵咧咧。

「出來收個租還能遇到這鬼天氣！算那幾家走運，等改日老子再過去收拾……」

他的話還沒說完，便被身穿灰衫的同伴碰了碰肩膀打斷。「哎，裡面有人。」

小鬍子往裡看去，果然見到兩個人影正挨著一處篝火坐著，竟是一名妙齡少女和一個看似不過十一、二歲的小少年。

小鬍子眼底露出一絲精光，和灰衫男子交換眼色，慢慢挪到另一頭的稻草堆旁坐下。

他們打量荀柳的時候，荀柳也在不動聲色地打量他們。

她不是很了解大漢的風土人情，卻有幾分看人的眼色，尤其是其中留著兩撇小鬍子的那個男人，看眼神就不像是善類。

現在外面下著暴雨，軒轅澈的腳底還有傷，如果沒有必要，她不想輕易離開破廟。

一直沈默不語的軒轅澈，趁著兩個男人湊頭說話的時候，悄悄靠近她。

「那兩個人會武。」

荀柳一驚，轉頭看他。「你怎麼知道？」

「腳步沈穩有力，虎口有繭，他們至少會些拳腳功夫。這是以前宮裡的教武藝的師父告訴我的。」

荀柳忍不住看向那兩人，卻見他們也正轉頭看著這邊，忍不住嚥了嚥口水。

天啊，不會這麼倒楣吧？

見兩人的目光往下，荀柳不動聲色地往後挪了挪包袱，但還是晚了一步。

方才為了拿乾糧而打開的包袱露出一角，從小鬍子的位置，正巧能看見軒轅澈的金冠。

荀柳心裡一驚，立即將包袱重新收好，再抬頭看去，卻見兩人的目光已經收回，不知道湊在一起說什麼。

她心裡有些打鼓，這種情況下，發生搶劫案的機會大不大？這裡畢竟靠近京城，這兩人縱然真的起了邪念，好歹也要顧忌律法，更何況附近的來往旅客並不算少。

敵我力量懸殊，她只能賭一賭，賭那兩個男人不敢動手。

然而她算來算去，卻算錯了一件事。

現在的大漢國，朝廷腐敗，民不聊生，貪官污吏不計其數，搜刮民脂民膏的人多，真正肯為民伸冤的清官卻如鳳毛麟角。這種時局，對於小鬍子這種人，有如老鼠裝了翅膀，更加肆無忌憚，無法無天。

不過，小鬍子到底比一般的亡命之徒要謹慎許多，剛進來時，他還沒打算幹什麼，但那頂金冠卻讓他花了眼。平日幫雇主往來各地收租，見識過不少好東西，可是那金冠，一瞥便知道不是件簡單物事。

本以為今天出門誤了差事，倒了楣，沒想到老天爺卻主動送上這麼一件好事。他眼睛轉了幾下，對著同伴勾了勾手。「剛才那件東西，你看到了沒？」

灰衫男子的眼睛也有些發直，忙點頭道：「看到了。金閃閃的，好貨色啊，我從小到大還沒見過這麼好的東西。」

「想不想要？」

灰衫男子驚訝地看小鬍子一眼，眼底泛起一層陰光。「你的意思是……」

小鬍子扯唇賊笑一聲，瞥向破舊的廟門。「你去外面把風，裡頭交給我。東西到手，我們對半分，怎樣？」

灰衫男子興奮地點點頭。「行，我現在就去。動作快點，等東西到手，雨停了，咱們去醉春樓快活快活。」

小鬍子點點頭。

灰衫男子起身看了看篝火那邊，裝作若無其事，向外走去。

「他動了。」

軒轅澈一邊對荀柳道、一邊悄悄抓住身後的一塊石頭。

荀柳當然也看到了灰衫男子的動靜，心裡頓時一沈，看來她還是有點樂觀過頭。外面大雨，那人出去能做什麼？但不管做什麼，她都有預感，絕對不是好事。看來，不管雨停不停，現在他們必須快點離開這裡。

荀柳偷偷將包袱底部那塊玉珮藏進自己袖子裡，然後揹上包袱，扶起軒轅澈，準備起身往外走。

兩人還沒走幾步，便被一隻手攔住了去路。

「別急著走啊。這位姑娘，外頭雨大，要是淋濕了，可是會生病的。」

荀柳抬頭看向小鬍子，見他眼睛不懷好意地瞄著她背後的包袱，目光又往她和軒轅澈的臉上掃了掃，忽而陰笑。

「長得也挺不錯，看來這次小爺我要發了。」小鬍子說著，便要動手。

軒轅澈低著頭，緊攥手上的石頭，準備抬手反擊，荀柳卻扯過他的身子，往前一擋，衝著小鬍子討好般地微笑。

「這位爺，有話好說。我姊弟二人只是路過而已，不知因何得罪了二位爺？」

小鬍子聞言，倒是有幾分驚訝。這些年他為了錢財，堵過不少人的生路，但從未見過這般識時務的，覺得有趣，摸著下巴，重新打量荀柳。

「小娘皮倒是挺有眼色。但沒人告訴過妳，英雄攔路，向來不問理由？」他眼中陰光一閃。「要妳的命，也從不問理由！」

荀柳抬手阻止小鬍子。「等等，這位英雄，我知道你要什麼。」

她索利地打開包袱，極為痛快地將那頂金冠和宮衣交到他手上。一連串動作，讓小鬍子的腦子有些發懵。

荀柳笑了笑。「不就是求個財嘛，何必惹出人命官司呢？您要，說一聲就是，這些東西都是您的了，請便。」

她說著，立即扶起軒轅澈往外撤，但一腳踏出門，就被另一堵肉牆擋住。

方才出去那人，居然守在門口，等著堵他們的出路。

小鬍子也反應過來，忙抓著宮衣追出去。

「他們身上必定還有什麼更值錢的東西，快攔住他們！」

灰衫男子聞言，立即準備動手，但荀柳的動作比他更快，一個抬腿，衝著他的襠下狠狠一踢。

「嗷！」

「快走！」

趁著男人彎腰痛呼，荀柳拖著軒轅澈，往雨幕裡跑去。

然而暴雨連綿，山路泥濘，又拖著一個腿腳不便的少年，荀柳又能跑多遠？

不消半刻鐘，荀柳便覺得全身都沒了力氣。軒轅澈的情況更糟，剛敷藥不久的傷口又裂開，額頭昏沈發燙，覺得自己就像一隻任人宰割的死羊。

從逃宮開始到現在，處處是死劫，他想求生想獲得回來復仇的機會，卻總是無能為力，甚至拖累別人，一個一個為他送命。

這一刻，他忽然想放棄，或許從一開始他就不該離宮，應該陪著母妃，一起葬送在那場大火之中。

撲通！軒轅澈跌倒在泥水之中。

身後的惡徒邊罵邊追過來，荀柳趕緊跪下身子扶起他。

「小風，再撐一撐。我揹你，快！」

看著她伸出的雙手，軒轅澈搖搖頭，肩膀微微顫抖著。

「妳走吧，別管我了。」

荀柳一怔，看著他如死水枯潭般的雙眼，似是明白了他的念頭，伸手抓住他的雙臂，往自己肩上一扣，試圖揹起他。

「你在說什麼蠢話！這點困難你就受不了了，怎麼回去報仇？你別忘了，你發過誓，要讓他們血債血償！」

然而，軒轅澈卻如破布娃娃般，低著頭不肯動，而身後追來的腳步聲已然越來越近。

「妳快走，我不用妳管。」

荀柳氣急之下，忽然冷笑一聲。「好，你想死是吧？那我也豁出去了！」解開包袱，抄起工具包裡的小斧頭。

軒轅澈見狀，臉色一白。「妳要做什麼?!」

荀柳咬了咬牙，站起身，冷冷地看向軒轅澈。

「軒轅澈，你別忘了，為了你這條命，你的母妃是怎麼死的，彩芝他們又是怎麼死的，你以為你還能說放棄就放棄？這麼多人為了你生生闢出一條血路，不是讓你遇到屁大的事就當縮頭烏龜。今天我要是死在這裡，下了地獄，我也要教訓你一頓！」

她說完，緊握著小斧頭，竟直接往惡徒方向迎上去。

她拚了！大不了二十年後又是一名美女，說不定這一死，還能穿回去呢。

另一邊，小鬍子見她直愣愣站在這裡等他，也是一愣。

這娘兒們，怎麼每次都不按牌理出牌？

荀柳咬了咬牙，一鼓作氣衝過去。迎頭一斧，就算不讓他死，也讓他殘！

孰料她還沒衝幾步，腳下被石頭一絆，摔了個狗吃屎，小斧頭還飛了出去，落到小鬍子腳邊。

小鬍子回過神來，低頭看著小斧頭，陰森森一笑。

荀柳一抖，徒手送兵器，這次要完！

不行，還不能輸！

她看看底下，抓起一坨泥巴往小鬍子臉上一丟，啪的一聲，泥漿成功糊了敵方一臉。

她爬起來衝過去，剛想重新拿起斧頭，卻被一雙手掐住腰。

「小娘皮倒是挺會折騰，妳自個兒找死，就別怪小爺我不留情……啊！」

荀柳狠狠去咬他的肩膀，無奈力氣太過懸殊，小鬍子伸手一抓，便死死掐住她的脖子。

「咳！」小鬍子滿臉陰鷙，咬牙切齒道：「臭娘兒們，老子本想著將妳送進醉春樓換幾個銀錢，是妳自己不識抬舉！」

他手上一使力，荀柳只覺得呼吸困難，目光漸漸模糊渙散。

啪！

脖子上的手突然一鬆，荀柳急喘一口氣，這才看見軒轅澈正握著石頭，站在她面前，石頭上滴著血水，小鬍子已經倒在泥漿之中。

「你……」

她剛要說話，卻見軒轅澈小小的身體軟癱在地，立即扶起他往回趕。

剛走了半步，她想起金冠和宮衣，但一回頭又聽到灰衫男子追來的聲音，暗罵一聲，只能揹起軒轅澈，趕緊離開。

荀柳揹著軒轅澈和包袱一路沒命地跑，直到天色漸漸黑下來，雨勢漸小，看似已經完全甩開了那兩個男人，才開始找落腳之地。

天黑之前，她終於找到了個小山洞，雖然不大，但是夠乾燥，也夠他們歇息了。

幸好洞內還有些枯草，荀柳揹著少年，將枯草費力地鋪在地面上，這才將軒轅澈放下來。又冒著雨出去找了些樹枝回來，雖然半乾不濕，但好歹能升起一小簇火來取暖。

縱使山洞內已經暖和許多，但軒轅澈的臉色依舊蒼白得嚇人，荀柳摸了摸他的額頭，有些擔憂。

怎麼這麼燙？

她將他的鞋襪脫下，腳底的血泡已經發黃流膿，是發炎了，這種發燒該怎麼辦？

荀柳有些焦躁，她這雙手救過的破銅爛鐵數不盡數，但人命還是頭一遭啊。

「好……冷……好冷……」

軒轅澈渾身發抖，縮成一團，唇色竟有些發青。

她咬了咬牙，將包袱全翻出來，裡頭的衣服已經濕透，幸好藥瓶子都沒丟，遂直接將看起來管用的藥膏全抹在軒轅徹的腳底，然後翻出一件濕衣服，擰了擰，貼在他的額上。

軒轅澈仍舊抱著胳膊發抖，她想了想，乾脆將他身上的濕衣服全部脫掉，只留裡褲，再把他挪到靠火近一點的地方，烘乾將他皮膚和頭髮上的濕氣。

她舉起衣服，放在火上烤，一邊注意著軒轅澈的動靜。

此刻，軒轅澈身上的濕氣迅速化成水蒸氣，冉冉飄起。這副情景，不知道的人，還以為是哪位道友要飛升了。

荀柳在腦子裡想像著，忍不住噗哧笑出聲，佩服自己，在這種情況下，還能自得其樂。見手上和身上的衣服烤得差不多乾，她準備替軒轅澈穿衣服。

然而，她剛碰到軒轅澈的胳膊時，卻見他翻了個身，竟緊緊地抱住了她的腰。

「母妃……」

荀柳低頭看去，只見他白著一張小臉，嘴唇也蒼白無色，睫毛脆弱地顫抖著，兩隻細瘦的胳膊卻纏著她的腰，不肯放手。

她動手拉了拉，他卻更加使力。

「母妃不要死……不要……」

晶瑩的淚滴自軒轅澈睫毛間滾落，滴在她的手背上。

似是被那灼燙驚到一般，荀柳忍不住有些心酸，嘆了口氣，摸摸他的小臉。

前幾日，他還是皇宮內院一人之下、萬人之上的二皇子，如今卻從雲端跌到谷底，但這一路來多少艱辛，他從未向她喊過一聲苦。但實際上，這已經算是他的極限了吧？

就這樣，她輕輕抱著他，拍著他的後背。不知過了多久，少年不再顫抖，卻貼緊了這具和記憶中母妃一樣溫暖的身體。

「母妃……孩兒是不是很沒用……」

荀柳轉了轉眼珠子，順著他的話，輕聲回答。「不是，澈兒很勇敢，如果也能努力地活下去，就更好了。答應母妃，好嗎？」

然而，軒轅澈卻沒了聲音。

她低頭一看，這小子居然自顧自睡熟了。

「臭小子，玩我呢？」

想不到這小子清醒的時候冷冰冰的，糊塗的時候居然這麼黏人，她扳了半天，也沒能將他的一雙手扳開。

現在已經是深夜，雨倒是停了，看來明早應該是個好天氣。

她摸了摸軒轅澈的頭，覺得溫度好似降下來一點，便拉過一旁已經烤乾的衣服，蓋在兩人身上，乾脆直接摟著他睡了過去。

第十章

另一邊，小鬍子醒來之後憤怒非常，但跟灰衫男子找了整座山頭，都沒找到荀柳和軒轅澈的身影，加上兩人身上多少都有傷，便放棄了尋找，拿著那件宮衣和金冠進了京城。

「臭娘兒們，別再讓老子撞見，不然老子非剝了她的皮不可。」

灰衫男子卻對這件事多少有些避諱，打量幾個經過他們身邊的路人，小聲地開了口。

「大哥，小聲點，莫讓旁人聽見。還有，那兩人跑了，他們會不會去官府告我們？」

小鬍子冷哼一聲，張揚地抖了抖懷裡的宮衣，引來不少人的目光。

「告什麼，這幾件東西一看就不是尋常貨色，那兩姊弟多半是偷來的，諒他們也不敢去告。走，找間當鋪換銀子去。」

然而，剛拐進胡同的時候，有人拍了拍他的肩膀。

「這位兄弟，麻煩等等。」

小鬍子轉頭，見是一位穿著普通的長鬍子老頭正笑吟吟地看著他，最奇怪的是，這老頭手上還托著一隻不知道是鱉還是龜的玩意兒，頭一縮一縮的，兩顆綠豆眼盯著他看，讓他不由心慌。

見不像是什麼不好惹的人物，小鬍子便放鬆了幾分，不耐煩道：「叫小爺幹什麼？」

老頭用托著烏龜的手指了指他懷裡的東西。「這位兄弟，敢問這些東西從何而來？」

小鬍子和灰衫男子立即警覺地看他一眼，將東西往裡面掩了掩。「你問這個做什麼？東西怎麼來的，關你屁事？」

老頭一點都不生氣，只用另一隻手撫了撫長鬚，笑道：「二位兄弟莫要見怪，小老兒只是無意中瞥了一眼，對這幾件東西頗為喜歡，想問二位可願意出手？」

小鬍子與灰衫男子對視一眼，嘲笑起來。「你想買這幾件東西？我們出的價錢，你能給得起？」

老頭又撫了撫長鬚，笑容未變。「二位不說，怎知小老兒出不出得起？」

小鬍子上下打量他一眼，將信將疑地伸出五根手指。「五百兩黃金。」

老頭頗為可惜地搖頭。

「啊呀，這可傷了小老兒的腦筋。這趟出門，我沒帶多少銀子。」

「老東西，拿我們尋開心呢？沒錢買什麼東西，滾回去玩你的龜兒子吧！」

小鬍子冷笑一聲，啐了一口，轉身就要走，然而肩膀卻又被人抓住。

「欸欸，別走啊。不如這樣，我給你們一件東西，你們可拿著它去一處地方換銀子，莫說五百兩，一千兩都不在話下。」

聽到「一千兩」這三個字，小鬍子跟灰衫男子眼睛一亮，立即扭過頭，半信半疑地看了其貌不揚的老頭一眼。

「什麼東西？」

老頭笑了笑，從袖子裡摸出一塊玉牌丟過來。

小鬍子一把接住，看了看，莫名覺得有些眼熟。

「這東西真的能換銀子？」

小鬍子抬頭看去，只見老頭十分愜意地伸手逗了逗那隻烏龜，輕描淡寫地開口。

「當然，拿著它去府衙，就說是戶部尚書賀子良欠了二位五百兩黃金，以老夫的面子，興許是能多換一點。」

小鬍子聞言，渾身一震，瞪大眼睛去看那塊玉牌，背面果然刻著一個大大的「戶」字。

他雙腿一軟，撲通跪倒在地。

怪不得他剛才覺得眼熟，這玉牌便是朝官代表身分的腰牌，尋常百姓就算無緣見到，也總聽說過。

京城腳下，斷無人敢冒充戶部尚書那樣的大官，看來他們這次真的走了霉運，居然撞上這麼一尊大佛。

灰衫男子見他跪下，反應過來，一起跪下，哆嗦著不敢說話。

賀子良卻有些莫名其妙。「你們跪我幹什麼？這個法子不行？」

「不不不，大人，是我們兄弟有眼不識泰山，這幾件東西……」小鬍子暗自咬牙。「您喜歡就拿去，草民絕不敢要您的銀子啊……」舉起玉牌遞到頭上。

這下，他們就算是不認栽也不行了，這幾件東西本來就來路不明，遑論他們兄弟這些年替人收租，手上多少沾了人命官司。若真的不識好歹撞到槍口上，對方還是惠帝面前最大紅人，怕是會被吃得連骨灰都不剩。

識時務獻殷勤，向來是他們這種人保命的本能。

賀子良笑著撫了撫鬍鬚，不急著接過那塊玉牌。

「老夫倒是還好奇一件事。」

小鬍子殷勤道：「您請問，草民二人斷不敢隱瞞。」

賀子良撫鬚，眼底閃過一絲精光。「實不相瞞，這件東西是老夫故人所有，請問你們是如何得到的？」

小鬍子肩膀一抖，不敢說話了。灰衫男子的頭更低，也是一副心虛的樣子。

賀子良見狀，似是明白了什麼。

「看來，老夫的威名還是不夠響亮，或許該讓刑部的人來問上一問……」

「大人，我說，我說。」小鬍子連忙磕頭，眼珠子卻狡詐地轉了轉。「這件事，實在不怪我們兄弟。我們在城外的破廟裡看見那對姊弟抱著這幾件東西，一看就是偷來的。他們還想打我們的主意，我們也是一時衝動，才……」

他將破廟裡發生的事敘述一遍，但在有意的添油加醋下，荀柳和軒轅澈成了偷雞摸狗的小賊，他們兄弟反倒成了自保的受害者。

賀子良聽完，面無表情。「那對姊弟現在何處？」

「草民不知。他們使詭計打傷我們，便跑得無影無蹤。大人，我們說的句句屬實啊。」

賀子良目光閃了閃，許久不說話。

許久，當小鬍子以為自己這次真的死定了，卻聽賀子良忽然爽朗地笑起來。

「你們為何如此害怕？這是幫了老夫一個大忙。實不相瞞，這幾件東西正是老夫故友前幾日家中遭賊丟的，你們兄弟替老夫找回來，應是有功。」

他說著，收回玉牌，從袖子中掏出一張銀票，遞到小鬍子手上。

「五百兩黃金，老夫拿不出來，但一百兩銀票還出得了手，算是老夫替故友答謝你們。不過……」他的眸子一瞇。「這件事，我不希望被任何人知曉，畢竟這是我故友家中醜事，你們可了解？」

小鬍子看著手裡的銀票，原以為這一趟是禍事，卻又情勢急轉，變成了喜事。方才那五百兩黃金，本來就是隨便出的價錢，這幾件東西雖然名貴，但根本不值五百兩黃金。加上他們本來就理虧，哪裡還敢對別人信口開河，聞言如遭大赦一般，連連磕頭。

「草民一定牢記。」

賀子良點頭，正準備多問兩人幾句，但巷子外傳來一陣馬蹄聲和吵嚷聲，便揮了揮手讓兩人離開。又脫下外衫，將宮衣和金冠包起來。

賀子良一手托著那隻晃頭晃腦、絲毫不怕生的烏龜，一手提著布包，哼著時下京城流傳的小曲兒，朝下馬盤查往來行人的禁衛軍走過去。

蕭朗正站在長街中央，看著手下的人盤問出入京城的行人，忽然聽見背後傳來一道再熟悉不過的聲音，當然，也是再討厭不過的聲音。

「蕭大人，閒來無事，又出來顯擺官威了？」

蕭朗轉過頭，發現又是賀子良這個老不死的，不情不願地向對方抱拳。

「真是巧。最近賀大人似乎也閒得有些過了，據我所知，戶部的事情也不少吧？」

賀子良滿臉笑容地點點頭。「是有不少事情，但老夫底下有那麼多急於出頭的後生，老夫可不忍心奪了他們賣力的機會。」衝著蕭朗眨了眨眼。「尤其是那些蕭家的門客。」

「你！」

蕭朗當然聽出他這話裡夾槍帶棒的意思，但他有差事在身，無心與這老滑頭鬥嘴，便忍住了。瞥見他手上的烏龜和另一隻手上拿著的布包，頓時起疑。

「賀大人手裡拿著的是什麼？」

賀子良心情很好地將那布包往上舉了舉。「哦，來客樓新出的烤乳鴿。這天氣有些冷，涼了味道就差多了，蕭大人可想一起嚐嚐？」

蕭朗一聽，沒了興致，頗為嫌棄地撇過頭。「不用了，我還有要事，就不打擾賀大人享受美食，告辭。」

他向附近的下屬揮了揮手，一行人上馬，往長街拐角處奔去，打算換個地方盤查。

賀子良看著那些人的背影，笑著掂了掂手上的布包。

「獵狗圍山，殊不知雛鳥已飛出山林。雲貴妃，這回妳可以瞑目了。」

清晨，山中薄霧似紗，露水懸在草葉枝頭，不遠處傳來幾聲嘰嘰喳喳的鳥叫，還有撲騰翅膀的聲音。

軒轅澈被這不曾聽過的熱鬧吵醒，慢慢睜開眼睛，眼前卻映出一張近在咫尺的臉。

他嚇得叫了一聲，卻發現自己嗓子乾澀，只能發出難聽的啞叫。

儘管是這樣，荀柳還是被吵醒了，抬起手揉揉眼睛，茫然地看了看山洞洞頂，這才想起昨晚經歷了什麼。

見軒轅澈抱著衣服，一臉驚恐地看著她，忍不住打了個哈欠，撓了撓頭。

「怎麼了？你怎麼一臉見鬼的表情？」她又湊上去摸軒轅澈的額頭，這才鬆了口氣。

「終於退燒了。」

她撥開兩人身上散亂的衣服，站起身，見外頭一片陽光明媚，伸了伸懶腰。

「既然好了，就自己起來穿衣服。我去漱洗一下，弄點吃的。」

昨天那些乾糧大多受潮不能吃了，她得想辦法弄點能果腹的吃食回來。

正當荀柳準備走出山洞的時候，軒轅澈乾啞的聲音從她背後響起。

「是……是妳把我的衣服脫掉的？」

荀柳轉過頭，見他一副控訴的表情，又看看他光溜溜的肩膀，頓時起了逗弄的心思。

「當然了。這裡除了你我之外，還有別人嗎？不是你自己脫的，當然只有我嘍。」

軒轅澈青白著一張小臉，像是一株被野豬摧殘的花朵，羞憤中帶著些許怒火。

荀柳見他這副樣子，不再逗弄他，彎腰坐下，揉亂了他的頭髮。

「昨晚你發燒，衣服又是濕的，我只能脫掉衣服，替你烤乾。小小年紀，怎麼這麼能胡思亂想，我一個黃花大閨女能對你做什麼？再說了，你在宮裡又不是沒被小宮女服侍過。」

軒轅澈低垂著眉睫，半晌才緩緩道：「服侍我的，幾乎都是太監……」

荀柳一愣，這才想起一件事，是早年在宮裡聽低等宮女們閒聊時才知道的。

那是她剛來這個世界的第二年，也就是軒轅澈十歲那年，炎夏的某個夜晚，長春宮發生了一件大事。

服侍軒轅澈的宮女起了歹心，竟為了爬上主子的床，私自在他的晚膳裡下藥。

要不是當夜雲貴妃正好差人來送香料，撞見這樁醜事，怕是年紀小小的軒轅澈此生便不能人道。向來和善的雲貴妃第一次動怒，一連斬殺了四名宮女不說，還將他殿內所有的宮人全換了一遍。

此後，軒轅澈身旁未再出現任何宮女，服侍他的一律都是太監和侍衛。

那時荀柳聽見這樣的事，只感慨一聲，深宮果然陰謀多多，連一個還未成人的孩子都不放過。

現在想起來，卻覺得可悲。

她不知道那名宮女為何做出這種事，但那一晚對軒轅澈來說，無異於一場噩夢，怪不得他從一開始就很排斥她的肢體接觸。

她想到這裡，對軒轅澈道：「對不起，這次是我不對，以後你不喜歡我碰你，我就不碰了。昨晚你發高燒，我是怕你出事，才脫了你的衣服。至於昨晚睡在一起，是因為你抱著我不撒手，我想替你穿上衣服都不行，你就不能怪我了。」

軒轅澈震驚地抬起頭看著她，半晌後才動了嘴唇。「不可能……」

「怎麼不可能？」

見他有了精神，荀柳又想逗他了。「你抱著我母妃母妃的喊，還向我保證，以後再也不會隨便輕生。哎，你好歹也是皇家人，發過的誓可不能食言，知道嗎？」

軒轅澈呆愣著，說不出話來。

荀柳偷偷笑了笑，站起身。「行了，快起來穿衣服。我出去一會兒，馬上回來。」便走出了山洞。

這個時候，能弄點什麼吃？昨晚經過一條小河，裡面應該有魚蝦吧？

荀柳循著記憶走過去，果然見到一條銀燦燦的小溪橫躺在山谷中央。

正值初春，高山融冰，萬物甦醒，小溪裡有不少小魚小蝦。但對她這種毫無野外求生經驗的人來說，徒手抓魚未免太難，眼巴巴瞅了半晌，還是只摘了幾顆野果子，回了山洞。

此時，軒轅澈已經穿好衣服，坐在枯草上，腳上卻沒套鞋。

荀柳把果子丟到他懷裡，低頭看看他腳上的傷口，點了點頭。

「傷口正在結痂。這兩天，咱們湊合著住在這裡，等你的腳傷好了，再繼續走。」

軒轅澈沒什麼表示，荀柳就當他答應了。

她從包袱裡翻出之前準備的吃食，果然乾糧毀了一大半，幸好那些肉乾是用油紙包著的，還算完好，便將其他乾糧丟到山洞外，兩人就著肉乾和果子，簡單解決了早飯。

但這樣不是辦法，尤其是正在養傷的軒轅澈，不能只靠著這些東西果腹。

荀柳想了想，忽然想到一個主意，將包袱裡的斧頭翻出來，重新出了山洞，不一會兒便抱著一堆木頭回來。

軒轅澈見她從包袱裡翻出一個捲起來的牛皮包，只見她拿起一端，往下一抖，再往地上一鋪，一排造型古怪的鐵具便被擺在他的眼前。

他見荀柳拿起一塊木頭，在那些工具之間挑挑選選，忍不住好奇。「妳在做什麼？」

荀柳頭也不抬地說：「做陷阱。」

她選了小鋸子，開始將木頭鋸成木塊，這才對軒轅澈笑道：「想不想吃烤兔肉？」

軒轅澈看著她，不說話。

一頓乒乒乓乓之後，荀柳拿著兩個奇形怪狀的木板，高高興興地走了出去。

「你等著，中午我們吃頓大餐。」

然而，兩個時辰之後，荀柳一邊在山洞裡啃肉乾、一邊看著毫無用處的自製陷阱，唉聲嘆氣。

「真是見鬼了，我明明是照著做的。什麼絕對抓得到？這些無良博主，教的是什麼鬼玩意兒？」

荀柳咬了一口肉乾，另一隻手翻來覆去看自己做的陷阱是不是有問題。

「妳用這個去抓兔子？」軒轅澈突然開口。「怎麼抓？」

荀柳把手上的東西拼在一起，示範給他看。

「找個地方，挖個方方正正的坑。這兩塊板子就像是一道門，將方坑堵住，上面鋪一些乾草和野蘿蔔塊，門上則用布條設置活扣。」

她的手像是在演兔子一般，在那兩塊板子上一點，板子突然向下打開，兔子連同蘿蔔塊一起掉了進去。

少年眼中露出一絲驚訝。「這個機關設置得很巧妙，妳從哪裡學來的？」

「這個不重要。重要的是，過不了幾天，我們就要啃樹皮了。」

軒轅澈的目光閃了閃，忽然道：「我曾在書中讀過，狡兔三窟，但喜走老路，是不是妳放置的位置不對？」

這話一出，荀柳立即愣住，前世似乎也在哪裡看過這個說法，說是兔子膽小，習慣循著安全行走過的老路覓食，天長日久，草叢裡總會留下這條路的痕跡，只要循著兔子洞周圍的草叢仔細找，就能找到。

「你說得對，我再去試試。」荀柳又拿起陷阱，往山上走去。

軒轅澈看著她的背影許久，直到她完全消失在他的目光之內，才扭頭看著還鋪在地上的皮質工具包，眼底閃過一道暗光……

第十一章

荀柳根據軒轅澈說的法子下了陷阱，果然不到半個時辰，便有一隻肥兔子入坑，便喜孜孜地抓著兔子去河邊。

不久後，軒轅澈看見荀柳顫顫巍巍舉著被剝皮的兔子走過來，那副樣子，像是她手裡的死兔子是怪物似的，清秀的臉上還濺了幾滴兔子血。

「晚上我們有大餐吃了。」荀柳說著，用手背蹭了蹭下巴，幾滴兔子血便糊了半邊臉，看起來非常滑稽。

這不能怪荀柳笨拙，這兩世加起來，她都沒幹過這樣的事情，尤其是殺兔子剝皮的時候，讓她想起前世小時候看奶奶殺雞的場景。

但最終食慾還是戰勝了恐懼，她花了一個時辰搞定兔子之後，才回山洞。

又過了一個時辰，荀柳和軒轅澈才吃上兩天以來正兒八經的一頓飯。

「你的好了，吃吧。」

軒轅澈見她從包袱裡掏出幾只紅紅綠綠的小瓷瓶，往兔子肉上抹抹撒撒，兔子的香味便散發出來，見她遞過來，便咬了一口，竟是比他在宮中吃過的還要美味許多。

他不由看向那幾個瓷瓶，問道：「妳剛才抹的那些是什麼？」

荀柳也迫不及待地咬了幾口，見軒轅澈看向她的包袱，便笑著說：「我自製的調料。味道怎麼樣？比御廚做的好吃嗎？」

軒轅澈淺淺笑著點頭，看樣子心情比早上好多了，但對她好像還是有層說不出的隔閡。飯後兩人無事，軒轅澈重新躺到枯草上不說話。荀柳知道他心事多，不去打擾他，坐在火堆旁，就著火光削木頭，過了一會兒，發現不對勁。

「我的刻刀怎麼不見了？」

她納悶地在洞裡找了找，沒找到，卻沒發現背對著她的軒轅澈不覺握緊了拳頭。

「算了，看來得找機會重新做一把。」

荀柳不疑有他，以為是在逃命的時候不小心掉了，便乾脆拿起小斧頭，費力地削起來。

就這樣過了一夜，軒轅澈從噩夢中驚醒，立即警覺地摸了摸自己的身體，發現還是自己一個人躺在枯草上，手中握著的，正是昨晚荀柳丟失的那把小刻刀。

這時，他聽到身後的洞口處傳來窸窣聲，立即將刻刀往背後藏了藏，轉身看過去。

荀柳仍舊保持著昨晚坐在火堆旁邊的姿勢，似是就這樣靠著洞口睡了過去，此時也醒了，伸了個懶腰，看了看洞外，便轉過頭來看他，衝他笑笑，將懷裡的東西丟給他。

「你醒了？戴上這個試試。」

軒轅澈低頭一看，見那是個造型古怪的物事，長寬不過巴掌大，底下還用布條做成像護腕一樣的東西，似乎是能戴在手腕上，而箭則是用手指粗細的木頭削成，總共十根，被插在護腕側面，方便補填。

他愣住了，抬頭看向荀柳。

荀柳見他磨磨唧唧，以為他沒搞懂戴法，便走過來拿起東西，抽出他的手戴起來。

「這個叫袖箭，是特意做給你保命的，暫時沒找到合適的材料，所以粗糙了點。以後有了好的材料，我再重新幫你做一個。」

她替他戴好袖箭，解釋道：「用法很簡單，弓可以自由開合，不用的時候合上便可，遇到危險，便伸手開弓對準敵人射箭。但你要記住，袖箭威力不大，半丈之內才有效果，且只能出其不意，所以平日不要露出來給人看，知道嗎？」

軒轅澈看著她的眼睛，半晌才道：「為什麼要做這個給我？」

荀柳拉了拉他的袖子，蓋好袖箭，笑道：「你怎麼這麼多為什麼，我當然是希望你能活下去。我能力有限，萬一下次再遇到像破廟裡的事，沒有我，你也能活下去。」

軒轅澈伸手摸了摸袖箭，神色有些複雜。

荀柳見他又低著頭不說話，也不計較，轉身拿起斧頭，便去山上砍柴，順便再看看陷阱。

就這樣，他們連續在山裡過了兩天，而京城裡因為雲峰引起的一場腥風血雨也漸漸歸於平靜。

昔日威名赫赫的雲家，如今只餘一座空院；雲貴妃和二皇子之死縱然驚眾，但也隨著這一場大雨，煙消雲散。

唯有少數知情的朝官還記得惠帝在確定雲貴妃死訊時的表情，但此去紅顏枯骨，他們知道，大漢朝最終會迎來繼雲家之後再登榮寵的士族——蕭家。

大漢赴北伐敵的王軍與雲峰叛軍展開廝殺，而京城往西的龍岩山脈深處，荀柳也終於和軒轅澈離開居住了兩日的山洞，往西繼續出發。

「好一個雲初霜！好一個瞞天過海的本事！」

啪！茶盞落地，蕭嵐甩袖怒道：「若不是我請了徐太醫來看，怕是真被她騙了！」

蕭朗見她如此生氣，上前勸道：「嵐兒，雲家已不成氣候，縱然他逃了又怎樣？在皇上眼中，二皇子便是真的死了，只要我們找到人，將他……」

他目中殺意一閃，彎唇笑道：「這件事情交給我去做。」

蕭嵐聞言，冷靜許多，踱了幾步，搖搖頭。

「不，這麼久了，他們定是已經設法出了京城，不然不會一點消息都未收到。大堂哥，你速速將這件事情告訴父親，讓他動用各州的人脈去找人，無論如何，都不能讓軒轅澈活下來。」

「好，我這就去通知叔父。」

賀府，薛氏正在院子裡烹茶，瞥見正躺在榻上曬太陽的夫君，忍不住抱怨。

「你好歹也是個戶部尚書，朝堂上都爭成這樣了，你怎麼一點也不著急？」

躺在榻上的老頭兒正是賀子良，聞言不但沒什麼反應，反而還伸出手，不急不慢地摸了摸趴在他肚子上的烏龜。

「急什麼？這件事，跟我有什麼關係？」

薛氏剛準備將茶盞遞過去，聽了這話，又氣得將茶盞重重一擱。

「你這不爭氣的，再這麼懶下去，烏紗帽都要拱手讓人了！天天就知道抱著那隻老不死的烏龜喝茶，你自己去烹吧！」

她氣沖沖地離開院子，這一走不打緊，倒是將剛進門的人嚇了一跳。

他看看薛氏的背影，又轉身看仍舊躺在榻上的賀子良。「可是我來得不是時候？」

賀子良抬眼瞥他。「又是你這個老東西，沒事來蹭我的茶？」

「怎能如此說，我是多日不見老友，心中擔憂才來看看，順便討口茶喝。」

來人從善如流地端起茶杯，自顧自地倒茶。「嫂子烹茶的手藝越發精進了。」

來人不是別人，正是禮部尚書，長相頗為富態，跟賀子良坐在一起一胖一瘦，一討好一嫌棄，倒是有趣。

賀子良很不想搭理這個比他臉皮還要厚的老東西，摸著烏龜不說話。

禮部尚書開口道：「方才嫂子那句話，說得倒是沒錯。如今時局動盪，朝中多數人投向蕭黨，你又是皇上身邊的紅人，多少人等著你表態，你卻借病窩在這裡不出去，真不怕得罪蕭家？」

賀子良動了動鼻子，百無聊賴道：「我不過是一個小小的戶部尚書，哪裡鬥得過他蕭相爺。他想撤我的職，隨時可以動手。」

禮部尚書哈哈笑了一聲。「你這是仗著皇上替你作主。但說真的，雲家的事情，你到底是怎麼看的？還有雲貴妃的死，我總覺得有些蹊蹺。」

「有什麼可蹊蹺的，去了便是去了，跟我無關；蕭家怎麼鬧騰，更與我無關。你要是來跟我絮叨這些，就自個兒出去，別讓我起來親自趕你走。」

「你看你，還生氣了，好好好，我不跟你扯這些。明日皇上要去萬國寺祭祖，這次你是躲不掉了，早些來，別耽擱了。我這就走，改日再來看你。」

賀子良始終不做反應，等腳步聲遠了，才坐起身。

薛氏生完氣，過來喊他用午膳，見他面色嚴肅，忍不住問道：「怎麼了，這表情又是看誰不順眼了？」

到底是老夫老妻，薛氏說到了關鍵。賀子良起身拍拍衣襬，將烏龜放到旁邊的大水缸裡，吩咐一句。

「以後禮部尚書的人再來，全都拒了。」

薛氏愣住。「為什麼？」

賀子良輕撫了撫袖口，眼中閃過一絲冷然。「他這次來，是替蕭家試探我。這老東西，到底還是怕了蕭家。」

薛氏一驚，有些擔憂。「蕭家這般厲害，那咱們怎生是好？」

賀子良滿不在乎地伸伸懶腰，捶了捶背。「蕭世安做的這些事情，他以為皇上不知道？哼，且等著吧。」又回屋裡繼續睡了。

茂密的山林之中，荀柳彎腰看了看面前的樹幹，上面的劃痕，果然是她半個時辰之前留下的。

「不行，我們一直在原地打轉，你確定你指的方向是對的？」

她和軒轅澈是早上離開山洞的，想趁著天色尚早，盡快走出這片密林，順便看看能不能找個村子落腳。

為了方便，她還特地換上一身男裝。但現在快到中午了，他們仍舊在這片山脈裡打轉。

更糟糕的是，今天天氣不佳，沒有太陽辨別方向，山中還起了一層薄薄的霧，再這麼走下去，今晚恐怕又要在山裡過夜了。

這小子剛才信誓旦旦地說他能辨別方向，結果卻是這樣。

荀柳懷疑地看著站在她身後、沈默不語的軒轅澈。「你是不是有什麼事情瞞著我？」

軒轅處低下眉睫，許久才輕聲道：「對不起……我不知道會迷路……」

荀柳目光閃了閃，問道：「什麼意思？既然不知道路，也不用逞強，為什麼要說謊？」

軒轅澈別開眼，不覺握緊了拳頭。

「我們現在走的方向並不是往西，而是往北。只是，我沒想到會迷路……」

「什麼？往北？」

荀柳一愣，看著軒轅澈隱忍而倔強的臉色，忽然明白了他的心思。

往北，是大漢與昌國交戰的地方，也是雲峰大將軍所在之處。

他是想去找雲峰。

荀柳無奈地嘆氣，苦口婆心地勸他。「你應該知道，就算你去了，也不會改變什麼，甚至以你現在不明不白的身分，只會替雲大將軍帶來麻煩。你母妃和崔嬤嬤已經為你鋪好了路，希望你能活下去，而雲大將軍他……」

她沒忍心說完接下來的話。誰都知道，雲峰叛國之事，十有八九另有內情，然而惠帝已經出兵討伐，雲峰雖率三萬精兵，卻腹背受敵，最終的結果可想而知。

北方，對現在的他們來說無異於虎口，主動去送死，實在不可取。

軒轅澈聞言，眸光閃爍，聲音低沈而堅持。「若我今日畏死，來日如何替他們平冤？無論如何，我都要查清真相。」

「你是不是傻？要是去了北方，還沒等你查清真相，命都要沒了。你別忘了，我們現在可是兩個黑戶，連城門都不一定進得去。」

荀柳氣得牙根疼，她這麼辛辛苦苦是為了誰？這小子從一開始就沒領過她的情不說，現在私自下了這種決定，還不告訴她。要不是現在迷了路，是不是等出事的時候，她還不知道被自己人坑了？

「你母妃用自己的命換你出宮，不是為了讓你去送死的！」

「若他們是你的家人，妳又當如何?!」

軒轅澈倔強抬頭，眼中通紅一片。

「我知道母妃苦心一場，但妳告訴我，我又能如何？舅舅現在還背負著冤屈和罵名，雲家上下幾百口人死於非命，我該心安理得地逃命去嗎？」

一滴淚砸落在泥土裡，荀柳許久無言。

是啊，如果是她的家人，她會怎麼做？

她發現，那些勸阻的話，她一句也無法說出口。

一陣微風送來初春的草木清香，又輕輕撩起軒轅澈垂下的衣襬。

他低下頭，垂在身側的手指動了動，忽然輕聲道：「這幾天，謝謝妳。現在……我們還是分開走吧。」

他說完，手指緊捏著衣角，捏得指尖微微泛白。手腕上是她為他做的袖箭，或許以後便是他唯一能依靠的東西了。

說到底，她不過只是個被牽扯進來的無辜外人，比起他這個危險的包袱來說，自由應該才是她最想要的吧。

過了許久，荀柳依然毫無動靜。

軒轅澈忍不住抬頭看去，頭上卻傳來一陣溫暖。

「我還以為你會想出什麼解決辦法，敢情只會出餿主意？」

荀柳揉完他的頭髮，這才想起他不喜女子親近，立刻拿開手。

「我不是說了嗎，在你有能力獨自離開之前，我不會隨便離開你的，你這小性子能不能適可而止一點？算我怕了你，年紀不大，耍嘴皮子倒是挺厲害。往北就往北吧，反正再危險的事情，我又不是沒做過。但是，從現在開始，一切都要聽我的，別再自己出餿主意了，聽到沒有？」

見軒轅澈呆愣著不說話，荀柳又嘆了口氣。「先想辦法離開這裡再說。小心點，我扶你下來。」

因為腳下的坡度有點大，她剛伸出手，想到軒轅澈的在意，便要收回去，然而向來倔強的他，卻向前一步握住了她的手。

「書中記載，這一片山脈狀似遊龍，且岩石居多，所以名為龍岩山脈。主山脈通向西北……妳為什麼一直看著我？」軒轅澈的耳根有些發紅。

荀柳舉起兩人交握在一起的手，臉上露出老阿姨一般的微笑。「你不是不喜歡被女孩子碰嗎？」

軒轅澈的目光閃了閃，半晌後才囁嚅道：「我覺得……妳跟那些女人不一樣。」

哎呀，這個便宜弟弟害羞起來，原來這麼萌！

荀柳像是發現新世界一般，喜孜孜地又揉了揉他的頭髮，這回軒轅澈果真沒躲開。

「哈哈，就是這樣，從今往後你就是我的親弟弟荀風，以後我叫你小風，你的頭只能讓我摸，知道嗎？哈哈哈……」

她大笑幾聲，又改口道：「不行，你這個不能碰女孩子的毛病還是要改改，不然以後怎麼給我娶弟媳？」

軒轅澈不作聲，但聽到娶妻這句話時，目光中還是閃過一絲厭惡。

果然，人敞開心扉之後就是不一樣。

荀柳覺得，這幾個時辰是她從出宮以來，第一次享受到當便宜姊姊的樂趣。

軒轅澈雖然倔了點，但臉長得好看啊，現在還懂事聽話的多，不會總是對她愛理不理，板著臉了。

這心情，就像是養了十多年的兒子終於學會撒嬌賣乖、打工賺錢一般的爽！

「小風，姊姊渴了，把包袱裡的水囊遞過來。」

「小風，那邊樹上好像有果子，你去摘幾顆來嚐嚐。」

「小風，姊姊肩膀有點痠，替我捶捶。」

「小風……」

荀柳喝著大漢國二皇子親手遞來的水，吃著大漢國二皇子親手摘下的果子，又享受著大漢國二皇子的按摩服務，心想她這麼糟蹋皇帝老子的親兒子，會不會被天打雷劈？

啊，要不是因為在逃命，這日子還真的有點爽呢。

然而半個時辰之後，荀柳就爽不起來了，因為她發現他們似乎又迷路了，且迷路的這個地方，似乎有點不對勁。

「小風，你有沒有聞到一陣怪味？」

軒轅澈點點頭。「像是炭燒的味道。」

荀柳搖頭，不對，不只是炭燒。她前世是做機械的，最熟悉這種味道，這是燒製金屬的氣味，因為古今條件不同，味道差距頗大，但她還是能大概分辨出來。

但是這麼濃烈的氣味，是從哪裡傳來的？山裡又怎麼會散出這種味道？

這時，她突然聽到前方響起幾道人聲，軒轅澈側耳聽了聽，立即道：「腳步沈穩，動作極快，會武。」

荀柳二話不說，拉過他，便往旁邊的樹叢裡藏。

雖然這是幾天內他們碰到的第一批人，但因為破廟裡的那件事，她不敢掉以輕心，還是越謹慎越好。

兩個虎背熊腰的男人朝他們這邊走過來，身上穿著尋常的粗布衣服，但手上卻各自握著一柄大刀。

果然不對勁！

「奇怪，我明明聽見這邊有動靜。」

原來兩人也是循著聲音過來的，另外一人不耐煩道：「這深山裡有什麼人敢來，不過就是些野貓跟野兔，你莫要總是一驚一乍的。」

先前說話那人撓了撓頭，轉過身，跟著那人離開了。

第十二章

等四周恢復安靜，荀柳才偷偷鑽出來。

什麼村民會舉著刀走來走去，遇到動靜便立即查探？除非他們根本不是村民。這個樣子，更像是在巡邏。

「那兩把刀是精鐵所鑄，而精鐵向來由朝廷壟斷，只有少量流傳到各州的鑄劍師手中。這兩人的模樣，並不像是江湖客，為何會有這樣的東西？」軒轅澈對荀柳小聲道。

「精鐵？」

荀柳有些驚訝，畢竟是她感興趣的東西，所以這四年多少了解一點。確實如軒轅澈所說，大漢立國重兵，重兵則貴在武器，因為古代條件苛刻，鋼鐵冶煉達不到前世那樣精純，所以更加看重材料。

根據大漢法令，凡是國境內發現的鐵礦，都由朝廷把控。各州鐵匠鋪的開設，與平常鋪子規矩不同，必須由朝廷單獨造冊登記，往來帳目也必須受朝廷定期核查。

一般老百姓耕種用的鐵具，屬於粗鐵；軍營裡的武器，則由朝廷的製鐵司負責製造，用的便是精鐵。若想擁有一件精鐵打造的武器，則需要去各州尋找鑄劍師，但這種武器，朝廷內也會登記來源。

這一點，荀柳還是很佩服大漢朝廷，因為武器管制，遏止了江湖的廝殺打鬥，甚至更多江湖人選擇投靠朝廷，為國效力，不再隨便尋釁挑事。

話又說回來，這麼一捋，剛才那兩個人的身分就很可疑了。

兩人已經走遠，荀柳卻沒敢繼續往前。照這樣看，前面很可能不是安全的地方。

「我們往山谷裡繞。小心點，天黑之前得找個安全地方落腳。」

荀柳想了想，還是謹慎一點。剛才那兩人離開的方向，應是往山上，若是從山谷裡繞路，或許能安全些。

軒轅澈也贊成她的提議，兩人便小心翼翼地往前走。

「不對，味道怎麼越來越重？」

荀柳停下腳步聞了聞，忍不住皺了眉。

軒轅澈看著前面被茂密枝葉擋住的路，目光閃了閃，忽然抬步走過去。

「小風！」

他雙手一撥，眼前竟出現一處斷崖。荀柳跟著跑過去看，驚訝地說不出話來。

斷崖底下是個村子，面積不大，恰如一個前世的足球場大。這村子的位置，像是生生從山谷裡挖出來的平地一樣，周圍的土堆、岩石被挖成像斷崖一樣的豎截面。村內最高的屋頂，高不過斷崖，所以方才他們縱然離得再近，也沒看到任何房舍的影子。

更奇怪的是，要說這是間村子，卻沒有任何農田跟牲畜。濃烈的味道，便是從這些錯落有致的房屋煙囪中飄出來的。

荀柳和軒轅澈對視一眼，都有些不解。

一直要找的村子倒是找到了，但是要不要進去？

正在荀柳猶豫不決的時候，側頸上傳來一道涼意，扭頭一看，脖子上已被架了一把森涼大刀。

「我就說我聽到了動靜。」

「哼，正好山裡缺人，打暈了一起關進去。」

接下來，荀柳來不及去看軒轅澈，只覺得後頸上傳來一陣鈍痛，就這樣暈了過去。

荀柳是被人拍醒的。

「師父，他怎麼還不醒，別是被那些人打死了吧？」

「胡說八道，死人怎麼可能還有呼吸。」

荀柳費力地睜開眼，伸手去摸後頸鈍痛還未消除的地方，接著便看見周圍竟然圍了一圈人，且還全是男人。方才的聲音，便是其中一個鬍子拉碴、身高馬大的男子，和一位鬚髮皆白的老者發出來的。

不對，那小子呢？

荀柳往旁邊一看，見軒轅澈雙目緊閉，躺在她身旁，身上似乎沒有受傷的痕跡，這才鬆了口氣，只要人沒事就好。
她放了一半的心，往四周看去，此刻正身處在一間非常大的屋子裡，有懸掛著的蠟燭，但屋內並無任何窗戶，只有一扇大門，也是關著的。
這些男人之中，有老有少，大多面黃肌瘦，此時正面帶關心地看著她和軒轅澈。
「有沒有覺得哪裡不舒服？先喝一點水吧。」
一個中年大叔好心遞來一碗水，荀柳接過，喝得一滴不剩，才問道：「這是哪裡？你們又是誰？」
那些人互看一眼，送水的大叔嘆口氣。
「看來又是被劫進來的。小兄弟，這裡是山匪窩，我們都是被劫來的附近村民，還有一些人是山匪從外頭抓進來的鐵匠。看你小小年紀，細皮嫩肉的，這回跟我們一樣倒了楣。」
他說著，又看了看在她身旁的軒轅澈。「這位小兄弟，應該是你的弟弟吧？」
荀柳一愣，她差點忘了自己現在是男裝打扮，又在山上蹭來蹭去，滿臉灰塵，所以他們才沒發現她是女的。幸好她剛才嗓子乾啞，不然真讓人聽出是女聲，可能會有麻煩。
她裝作咳嗽幾聲，故意壓低嗓音。「山匪為什麼要將我們關在這裡？方才我和弟弟在山上被人打暈，那兩個帶刀的人就是你們說的山匪？」
「不錯。」鬍子拉碴的大漢點頭。「我和師父是一年前被抓到這裡的，他們……」
「咳咳！」

大漢的話還未說完，便聽軒轅澈發出一聲劇烈的咳嗽，悠悠轉醒。醒來之後，軒轅澈先是警覺地看眾人一眼，藏在袖中的手指扣住袖箭，然而目光在接觸到一雙熟悉的眼睛時，才放下戒備，往荀柳靠過去。

荀柳安慰地拍拍他的手背。「沒事，他們不是壞人。」

儘管這樣說，軒轅澈眼中還是留了一份警惕，甚至用小小的肩膀，將荀柳往後擋了擋。

「你弟弟看起來挺瘦弱的，不過挺會護人。」大漢見狀，嘿嘿笑道。

荀柳也有些哭笑不得，但少年下意識的舉動，讓她心裡暖暖的。現在，他應該真的把她當成自己人了吧？

想到這群人剛才說的話，荀柳想到自己在山中聞到的味道，又問：「你們為什麼會被抓來這裡，他們想要幹什麼？」

「他們……」

「這麼晚了，吵什麼?!再讓我們聽到裡面有人說話，小心我讓你們吃不了兜著走！」

大漢剛要說話，卻聽門被人狠狠一踢，外頭傳來怒罵聲。

一行人立即噤聲，趕緊回到自己的床上去。

荀柳這才發現，屋內地上放置著不少用枯草和破布堆起來的「床」，就是他們平日睡覺的地方。

大漢扶著老人，睡在他們旁邊的位置。見他們還沒動靜，便湊過去，小聲說道：「趕緊睡吧，不然精神不好，明日可有你們受的。」

荀柳乘機問道：「剛才的問題，你還沒回答我。」

大漢擺了擺手。「明天你就知道了。如果你們想要好過點，最好還是聽我的。快睡吧。」翻了個身，背對著他們睡了。

荀柳打量周圍，見大家一副習以為常的樣子，便轉過頭看身旁的軒轅澈，示意他躺下，輕聲說了幾句。

「咱們的東西不見了，應當是被那些人收走。你的袖箭還在不在？」

軒轅澈輕輕點頭，她才鬆了口氣。

「還好，至少是個保障，等明日再想辦法吧。冷不冷？」

荀柳張開雙手，環住軒轅澈的肩膀，感覺他的身體有一絲僵硬，又安撫地拍了拍他。

「我知道你不喜歡這樣，但是天氣太冷，靠著睡會暖和一點，忍一忍。」

她又搓了搓軒轅澈的肩膀，試圖讓他更暖和一些。

這時，兩人身上忽然多了一床毯子，她轉過頭看去，見方才那個大漢對她咧嘴一笑。

「這個給你們湊合著蓋吧。我身體好，可以忍。」

雖然荀柳差點被毯子上的汗臭味熏得吐出來，但還是感激地衝著大漢笑了笑。

「謝謝，敢問兄弟叫什麼名字？」

「袁成剛，你可以叫我小剛，我師父就是這麼叫我的。你看起來比我大，你叫什麼？」

「比你大？」荀柳懷疑是自己聽錯了。

大漢理所當然道：「很奇怪嗎？我今年才剛過十五。」

荀柳沈默一下，極力微笑。「不，我覺得小剛長得很符合年紀。時辰不早，快睡吧。」

袁成剛聞言，嘿嘿一笑，很贊同地點點頭。「這才對，早睡養好精神，以後如果有什麼難處，儘管找我幫忙。」又背過身，打起震天呼嚕去了。

荀柳有些哭笑不得，覺得自從出宮以來，麻煩就沒少過。低頭一看，見軒轅澈已經合上眼，也跟著閉上了眼睛。

不管怎樣，走一步算一步吧。

就在她入睡的那一刻，懷中的少年卻悄悄睜開了眼睛。

四處瀰漫著男人們的汗臭味和潮霉味，唯有他所在這方寸之間，能聞到少女身上清新的味道。

他輕輕捏了捏荀柳的衣角，看了看她熟睡的臉龐，腦袋又往少女貼近了幾分，這才重新閉上了眼睛。

隔天早晨，兩人是在一陣吵鬧聲中醒來的。

「別睡了，快起來。」

袁成剛見荀柳和軒轅澈還迷糊著，走過來對兩人道：「待會兒，你們跟著劉大叔走。小心說話，專心幹活，就不會有事的。」

荀柳打量周圍，見大家都已經起床，或站或坐看著大門，便點點頭，扶起軒轅澈。

袁成剛又問：「昨天你還沒告訴我，你們叫什麼名字。」

「我叫荀柳，這是我弟弟荀風。」

她話音剛落，便聽見嘎吱一響，幾名帶刀山匪開門走進來。

「鐵匠們都去老地方，剩下的人跟我來！」

荀柳和軒轅澈對視一眼，見昨天遞水給她喝的劉大叔帶頭往另一個方向走去，便也抬腳跟上。

「走快點！」

見後頭的人腳步放慢，山匪便在那人的後腿上狠狠踢了一腳，催促著他們往山上趕。

不到一會兒，荀柳便看見身後那個小村子已經離得越來越遠，而他們離山頂越來越近。

走到半山腰的位置，撥開濃密的灌木叢，荀柳被眼前的景象狠狠一震。

半座山頭已經被挖空一半，大片岩石向外裸露著，甚至已經被開墾成一片平地。因為面向北方，所以他們來時未曾看出來，若是從對面山頭看過來，怕是一眼就能發現端倪。

而裸露出的那些岩石，也和普通石頭不太相同，在陽光下泛著一層似褐似赤的顏色。

荀柳心中有了猜測，但目前還不敢確定。

「都給我上去幹活，別想著偷懶！」

後面的山匪趕了上來，舉著大刀逼迫他們繼續往山裡走。

走到平地後，男人們相繼拿起地上的鐵鎬和簍筐，麻木地往山壁上鑿石頭。

軒轅澈見狀，也跟著劉大叔拿起鐵鎬。但他年紀小，之前過的又是衣來伸手，飯來張口的日子，多少有些吃力。

劉大叔見狀，讓他往裡面挪了挪。「小子，我幫你。待會兒鑿出來的石頭，我分你一些，別擔心。」

軒轅澈沒想到會受到這樣的照顧，愣了愣，才衝他點了點頭。「謝謝你，劉大叔。」

「不用客氣。」

另一側，荀柳彎腰撿起一塊赤紅色的石頭，仔細打量幾眼，心中震驚。

真是赤鐵礦！而且看成色，十有八九是含鐵率高的富鐵礦。

據她所知，大漢國內的鐵礦屈指可數，且主要集中在東北，多為貧鐵礦。沒想到，龍岩山脈深處，居然藏著這麼大片鐵礦。

「這些山匪竟敢私自開挖鐵礦。」私掘鐵礦是誅九族的大罪，這些山匪哪裡來的膽子？

她想了想，轉頭問劉大叔。「劉大叔，依照你們說的，這些山匪從一年前就開始挖礦製鐵，那些製造好的武器被送到哪裡，你們知不知道？」

劉大叔搖搖頭，小心地看看不遠處的山匪，才對兩人悄聲說了幾句。

「沒人知道他們要這些武器幹麼，也沒人敢問。在這裡，知道得越多，死得就越快。你們還是別多想了，想破頭了也沒用，這附近的山都被山匪看得嚴嚴實實，你們就算想逃，也逃不出去。」

荀柳抬頭看去，四周到處都是巡視的山匪，便不再找劉大叔說話。

她舉起兩隻細弱的胳膊，費力地拎起鐵鎬，正準備往岩石上狠狠一鑿，力道一偏，險些砸到自己的腳。

劉大叔見狀，嘆了口氣。「現在的年輕人，果真是越來越不中用了。算了，待會兒我多出些力氣，也分一點石頭給你吧。」

被嫌棄的荀柳無語。

「妳裝裝樣子，我替妳多鑿一些。」軒轅澈突然出了聲。

荀柳轉過頭去看他，只見他清俊的小臉上，已然溢出不少細密汗珠。他曾經是皇子，比她更是嬌生慣養，何曾做過這種苦力，卻不見他臉上出現任何一絲埋怨。

到了中午，眾人才有一刻鐘可以吃飯喝水，飯菜也是山匪派人送來的，只是稀粥跟青菜而已。

荀柳低頭看著軒轅澈手上磨出來的水泡，有些心疼。

「傻子，這麼賣力做什麼？」

軒轅澈乖巧地對她彎了彎唇。「我不能總是靠妳保護，至少也該盡盡力。」

這時，不遠處突然傳來一聲慘叫，兩人抬頭一看，只見一個瘦弱的男人痛苦地躺在地上，一個山匪提著他的背簍，正用腳狠狠碾著他的手腕。

「一上午你就鑿出這麼點石頭？我看你是故意找死！」

山匪不顧瘦弱男人的求饒，抬腿往那隻手腕上狠狠一跺，隨著一聲刺耳的骨裂聲響起，眾人或無奈、或悲憫地閉了閉眼。

瘦弱男人暈死過去，被人抬下了山。

山匪如無事一般，繼續在歇息的人群中一個個查看，凡是讓他不滿意的，都會得到如此下場，或死或殘，也無人知道這些人會被送到哪裡去。

眼看那山匪馬上要巡視到這裡，劉大叔想提起背簍，倒石頭給荀柳和軒轅澈，手才剛動，便被旁邊的山匪瞪了一眼，不敢再動了。

劉大叔心裡著急，孰料荀柳看著那山匪，絲毫不擔心，目光一閃，想到了一個主意。

一會兒後，山匪果然提著大刀走過來，見劉大叔背簍裡的石頭數量不少，滿意地點點頭，轉頭看到荀柳跟軒轅澈身旁幾乎沒幾塊石頭的背簍，臉色猛然一厲。

劉大叔見狀，立即幫忙說好話。「大爺，這兩個小兄弟和我一起的，他們的石頭大部分都在我這裡，是我見他們揹不動，才分過來幫忙揹。」

然而山匪卻完全不講情理，一把甩開劉大叔，怒道：「你幫他們？所以你們三個人才挖了這麼點？耍老子很好玩是不是？」

「不是，不是，他們兩個還是孩子，求你行行好……」

山匪被纏得心煩，抬起腿，便要往劉大叔身上踢去。

然而誰也沒想到，一隻細弱的胳膊竟不要命地攔住了山匪。

「慢著！」

眾人看著昨天才被抓進來的少年一副不怕死的模樣，驚訝得張大了嘴。

軒轅澈也忍不住神色一變，悄悄摸了摸手腕上的袖箭。

山匪似是頭一次遇到膽子這麼肥的奴隸，上下打量眼前人，見不過是個如豆芽菜一般的弱雞少年，冷笑一聲，手中的刀一轉，架在荀柳的脖子上。

軒轅澈見狀，立即站起來，卻看見荀柳在身後制止他動作的手勢。

「小子，新來的吧？」山匪冷冷一笑，刀刃又逼近了幾分。「知不知道在這裡逞英雄，會是什麼下場？」

荀柳向他討好地笑了笑，又「怕死」地縮了縮脖子。

「小的哪敢啊，小的不過是有重要的事想對大爺稟告，還請大爺消消火。」

山匪一愣，卻沒收回大刀。「什麼事？說！」

荀柳掃了周圍的山匪一眼，扭捏道：「大爺，不太好吧。這種事情，我覺得還是只告訴你一個人比較好，畢竟這好歹也能立個大功……」

這是她觀察一上午選定的人，這山匪看似是管理開礦區的頭頭，但除了他之外，還有個身材魁梧的山匪不時過來巡視。這人對那山匪極為恭敬，但又能從他眼中看出不服，被罵時只能滿臉忍耐，因此中午才大動肝火，折磨、打死這麼多人。

俗話說，戰勝敵人的有效辦法之一，就是主動打進敵人腹地，而這個人就是她的機會。果然，山匪聽到立功兩個字之後，目光微亮，卻並未全信她的話。

「你以為，你這樣說就能逃過處罰？」

「大爺，我們兄弟就站在這裡。如果我說的話，你聽完覺得不對，盡可打罵，我們也逃不走不是？」

山匪聞言，思索片刻，終究沒抵得過好奇心，對周圍的山匪使了個眼色，讓他們看好其他人，便用刀架著荀柳，去旁邊說話了。

第十三章

「什麼立功的法子，說！」

「大爺，您不覺得，只靠我們三十幾個人開礦，太吃力了嗎？照現在開礦的法子，縱然再多抓一百個人進來，也是沒用。但小的有個辦法，能事半功倍。」

「哦？」山匪聞言，嘲笑道：「就憑你這腦子，還能想到比這更好的法子？」

「小的也是遊歷的時候聽老礦工說的，將岩石火燒加熱後，潑水淬冷，再用鐵鎬鑿打，出石就能增長數十倍，一人之力勝過百人。」

「胡說八道，這是什麼法子？老子長這麼大，從來沒聽說過！」

他說著，刀刃又往荀柳脖子上逼近，幾乎要戳進肉裡了。

「哎哎，大爺，小的真沒騙你。你可以先試試，如果不行的話，小的願意自己將腦袋割下來給你。」

這還真不是她胡謅的。

古代技術落後，大漢並沒有出現先進的開挖和鑿岩機械，所以礦工們所用的開採方法，還是費時又費力的露天掘取法。

但這不代表古代人民就沒有智慧，前世清朝礦工們運用岩石熱脹冷縮的特性，發明了

「火爆法」，就是她方才說的法子。
山匪見她信誓旦旦，考慮半晌，才收起大刀。
「好，我就信你一回。若是你誆了我，我就把你剁碎了，丟到山上餵野狗！」
他說完，轉身去找幾個山匪，似是交代什麼，又帶著幾個村民進了林子裡。
不一會兒，村民們抱著不少柴火從林子裡走出來，岩壁下升起一堆堆篝火。
鏘！鐵鎬砸在一片淬冷過的岩壁上，一片半丈多高的岩石轟然脫落，瞬間便堆成一座小山，鑿石的人也險些被落石砸傷，看了看自己手上的鐵鎬，覺得不可置信。
山匪見狀，非常高興，忙讓村民們分批鑿石，拚命往山下運送。
荀柳乘機又湊了過去，對山匪道：「大爺，完全用人力運送礦石的法子，也有些吃力，小的還有個法子。」
山匪已經完全相信了荀柳的話，聞言立即道：「你還有什麼法子，都說出來！」
荀柳不慌不忙地說：「這也不算什麼新鮮法子，就是讓鐵匠們製出一口四四方方的大鐵箱，利用木頭滾動。這裡到山谷的山坡還算平緩，可以派人將沿路的荊棘全砍掉，用木頭滾動鐵箱，將礦石運送下山，效果不是更好？」
平時這些山匪壓榨村民壓榨慣了，居然沒換個腦子想過試試這種法子，不由喜形於色。
「你說得對。不錯，你的腦子果然好使。」
他大手一揮，又招呼著其他山匪商議去了。

劉大叔等人見荀柳宛如奸鬼一般，笑咪咪地對著山匪點頭哈腰，不少人都對兩人露出不齒的表情。

荀柳不在乎，只拉著軒轅澈站在一旁「無所事事」。

「為什麼要幫他們？」

軒轅澈抬頭看她，語氣中並無任何責備和懷疑。

「不，我是在幫我們自己。」荀柳低頭道：「小風，你可知道賀大人是誰？」

軒轅澈思索起來。「妳說的是京城士族賀家？據我所知，賀家子弟貪圖享樂，在朝中任閒職的不少，占據要職的倒是沒幾個。」

「不是。我想想，他應當與蕭黨不合，或許官職還不低。」

根據那天的情況，蕭朗似乎也很忌憚這位賀大人，這位賀大人在朝中的地位應該不低。

軒轅澈道：「妳說的，可是戶部尚書賀子良？他在朝中地位確實不低，脾氣卻頗為古怪。妳問他做什麼？」

荀柳抿唇。「當然要問。因為過不了多久，我們可能就要仰仗這位賀大人脫困了。」

軒轅澈一聽，正準備追問，卻見那個山匪頭頭往這邊走過來。

「小子，幹得不錯。你還有什麼好法子？統統告訴老子。」

上午他被趙三那個狗娘養的教訓得狗血淋頭，但等大當家的回來看到這番情況，看趙三還怎麼繼續猖狂。

但這次荀柳卻未如他的意，臉色為難。

「大爺，這些都是小的道聽途說聽來的，確實還聽人講過一些煉鐵法子，但現在怎麼也想不起來了。」

山匪卻是一臉溫和，甚至有些刻意示好。「無事，你慢慢想。只要你能繼續幫老子，老子少不了你的好……」

他話還未說完，荀柳便猛然衝著他抱拳。「大爺，小的不要什麼好處，只希望大爺能收留我們兄弟！」

「啊?!」

好半晌後，山匪才合上嘴，懷疑地打量眼前少年。

「你們想入寨？」

他從未見過俘虜主動要求叛變入夥的，就算他平日不喜歡動腦子，但用腳指頭想，也覺得有蹊蹺。

荀柳又鄭重拱了拱手。

「是。實不相瞞，我們兄弟其實是從城內逃出來的，現在大漢貪官污吏數不勝數，狗官為了銀子，斬殺我們的爹娘不說，還想殺我跟弟弟滅口，所以才會逃進這深山野林。之後就算逃出去，我們也無法活命，不如入寨，反正也沒什麼好怕的了。」

這番話，荀柳說得鏗鏘有力，咬牙切齒。山匪見她表情憤恨，竟然信了幾分，但還是有些猶豫。

荀柳趁熱打鐵。「大爺，您若是不信的話，可以去看我的包袱。我爹原是木匠，裡頭除了他留下來的工具，就是我娘的遺物和骨灰。」

她是在賭那些人收走她的包袱之後，嫌那骨灰罐晦氣，沒發現裡面的秘密。也幸好玉珮和雲貴妃留下的鳳釵，早被他們藏在身上，沒被搜出來。而那些女裝，便可以解釋成遺物。

山匪聽她這麼一說，昨天兩個屬下拿來一個舊包袱，當時他用刀隨便翻了翻，沒見到什麼值錢東西，裡頭有個骨灰罐，他覺得晦氣，就將骨灰罐連同包袱扔在角落裡。

如此一來，這小子的話確實有幾分可信。

既然出去也沒出路，不如向他們投誠，倒是挺聰明。

不過，頭兒臨走時，言明禁止外人知道開礦的事。一旦洩漏出去，便要滅口。

但他現下還指望著這小子出主意……也罷，不過就是兩條人命，用完再殺了便是。

荀柳見山匪來回踱步半晌，終於點頭。「也好，至少你比那些蠢人強多了，這次我就破例讓你們兄弟入寨。跟我來。」

她趕緊對軒轅澈使眼色，兩人跟著山匪，走到其他正在說話的小嘍囉跟前。

幾個小嘍囉見到山匪，低下頭，小心道：「勇哥。」

「這兩個人剛剛入寨，王堅，你來帶他們。」

名叫王堅的小嘍囉驚訝地打量兩人一眼，道：「勇哥，可是三哥說過……」

「他說的話管用，我說的話就不管用？」名叫丁勇的山匪臉上顯出一絲戾氣，似乎與那位三哥十分不睦。

王堅立即低頭。「不是。」

「那就按照我說的做。」

丁勇吩咐完，轉過身，眼底閃過狡詐的光。「好好幹，幹得好了，將來有你們兄弟的好處。反之……」

他冷笑了一聲，大步去了別處。

荀柳裝作沒看到他眼裡的威脅，衝著他的背影，恭敬地抱了抱拳。

王堅沒好氣地瞪他們一眼，道：「你們兩個，跟我過來。」

不一會兒，荀柳和軒轅澈便換上一身山匪的黃色外衫，重新出現在眾人眼前。

劉大叔等人看到他們這副樣子，心中氣憤不已。

「呸！枉我們昨日還替他們擔心，沒想到人家早就打算攀上山匪，不要臉的狗東西！」

「貪生怕死之輩！無恥！」

罵聲四起，甚至有經過荀柳身旁的村民，還往旁邊的地上憤恨地吐了幾口唾沫，讓軒轅澈忍不住皺眉。

但荀柳依然該幹麼就幹麼，甚至還如解脫一般，伸了個懶腰。

軒轅澈不知她的鎮定從何而來。「妳到底想做什麼？」他雖然相信她，但這番行動，實在讓他無法理解。

荀柳見他皺著小眉頭看她的樣子十分可愛，伸出手，毫不客氣地在他臉頰上捏了一把。

「暫時解釋不清楚，等晚上你就知道了。」

「妳既然另有目的，為何不先告訴劉大叔他們一聲？」

「有些事情告訴他們反而壞事。放心，我會找機會跟他們解釋的。」

「但是他們現在誤會了妳……」

「小風，成大事者不能同時顧及所有人的心情，更不能強求所有事情盡善盡美。有時候不被理解，也得學會忍耐，知道嗎？」

軒轅澈看著她仰頭享受陽光的愜意模樣，忍不住抽了抽嘴角。

這樣子，像是在忍耐？

當山匪果然比當村民舒服多了，整天只需要拿著刀嚇唬嚇唬人，然後就是曬太陽、喝喝茶，甚至還能三五成群湊在一起談女人。

不過，荀柳和軒轅澈當然沒有這種待遇，他們不能帶刀，其他山匪需要打雜的時候，也是先派他們過去，但也比鑿石頭舒坦。

晚上，兩人也不必回到那個潮濕陰冷的大屋子裡，擠在草堆上過夜，而是隨山匪們去山谷對面的寨子裡。晚飯也比野菜稀粥要好得多，起碼有白麵饅頭可以果腹。

此時，荀柳正坐在寨子內的木墩上，咬了一口饅頭，再剝一半遞給軒轅澈。

「下午我喝水喝多了，不餓。你正在長身體，多吃些。」

軒轅澈伸手接過，咬了一口，動作比荀柳斯文得多，還隱隱透著一股說不出的貴氣。

荀柳巡視周圍，見山寨規模並不算大，加上山上的山匪，總共不過百來人，但個個強壯，訓練有素，手上無一不是精鐵鑄造的兵器。

這些人，到底是什麼來頭？

就在她思維打結的時候，不遠處的大門口突然傳來一道聲音。

「大當家的回來了！」

荀柳往大門口看去，只見足足三丈高的寨門慢慢被拉開，一名虬髯大漢領著一群人立在前面，威風凜凜、凶神惡煞，遠遠望去，一身土匪頭子的氣勢實在是無法忽略。

正當她看不出端倪，正準備收回目光的時候，人群裡有道身影吸引了她的注意。

那人身材瘦長，整個身子藏在一件玄色暗紋斗篷中，行走之間，斗篷飛揚形如黑雲鋪散，遠遠只能看到寬大兜帽下半截弧線優美的下巴。雖是走在大漢身後，存在感卻極強。

荀柳沒來得及多看，便見幾個山匪簇擁著兩人，走進了寨內最機密的地方。

「那人入過軍。」軒轅澈忽然低聲道。

荀柳一愣，見軒轅澈正盯著那位大當家的背影，眼裡絲毫沒有驚訝，似乎對這種情況早有猜測。

「這些山匪行動訓練有素，絕不是一般的亡命之徒。我在朝中見過不少武將，能大概分辨得出來。剛才那位大當家，來歷不一般。」

軒轅澈的話，不但沒解開荀柳的疑惑，反而更讓她不明白了。

難道，這些山匪出自軍中？

不可能，雖然惠帝為人不怎麼樣，但好歹算是比較有手段的帝王，怎能允許眼皮子底下發生這種事？

既然想不通，她索性不想了。接下來發生的事情，也讓她沒有時間考慮這麼多。

村民和鐵匠們待的地方，被山匪們稱作鐵爐城。顧名思義，便是白日工作的地方。鐵爐城的中央，是她和軒轅澈昨晚待的大木屋，外用鐵皮封牆封頂，無窗無縫，大門一關，連一隻蒼蠅都飛不出去，怪不得那些村民和鐵匠沒辦法求救。

山匪跟嘍囉們白日要盯著人幹活，晚上也不得閒，有一批人要負責巡山，荀柳和軒轅澈便被安排到巡山的差事。

除此之外，還有一批人看守山寨。看守鐵匠和村民的山匪是兩人一組，兩個時辰為一班，交替著來。

好巧不巧，這幾日負責看守大門的人當中，便有王堅。

還不等荀柳想好怎麼哄騙王堅和她換班時，對方卻主動送來了機會。

「你，晚上跟我一起看守村民，這小子去巡山。」王堅指著荀柳，對身邊一個面生的山匪吩咐道。

山匪點頭，一把拎起軒轅澈的衣領，上下打量他，嘲諷道：「小子，跟著我，可得機靈一點。」

軒轅澈冷冷看著他，掙開他的手，淡聲道：「我自己會走。」

那山匪見他一副弱不禁風的模樣，居然還有脾氣，心裡一怒，便要動手，卻被一道身影擋住。

「這位大哥，別生氣，我弟弟從小被我爹娘慣壞了，您多擔待。」荀柳說著，湊進一步，小聲道：「改日我定向勇哥多替您美言幾句。」

那山匪聞言，瞥了瞥旁邊的王堅，咳嗽幾聲。「行了，別耽誤時辰了，走吧。」

荀柳見這人上道，又捏了捏軒轅澈的手心，讓他機靈一點，便回到王堅旁邊的位置。

王堅見兩人走後，便也帶頭，朝鐵爐城的方向走去。

「小子，你倒是挺有本事，居然哄得了勇哥讓你入寨。不過，別以為這樣就能一步登天了。勇哥把你交給我，要是我不高興，你做什麼都是白費，懂嗎？」

王堅身量不高，尖嘴猴腮，尤其喜歡瞇著眼睛盯著人，處處透著算計。此時他正邊走邊斜睨著荀柳，目光裡滿是試探和不善。

「哪裡哪裡，這點道理，小弟還是明白的，說起來，只是小弟走運而已。勇哥雖然說過以後會給小的好處，但小弟知道，這裡頭少不了王哥的功勞，定不會忘了王哥的恩情。」

「你能這樣想，再好不過。」

王堅見荀柳如此上道，雖然驚訝，但頗為滿意，又聊了一會兒，覺得這小子確實極會做人。同等利益和立場之下，沒有敵人，很快就在表面上接納了這個便宜小弟。

第十四章

荀柳和王監回到木屋時，正好遇到其他山匪跟嘍囉們趕村民和鐵匠回去。不少村民看到她的身影，相繼投來鄙夷的眼神。

鐵匠那邊還不知發生了什麼事，袁成剛和其他人相互攙扶著回來，看到荀柳一身山匪打扮站在門口，不由一愣。

因為今天挖礦的數量大增，迫使他們也不得不加快煉鐵，一刻不得閒，最後幾乎是被山匪們用鞭子抽打著完成活計的。

這會兒，鐵匠們和村民一碰頭，才知道緣由，正是因為荀柳！

昨天還以為是同伴的罪魁禍首，此刻卻和山匪湊在一起說說笑笑，看著他們這群絕望的羊羔一步步走入羊圈，讓袁成剛覺得無比的刺眼和諷刺。

他氣不過，經過荀柳跟前時，狠狠往她身上吐了一口唾沫。

荀柳當然看見了眾人對她的仇視，但她始終只和王堅談笑，直到這一口唾沫飛過來落在她的鞋上，才轉過頭，瞇眼看著袁成剛。

村民和鐵匠們立時噤聲，王堅則抱著胳膊站在一旁，等著看荀柳的好戲。

鏘！這時，王堅感覺腰間的刀鞘一抖，銀光閃過，一道身影提著刀，砍向袁成剛。

袁成剛沒想到荀柳會來如此殺招，不由閉上眼。

然而，大刀懸在了他頭頂上，沒有落下。

王堅冷汗涔涔，看向荀柳的眼神，像是在看個瘋子。

「你想動手就動手，抽我的刀幹什麼？要是隨便弄出人命來，勇哥放不了你我！」

荀柳卻像是氣瘋了一般，丟下大刀，上前一步揪住袁成剛的衣領，恨聲道：「我告訴你，如有下次，我一定會要了你的命！」

王堅趕緊收刀入鞘，走過來拉荀柳，順便踢袁成剛一腳，這才關上大門，舒了口氣，打消了對荀柳的疑慮。看來，荀柳果然是個忘恩負義、一心攀勢的小子。

屋內，村民和鐵匠們則憤憤看著已經關上的大門，想罵卻不敢出口。

「成剛……」

聽到師父的叫喊，袁成剛才反應過來，抖了抖身子，其他人立即圍上前，關心詢問。

「成剛，別怕。他那樣的人，早晚會得到報應的。」

袁成剛卻搖了搖頭，衝著眾人伸出手。

眾人低頭看去，只見他的掌心躺著一塊皺巴巴的布料，上面歪歪扭扭寫著三個字。

相信我。

「你小子可真夠狠的，好歹昨晚你們還睡在同一間屋裡。」

王堅說著，打了個哈欠，拿出鑰匙鎖上大門，再掛在腰帶上，又往大門旁邊的鐵皮牆上一靠。

「今夜還要守大半個晚上。」

荀柳掃了他腰間的鑰匙一眼，並未出聲接話。

沒一會兒，王堅便熬不過睏意，打起了盹。再醒來卻是被人推醒的。

「王哥，不如你回去歇著，我一個人守？」

王堅睜開眼，見荀柳正看著他，眼裡滿是殷勤和討好。

他從昨日就開始輪守，白日裡還要看著這些村民，確實困頓不已，而且這屋子固若金湯，沒有鑰匙，老鼠都鑽不進去，不用擔心什麼。

這樣一想，王堅便打了個哈欠起身。「也好。我回去歇歇，換班之前過來，你給我好好看著。」

荀柳立即點頭，起身目送他離開。

等王堅走遠，她才勾唇一笑，從袖子裡扯出一把鑰匙。

屋裡，袁成剛捏著布料，想來想去睡不著。

其他人也翻來覆去睡不著，不願意相信那一張小小的布條，又不甘心放棄這一絲微小的希望。

他們當中，不是沒人嘗試過逃跑，但無一不是被抓回來受折磨，那些山匪甚至還會當著他們的面，將人活活打死。

久而久之，再有血性的漢子都沒了膽量，畢竟留下來可以活命，嘗試逃跑就再也沒有活路了。

他們不願意相信荀柳這個「叛徒」，但兩個孩子憑自己的本事，一天之內便跳出「羊圈」，或許真是他們唯一的希望。

就在大家舉棋不定時，大門處傳來一陣聲響。

袁成剛和眾人抬頭看去，發現外頭有人正小心翼翼地拍門。

是荀柳。

袁成剛神色不定，並未應答，外面的人又喊了幾聲之後，乾脆開鎖打開了大門。

眾人一驚，不敢輕舉妄動，見大門開了一條縫，一個人影趁著月光，靈巧地鑽了進來，又將大門輕輕合上。

「你們聽我說，我有個計劃能救你們出去，但是需要你們幫忙。」

有人見狀，氣沖沖地問：「我們憑什麼信你？」

「不這樣做，難道你們還有別的法子？」

「別說這些好聽的，誰知道你到底藏著什麼心思？」袁成剛逼近幾步，質問荀柳。「你當了山匪，自然可以吃香喝辣，回來幫我們幹什麼？」

荀柳一邊要跟他們解釋、一邊還要擔心外面的巡邏隊，不免有些焦急。

「你以為我願意混進去？這些人來頭不一般，他們不會把我當自己人。剛才我那樣對你，是特意做給他們看的。」

「呸！誰知道妳是不是山匪的探子。要殺要剮，悉聽尊便，別跟我們玩這種心思。」

袁成剛依舊不肯相信荀柳，其他人也慢慢靠近，眼裡露出凶狠怒火。有人盯著那扇未落鎖的大門，雖然逃走的機會渺茫，但如果現在殺了荀柳，至少能衝出去試一試。

然而，還未等他們下定決心動手，又聽荀柳冷笑一聲，嘲諷袁成剛。

「袁成剛，你怕了？或者說，是你們怕了？我冒險偷來鑰匙，便是表態，你們卻連賭的膽子都沒有，難怪受困這麼久。縱然有活命機會，你們也只配當個縮頭烏龜，死在這裡。」

袁成剛聞言，緊緊捏起拳頭，一把掐住她的脖子往上一提。長年打鐵造就的一雙胳膊形如鋼鐵，這一掐又用了狠勁，差點沒讓荀柳憋死過去。

周圍的人，心情非常複雜。他們剛才確實有殺人的念頭，但真看人動手，又於心不忍。但還沒等他們出言阻止，袁成剛卻被手下奇怪的觸感嚇一跳，放手退了一步。

「你沒有喉結！你、你是……」

荀柳蹲在地上，狠狠咳了幾聲，在眾人或驚異、或疑惑的目光下站起身，伸手捏住腦後的髮帶，用力一扯。

一團黑緞般的青絲在門縫投進的月光中劃開一道魅麗弧線，而後垂落在她纖弱卻筆挺的背後。

轉眼間，少年成少女，身姿窈窕，這幕景象落在眾人眼裡，是說不出的震撼。

荀柳微勾唇角。「如你們所見，我這副樣子，如何當個真正的山匪？幫你們，亦是幫我姊弟。」

眾人對看，竟無一人開得了口。

一個女子，居然有如此膽量混入危險重重的山匪寨營。

袁成剛想說話，但身後傳來一道蒼老的聲音。

「成剛，讓開。」說話之人，正是袁成剛的鐵匠師父。

荀柳見他鬚髮皆白，身子骨卻索利得很，眾人見他上前，都恭敬地讓開路。看來這老人在鐵匠和村民之間頗有威信，如果能說通他，就好辦得多。

「老夫簡鶴，尚能代表大家說說話。丫頭莫怪，妳今日這番舉動，實在難以使人相信。妳且說說，妳到底有什麼法子？」

終於有人肯好好聽她說話，荀柳鬆了口氣，隨地撿起一根木棍，走到眾人前。

「今日我向山匪獻策，並不只為了取信他們，你們看——」

她將礦山和鐵爐城的地圖畫在地上。「這些山匪不懂礦山地質，我說的那個挖礦法子，一日兩日還好，若繼續採下去，這片石層會越來越脆，不出五天，這裡——」用棍子指了指中間的岩壁。「將全部垮掉。」

有人倒抽了一口冷氣。「妳想活埋他們？」

「對，就是活埋。」

荀柳眼底閃過一絲冷光，雖然前世她生長在和平時代，但不代表她到了異世，還盲目遵守所謂的人權法則。為了活命，她只能學會心狠一點。

「那我們怎麼辦？山匪們不傻，他們會讓我們去採礦，到時候死的就是我們。」

「屆時我會想辦法把他們引進去。而我們跟他們不同，我們還有一條退路。」

「什麼退路？」

荀柳指了指從礦山到鐵路城的斜坡。「那口大鐵箱。」面色隨即變得嚴肅。「儘管有這條退路，可一旦山崩，會發生什麼意外，我也無法預料。你們想清楚，這次機會並不是萬全之策，但或許是唯一的生路。」

眾人沈默，有人咬了咬牙道：「反正在這裡早晚也是死，不如賭一賭。」

「丫頭，妳仔細說說，需要我們做什麼？」簡鶴也出了聲。

荀柳點頭，蹲下身子，講解起來。

時間一分一秒過去，她將大概計劃說完之後，突然想起一件事，抬頭問道：「你們當中，誰製鐵的手藝最好？」

大家看向簡鶴，簡鶴微微笑道：「雖然我是一把老骨頭了，但或許還中用。需要我做什麼？妳說。」

荀柳打量四周，沒找到合適的東西，索性挑了一縷自己的頭髮，給簡鶴看。

「簡伯，你能否用精鐵打出這麼細的鐵絲？硬度和韌性要十分好才行。」

簡鶴想了想，道：「有些困難。但這裡的鐵礦不錯，可以試試。」

荀柳點點頭。「好，明日你幫忙做一些，越多越好。記住，千萬別被那些人發現。」

「丫頭放心，山匪們一向嫌熱，不願進去，一般都是在路旁巡視。這東西小，小心些也能帶出來。」

荀柳聞言，心裡一喜，鐵匠們的看守居然不算嚴格。這樣的話，是不是意味著，她需要的武器也能做出來？

正當她準備繼續說的時候，門外不遠處傳來一道驚叫聲。

不好，有人過來了！

王堅快走到山寨門口時，不知哪裡來的一陣寒風，吹得他渾身打了個激靈，不由摸了摸腰，忽然驚覺鑰匙丟了。

他的瞌睡蟲立即跑了個乾淨，轉身便往鐵爐城趕去。

「狗娘養的，敢坑我?!」

他鏘的拔出大刀，瞇著眼，氣勢洶洶走近大門。

正當他拐過最後一個拐角，便能看清大門處時，有道身影忽然狠狠撞在他的後背上，他腳下趔趄，一個狗吃屎跪趴在地。

「王八蛋……」

王堅爬起來，提刀便往身後人砍去。

那人驚叫一聲，慌忙一躲，險險避開他的刀。

王堅不管不顧，重新提起刀，又砍過去。

「住手！」

有人衝過來扯住王堅的胳膊，慌張不已道：「王哥，莫動手，有話好好說。」

王堅扭頭一看，來人正是他懷疑偷了鑰匙的荀柳。

荀柳滿臉驚慌，見王堅不再動刀，便立即衝過去護住那人。「小風，你不是在巡山，怎麼跑到這裡來了？」

她懷裡的軒轅澈抬起頭，戰戰兢兢地看了不遠處的王堅一眼，聲音裡帶著糯糯的哭腔。

「我迷路了。林子裡很黑，我害怕，只記得這裡的路，知道哥哥在這裡看門，就跑過來了。是我沒看清前面有人，害他跌了一跤。」

雖然知道軒轅澈在演戲，但這委屈模樣，真讓荀柳的心疼了疼。

王堅聞言，這才看清撞他的人是荀柳那個不中用的弟弟，登時冷笑一聲，沒好氣道：

「沒用的東西。」

荀柳起身，討好道：「原來是場誤會。王哥，是我弟弟不懂事，以後我定會好好管教他。請您大人不計小人過，饒了他這一回。」

她看了王堅一眼，趕緊將袖子裡的東西遞過去。

王堅低頭一看，正是他丟的鑰匙。

「小的本來還想著要不要幫您送去，沒想到您自己回來了。這麼重要的東西，可莫要再隨便丟了。」

荀柳語氣恭敬，看不出半點蹊蹺，王堅將信將疑地瞥他一眼，伸手接過鑰匙，仔細揣進裡衣內。

「王哥，時辰還早，您不妨……」

「不了，我和你一起守門，走吧。」王堅說罷，轉身往大門方向走去。

「我和小風說幾句話，馬上就來。」

見王堅走後，荀柳臉色一變，立即抓住軒轅澈，上下掃了一眼。見他真的沒受傷，才鬆了口氣。

「你怎麼突然跑來了？剛才要是我稍微晚一步，你這胳膊可就廢了！」

軒轅澈背對月光而立，小小身影卻如松竹挺直，此刻臉上哪還有方才一絲一毫的害怕。

「我猜到妳有動作。為什麼不告訴我？」居然有些質問的意思。

荀柳好笑地看他一眼，忍不住伸手揉了揉他的頭髮。

「別總是這麼嚴肅，你才十二歲而已，像剛才那樣糯糯的，多可愛啊。放心，我不會瞞著你的，只是時間緊急，來不及告訴你，等回去再說。」

軒轅澈輕輕點頭，半晌後又問：「妳喜歡我剛才那樣？」

荀柳捏了捏他還帶著嬰兒肥的臉蛋。「你什麼樣子，我都喜歡。快回去吧，太久了會讓他們起疑心。」

軒轅澈轉過身，走了幾步之後，卻又折回來，將一樣東西放到她手中。

「妳拿著。若有萬一，可以防身。」

荀柳低頭一看，手裡躺著的，正是她以為丟了的那把小刻刀。

次日一早，荀柳和軒轅澈隨著山匪們繼續去礦山上監工。

丁勇見到荀柳，十分高興地走過來。荀柳知道他這是等不及要新的製鐵方法了，還不等他出聲，便直接開了口。

「勇哥，昨晚我苦思冥想一宿，還真想起一個法子，能加快製鐵，但跟您說可能不太管用，得去找鐵匠們。」

丁勇不疑有他，點點頭，對一旁的山匪道：「你帶他去鐵爐城。」

荀柳聽了，乘機把軒轅澈拉到身前。「勇哥，可否讓小的弟弟一起去？他也懂一些。」

「行，快去。要是真的成功，我虧待不了你們兄弟。」

荀柳十分狗腿地點點頭，拉著軒轅澈，跟著那個山匪往山下走。

這時，前方有一隊人走過來，因為隔得遠，荀柳只瞥到一抹黑色影子，正是那個神秘的斗篷人和那位大當家。

旁邊的山匪也看見了，立即避讓到路旁，向來人低頭行禮。

荀柳和軒轅澈對視一眼，也學著山匪的樣子，退到旁邊。

一隊人越來越近，為了不引人注意，荀柳一直低著頭。然而，當那襲黑色斗篷行至她眼前時，還是忍不住偷偷抬頭看了一下，隨即對上一雙陰冷至極的眸子。

那是種讓她無法形容的感覺，對方長著一張豔絕天下、雌雄莫辨的面孔，卻比女人更多了幾分說不出的冷厲，尤其是那雙細長的眼睛，不似軒轅澈的淡漠，感覺更像是開遍枯骨地的曼殊沙華，讓人一眼望去，遍體生寒。

她只堪堪掃了一眼，便立即低下頭。但那人還是注意到她了，腳步停在她面前。

荀柳忍不住抓住藏在袖子裡的刻刀。

這時，一道粗獷的聲音問道：「使者，何事停下？」

那抹黑色身影沈默一下，輕笑一聲，抬步往前走去。

「無事，走吧。」

見那人走遠，荀柳才鬆了口氣。不知為何，她總覺得，比起那位大當家，這個神秘人更讓人膽寒。

她看了看前頭的山匪，故意試探道：「這位大哥，你知不知道那位穿斗篷的人是誰？大當家對他似乎很敬重。」

「噓！」

山匪一驚，連忙看看周圍，似乎對這件事很避諱。

「沒人知道他是誰，不過也沒人敢去打聽。我勸你，還是少問他的事，這位折磨人的手段，可比大當家狠辣得多。」

荀柳見他不敢多說，便不再多問了。

第十五章

三人很快到了鐵爐城內，山匪似是跟其他人一樣，嫌棄裡面的味道和悶熱，並未跟著一起進去，倒是給了荀柳方便。

「簡伯，你看看這個。若是換成鐵製，需要多久才能做出來？」荀柳將軒轅澈手腕上的袖箭取下，遞到簡鶴和袁成剛面前。

兩人對這件東西稀奇得很，翻來覆去看了半晌，才驚嘆道：「真是妙啊！這裡頭的機拓看似簡單，卻極難想出，妳是從哪裡弄來的？」

「您別管從哪裡弄來的，先告訴我，做這個難不難？」

簡鶴搖頭。「不難。只是，就算做出來了，也不一定帶得出去。」

「不用帶出去，做好了，便藏在鐵爐城內，屆時自會用到。還有，昨晚我說的那個鐵絲，做出來了嗎？」

袁成剛聞言，立即從袖口裡抽出一根鐵絲，遞給她。

「這東西不好做。一上午，我們抽空做，才做出這麼一根。」

荀柳接過來看了看，點點頭。「這個長度夠做好幾個彈簧了。有了這個，袖箭就能再改造，威力會更大。」

「還能改造？」

簡鶴震驚地看著手上這個叫袖箭的武器，再抬頭看眼前年紀輕輕的少女。「這東西，難道是妳做出來的？」

荀柳知道他心裡有不少疑問，但時間緊急，她沒有這麼多工夫解釋，乾脆從爐子旁邊撿起一塊炭，在桌子上飛快描畫。

不一會兒，一副他們從未見過的武器圖樣，便呈現在他們眼前。

「這就是彈簧，用鐵絲彎曲製成，彈力極強。有了這個，便可以加強袖箭的威力。這幾天，能做多少就做多少。」

軒轅澈湊近一看，內心也有所撼動。

原先可以自由開合的短弓，變成一截空管，底部放置她說的彈簧，上面則是尖銳的鐵製短箭。

光看這幅圖，他便可以想像，若真能製出這把武器，會有多大的威力。縱使是弱小的人，也可不用腕力，便能殺人於百步之外。

簡鶴和袁成剛更為震驚，他們一生打鐵，鑄造武器，更是知曉其中厲害。這樣東西一旦問世，怕是會引發不少人趨之若鶩。

最難能可貴的是，荀柳為了救他們這群不相干的陌生人，這樣難能可貴的武器圖樣，竟然眼都不眨就告訴了他們。

「丫頭，昨晚老夫只當妳膽識過人，不想妳小小年紀，心界也如此廣闊。若是這次能逃出牢籠，老夫和小徒定不會忘記妳的大恩大德。」簡鶴說著，竟是要向荀柳跪下。

荀柳一驚，伸手扶起他，往門外掃了一眼。

「簡伯，要感謝也不是現在，一切等出去再說，小心外面有人。還有，我跟丁勇保證，有法子讓大家加快製鐵，這幾天就辛苦你們了。」

簡鶴抹了抹眼角。「放心，我會將妳的話，一字不漏地傳給他們。」

「那就好，那我們就先走了，你們千萬當心。」

荀柳剛準備轉身，卻聽簡鶴道：「丫頭，老夫不知妳到底師承何處，但往後若再有這種武器，莫要隨意呈於人前，當心人心叵測。」

荀柳的腳步一頓，轉過頭，對兩人微笑。「我明白，謝謝。」

她也不知道自己利用前世的知識製造出這些東西，會不會對這個世界造成不必要的影響。但人命當前，如果她因此優柔寡斷，跟見死不救有什麼區別？

也許，她的重生，就是老天爺故意的安排呢。

「妳在擔心？」

思緒被聲音打斷，荀柳低頭看向身旁的軒轅澈，只見他目光仍舊淡漠，搖搖頭。

「我們會成功的，別怕。」

這時，她忽然覺得側臉一熱，低下頭，發現軒轅澈的一隻手掌正貼著她的側臉，精緻臉蛋上，浮現出淺而乖巧的笑容。

「哥哥，不怕。」

荀柳嘴角微揚，他怎麼可以如此的萌。

這日上午，鐵匠們的速度果然加快許多，讓丁勇十分高興。

更高興的是，他在大當家面前，終於不用再受制於趙三，而是憑此功績一躍成為二當家。這意味著，只要大當家不在，這裡便是他一個人說了算。

然而，他還沒高興多久，晚上便被大當家叫進內堂。

「丁勇，這次你做得不錯，沒辜負我的期望。接下來，就要辛苦你了，日產武器數量再加一倍。」

丁勇剛準備抱拳，聞言面色一變，立即抬頭。「再、再加一倍？大當家的，我……」

「做不到？」

一直坐在旁邊品茶不語的斗篷人輕笑一聲，卻讓丁勇渾身發寒，立即低頭抱拳。

「小的盡力。」

話音未落，他的衣領便被大當家狠狠揪起，對上大當家的目光，裡面滿是陰冷和威脅。

「若做不到，就拿你的人頭來謝罪！滾！」

腳一落地，丁勇便沒命地往外跑去。

丁勇一走，大當家雷鳴立即惶恐地向斗篷人行禮。

「使者放心。這幾日，我定會湊出足夠的武器送過去。」

斗篷人輕抿了口茶，蒼白指尖看似不經意地在桌上敲了敲，帽沿下的唇瓣殷紅似血，涼涼勾了勾。

「希望如此。不然，我看也沒必要留下這裡了。」

丁勇聞言，神色一緊。對方口中的「這裡」，怕是也包括他們。

想到此，他的語氣更加堅定。「使者放心！」

這天晚上，荀柳和軒轅澈被分到後半夜的守夜。晚飯後，還能趁空休息一會兒。

這幾日，她殫精竭慮，實在有些受不住。最重要的是，她未找到自己的包袱，無法更換裡衣。

換上男裝之前，她為了扮得更像男人，特地用布條裹胸。一天兩天也就算了，這會兒如果再不鬆一鬆，她怕是要憋死了。

幸好他們分給荀柳和軒轅澈的地方是寨子裡破得沒人住的屋子，位置也比較偏僻，一時半刻不擔心會有人撞見，所以荀柳打發軒轅澈出去替她取水，準備將布條鬆一鬆。

然而她沒發現，就在她剛解開衣服、露出肩膀那一刻，窗外出現了一個鬼祟的人影。

王堅本是犯了懶，提前來吩咐荀柳代他守門，沒想到竟然發現天大的秘密。

屋裡，少女正緩緩褪下上衣，露出圓潤精緻的肩頭，嫩如豆腐一般的肌膚在燭光下極具誘人之色，他不覺嚥了一口口水。

自從來深山裡之後，他哪裡還見過女人，別說是這般秀氣好看的女人。這身段分明就是小娘子，怎會是少年，之前他居然沒看出來。

荀柳剛脫掉一半的衣服，忽然聽到一陣細微的窸窣聲，這段時日養成的警覺，立即讓她重新拉上衣服，往身後低喝。

「誰?!」

王堅目光一閃，索性直接推開門。

「幹麼這麼害怕？」他的腳步往荀柳逼近。

荀柳立即繫上衣服，往旁邊躲了躲。

「躲什麼？」

王堅飛快移了幾步，堵住荀柳的去路，見她低頭不語，瞇眼燦笑，勾起她的下巴。

「妳應當慶幸是我發現妳的秘密。若是讓其他人看見，妳的小命就不保了，知道嗎？」

荀柳也沒想到會發生這樣的意外，一時間不知如何反應，但王堅想占便宜的心思，讓她穩下來。

只要他不是想著去告發，她便有機會想辦法了。

荀柳目光一轉，裝作受驚小鹿一般，微微顫聲道：「求你別告發我們，我死了不要緊，但是我弟弟他……」

王堅聞言，眼睛瞇得更細了些，森冷笑道：「想要我當作沒看見？那可不行，除非妳願意付出一點小小的代價……」

他的目光肆意在她身上掃了掃，意思已經相當明顯。

荀柳拚命憋出一泡淚，裝作柔弱可欺。看在王堅眼裡，就像是掙扎許久，才點頭答應。

「只要王哥願意放過我們姊弟，讓我做什麼，我都願意。」

「放心，妳乖乖聽我的話，我自會護著你們姊弟。」

王堅喜不自勝，沒想到意外撿來的便宜，竟讓他遇上這樣的好事，一個衝動，便要往荀柳身上湊去，卻被對方伸手擋住了臉。

「怎麼，想反悔？」

荀柳目光一閃，裝作怯懦道：「王哥，這裡不太合適，小風馬上就回來，而且說不定會被別人看見。不如這樣，下半夜就是我們倆去換班，鐵爐城裡安靜多了……」

王堅想了想，笑道：「小娘子倒是聰明，好，我就再等一等。記住，只要妳乖乖聽老子的話，以後老子自會讓你們姊弟吃香喝辣。」還在荀柳臉上摸了一把。

荀柳忍著噁心，裝作乖順地點點頭。

王堅這才滿意地離開了房間。

王堅走後，荀柳左思右想，也沒想出解決的辦法。

現下正是計劃的關鍵時候，現在王堅成了一顆雷，若不除掉，讓山匪知道了她的身分，便會功虧一簣。

她想過設計殺人，但平白無故死了個山匪，也會引起注意，更是麻煩。

門外又出現一聲響動，她立即抬頭去看，見是提著水桶的軒轅澈，才鬆口氣。

「你回來了。怎麼去了這麼久？」她走過去接下水桶，往木盆裡倒了半盆水。「過來洗洗臉。」

軒轅澈乖巧地走過去，卻往榻上一坐，抬頭道：「阿姊幫我。」

荀柳一愣，看他仰著小臉等她伺候的樣子，忍不住失笑。「這還是你第一次叫我阿姊，再叫幾聲來聽聽？」

軒轅澈彎了彎眼角，一雙澄澈鳳眼認真看著她，糯糯地又喊了一聲。「阿姊。」

如果不是考慮面子，荀柳怕是會當場做出捧心的樣子，暈死過去。

誰家弟弟能這麼乖巧可愛，簡直是圓了她前世身為獨生子女，想要手足的夢想啊！

吃了糖的感覺，就是她不但心甘情願替便宜弟弟洗了臉，連床都鋪得整整齊齊，這才找藉口離開。

出門後，荀柳心想自己不能坐以待斃，既然沒有萬全的辦法，便只能選擇其中風險較小的計策——殺了王堅。

但王堅是個會拳腳功夫的男人，她得先去鐵爐城找個地方設下陷阱，屆時再引王堅過去，成功的機會大一些。

然而，她沒想到的是，她設計好陷阱，卻沒等到王堅。

他失蹤了。

王堅的屍體，是次日一早山匪們巡山時，在林子裡一處被遺棄多年的老陷阱中發現的。他雙目睜大，渾身上下被陷阱坑裡的木刺扎成刺蝟，血水滲入地下三尺多。周圍未見任何打鬥痕跡，甚至只發現他一個人的腳印。

這件事在山匪當中引起了一些波瀾，說是鬼魅惑人。

荀柳左思右想，覺得很蹊蹺。若說是巧合，但死的時候未免也太巧了些，難道是有人在幫她？

但她沒工夫思考這麼多，不論怎樣，王堅的死對她來說有益無害。山匪們更沒工夫議論，因為大當家和那位斗篷人不久之後又出了山，臨走前卻下了死令，武器的數量要再提高，不然全部的人等著提頭來見。

這讓山匪們炸了窩，尤其是晉升之後的丁勇，更是往死裡逼迫村民和鐵匠們趕工。

荀柳見機，向丁勇提議，讓山匪們暫時放下其他事務，一起上山採礦。

「不行，要是所有人都上了山，巡邏的事交給誰來做？」還不等丁勇說話，一旁身材瘦長的趙三怒道。

荀柳抱拳，恭敬地說：「只留幾人定時巡山便可，且先完成大當家的任務。這麼久以來，我們巡山，不也從未發現任何異狀？小的以為，當務之急是先製作武器，不然屆時大當家回來，我們拿什麼交差？」

「混帳！」

荀柳話音未落，便見趙三的刀架在了她的脖子上。

「你這小子到底想幹什麼？我看你就是外面來的奸細。」

「夠了！」丁勇怒吼一聲，對趙三道：「你別忘了，現在寨內是我說了算。就按照荀柳說的，撤回所有巡山的弟兄，全部上山採礦去！」

「你！」

「我什麼？你看不慣我的做法，大可等大當家回來，再告我的狀。」丁勇冷笑一聲。「但到那個時候，你還有沒有資格見到大當家，就說不準了。」

他說著，拉開大門往外走去，荀柳跟上，只留趙三臉色青黑地站在原地。

丁勇一聲令下，縱然山匪們不情不願，也不敢違背他的命令，跟著村民們一起幹活，日夜不間斷地採礦，數量果然提高了幾倍。

「幹得不錯，等這次事情過去，我定少不了你的好處。」

「不敢不敢，這都是小的應該做的。」

荀柳假意奉承，但心裡清楚丁勇的打算。莫說好處，利用完她後，能不能留下她的性命都不一定。

這些山匪絲毫不當人命是一回事，推翻了她以為他們曾是軍人的猜測。這群人看似紀律嚴明，但更像是一夥臨時組起來的雜牌軍，骨子裡還是無惡不作的匪氣居多。

山匪加快製造武器的事，加快了她的計劃，晚上她和軒轅澈也不再需要守門巡山。幸好偷鑰匙那天，她急中生智，用泥塊將鑰匙的形狀摹下來，交給袁成剛等人。

簡鶴與袁成剛等人也絲毫不敢放鬆，鐵爐城內共有四十餘名鐵匠，自從荀柳的圖稿被分發下去後，他們便分工，有人負責放哨，有人完成山匪交代的任務，有人製作袖箭。

每個人都累得腰瘦背痛、手腳抽筋，卻滿懷希望，興奮地等著最後衝出牢籠的時刻。

第十六章

短短三天下來，一切準備就緒，只欠東風。

丁勇看著前方山壁下被擺放著、像數座小山一般的柴火，臉上是掩藏不住的高興。只差一點，他就可以完成大當家交給他的任務了！

「點火！」

這時，山石忽然開始滾落，趙三見勢不妙，出聲阻止。「等等！」

但為時已晚，柴堆上早已被潑上豬油，火把一落，便蔓延出燎原之勢。

荀柳耳尖地聽到嗶剝一聲，沖天打了一聲呼哨。

幾乎是頃刻之間，礦山上的村民立即脫下背簍，往大鐵箱跑去。

滑道中間，每十步藏一人，聽見這聲呼哨，便一對一往下方傳，直到傳至鐵爐城內。

在城內監工的山匪見情況不對，立即拔刀，但刀還未拔出鞘，便覺心口一涼，低頭見短箭穿心而過，隨即倒地而亡。

礦山上，巨石滾落，土塊瓦解，大部分山匪躲藏不及，被活埋在土石之中。

趙三見荀柳和村民們如此有默契，便明白這是他們提前設好的圈套，憤怒不已，也不管馬上就要山崩，拔刀便衝著荀柳砍過去。

「恩公小心！」

村民們自顧不暇，只能眼睜睜看著刀刃往荀柳揮去，荀柳身上沒有武器可防備，眼看就要落於刀下。

這時，一道人影突然朝荀柳撲過去，擋住荀柳的同時，捋起袖子，嗖的一聲，趙三隨即捂住右眼，痛得嗷嗷直叫。

荀柳將軒轅澈拉到身後，乘機伸腿衝著趙三的褲襠狠狠一踢，這才甩開他。

山崩即在眼前，村民們顧不得後頭追過來的山匪們，索性拿起礦石往他們身上一通亂砸，然後和荀柳姊弟一起跳進大鐵箱中。

趙三捂著眼站起身，正要抓住大鐵箱邊緣時，卻見其中一人已然拉開固定繩。

礦山上傳來來自地獄的轟隆聲，趙三等人驚恐的叫喊漸漸湮滅其中，荀柳等人只能閉著眼，任由大鐵箱如同浪濤朽木一般，順著山坡急速向下滑行。

鐵爐城內，袁成剛看見上方漸漸逼近的黑點，立即喊道：「快！撐布！」

一聲令下，一張長寬過數十丈、由眾人找到的所有布料縫製而成的救生毯被撐開，攔在整個鐵爐城上方。

頃刻之間，大鐵箱離他們已不足數尺，袁成剛額角沁汗，雙目死死盯著大鐵箱的位置，直到它過了某個點，便放聲大喊——

「攔！」

鐵匠之中臂力最強的十數名壯漢立即扯繩，攔在大鐵箱前方。

大鐵箱撞上，數十道粗繩繃成一道直線，幾個壯漢被猛力彈飛出去，跌落在地，吐出幾口血沫來。

但鐵箱因此成功減速，落在壁崖下，荀柳等人像是失重一般，被彈射出去，正巧落在救生毯之中，竟無一人傷亡。

眾人歡呼幾聲，荀柳看向礦山，轉頭急道：「快出鐵爐城！這裡馬上要被埋了！」

大家轉過頭，果然見遠處山上傳來震耳欲聾的轟隆聲，數萬噸土石連成一條線，以摧枯拉朽之勢往山谷襲來。

凡是有手有腳的人，立即沒命地四處亂竄。

「別慌，全部上山！」

荀柳說著，拉著軒轅澈往山寨方向跑去。眾人見她如此鎮定，像是找到了主心骨一般，跟著往山上跑。

不知道跑了多久，也沒有一個人敢扭頭往後看，直到前方不遠處就是山寨，荀柳才氣喘噓噓的停下腳步。

她的身後，哪裡還有鐵爐城的影子？

土石自礦山一路滾落到谷底，竟是掩埋了整座鐵爐城，礦山也被夷為平地，已分不清哪裡混著山匪們的血肉，哪裡是他們剛剛逃亡的路徑。

因為丁勇調走全部的山匪，山寨已空，但沒人想進去看，只想早些離開這個鬼地方。

「謝謝恩公，如果不是因為你們，我們萬萬不可能逃出來。」

眾人滿心激動，欲衝著荀柳姊弟下跪，荀柳扶起帶頭的簡鶴。

「謝我倒不必，這次全然是大家的功勞，但這件事，還不算結束。這些山匪來歷不一般，你們這一年內製造的武器，多半已經被他們運送出去，背後定有更大的靠山，有幾件事情想請你們幫忙。」

「丫頭，妳儘管說。只要我們能做到的，定然盡全力。」

簡鶴帶頭應下，其他人也跟著點頭。

荀柳看了眼身後的寨門，道：「你們出山之後，務必去一趟戶部尚書賀子良的府邸，將這裡的事情告訴他。記住，一定要親眼見到賀大人，方能說出實情。但關於我姊弟二人的事情，還請隱瞞。」

「為何？搗毀匪窩可記一大功，或許光宗耀祖，加官進爵也說不定，你們……」

「實不相瞞，我們的身分不便。」不等簡鶴說完，荀柳便打斷他。「正是為了逃避官府追查，才會闖進這深山老林。」

她將先前誆騙丁勇的那一套說詞又對他們說了一遍，不過內容有些改變。這種情況之下，她也只能選擇撒謊了。

眾人聽完，皆沈默不語，沒想到這兩個孩子居然背負著這般辛苦的身世。身處這世道，又都是無權無勢的老百姓，自然明白這對姊弟的艱難處境。

「你們放心，縱然刀架在脖子上，我們也一個字都不會說出去的。」

荀柳對眾人笑了笑，又道：「還有最後一件事。此去我們姊弟無防身之物，那袖箭能否……」

「我當是什麼。」其中一名大漢笑呵呵地解下自己的袖箭，放到她手上。「這東西本來就是妳設計出來的，反倒是我們看了圖紙，撿了便宜。」

手藝人最忌諱本事外傳，如今他們平白學會製作袖箭，說起來，反倒是他們占便宜。

「對，恩公，妳要多少，都拿走吧。」

「不用，我和小風留兩個就行。剩下的，你們帶著防身，我們就此別過。」

荀柳和軒轅澈衝眾人抱了抱拳，轉身往山寨的方向走去。

他們沒走幾步，又聽見一聲喊叫，一道腳步聲追過來。

「荀柳！」袁成剛氣喘吁吁擋在她面前。

「你還有事？」荀柳納悶。

袁成剛不好意思地看了眼正面無表情盯著他的軒轅澈，扭頭對荀柳道：「我有話想單獨對妳說。」黝黑的國字臉還可疑的紅了紅。

軒轅澈見狀，鳳眼微冷。

荀柳卻沒注意到，以為他真的有事找她，點點頭。

「小風，你在這裡等我一會兒。」

她往旁邊挪了幾步，問袁成剛。「什麼事？」

「那個……」袁成剛鼓起勇氣，紅著臉道：「荀柳，妳有沒有考慮過嫁人？」

他問完，又怕對方回答一般，搶先道：「我知道我現在還沒能力說這些，但是……」

「不考慮。」

「啊？」

袁成剛愣住，許久說不出一個字來。

荀柳聳了聳肩膀。「你不是問我考不考慮嫁人嗎？我說了，不考慮，因為沒興趣。」又奇怪地看他一眼。「你追過來，就是為了問我這個？」

「我……我就是隨便問問……」袁成剛沮喪地垂下肩膀。

「罪魁禍首」十分歡快地拍了拍他的肩膀。「我知道你捨不得我這個兄弟，以後有機會，我會回來看你們的。走了。」

她說完，不等袁成剛反應，笑著轉身，對軒轅澈招呼一聲，繼續往山寨走去。

走了沒多久，她覺得手心一軟，一隻冰涼的手牽住她。

她低頭一看，只見軒轅澈正衝著她信任且乖巧地笑著。

袁成剛許久才回過神，轉身看去時，卻只見到少女頭也不回的背影，和少年似嘲諷的半張側臉。

簡鶴見徒弟垂頭喪氣地回來，忍不住搖頭笑道：「自作多情，也不看看自己的本事配不配得上人家，還是隨我好好打鐵去吧。」

眾人也哈哈笑了幾聲，一齊往另一個方向走去。

走了沒幾步，卻有人驚道：「不對，怎麼少了一個兄弟?!」

在山寨裡扒拉許久，荀柳才從一個房間的角落裡找到自己的包袱。幸好裡面的東西都沒丟，尤其是她存了好些年的銀子。

找到東西之後，她準備離開，卻見跟在她身後的軒轅澈不見了蹤影。

「小風！」

房間內沒人，她立即拉開房門，然而腳還未踏出去，一道銀光便迎面刺來。她心下一驚，立即往房裡退去，按下手腕上的袖箭。

對方反應極快，輕鬆一閃，便避開短箭。

「咦？」

對方似是對袖箭很感興趣，死死扣住她的手腕，將她整個身子帶過去。

荀柳這才發現來人是誰，一身熟悉的玄色暗紋斗篷，正是那個神秘斗篷人！她的手腕被捏得生疼，趁他的心思還在袖箭上時，立即從袖子裡抽出刻刀，往他的臉上劃去。

這一擊於斗篷人而言，就像是撓癢癢，微微一伸手，用兩根手指夾住那薄薄的刀片，再使力一折，她花重金聘人做的、天下獨一無二的刻刀，就這麼斷了。

荀柳感覺自己的力量在對方眼裡就像是跳梁小丑一般，心中憤然，索性使出百試不爽的招數——抬腿往對方褲襠踢過去。

然而不自量力就是不自量力，她這一踢非但沒讓對方中招，對方反而將她的手一鬆，看笑話似的任由她往身後雜物撞去。

木刺勾住了荀柳的髮帶，只見青絲輕舞飛揚，再抬頭時，已暴露了女兒身。

荀柳還未來得及反應，下巴便被箝住，一聲輕笑聲自她頭上響起。

「竟是女兒身……這山崩是妳做的？」

荀柳覺得後背疼得厲害，心想這人著實變態，問她話又死箝著她，不讓她出聲。

這時，斗篷人身後響起嗖的一聲。

為避開短箭，他放開荀柳，站定之後往門口看去。

「放開她。」軒轅澈目光冰寒，抬手對著斗篷人。

斗篷人打量著他手腕上的袖箭，忽然輕笑。「有趣，有趣。」

荀柳乘機抓了根爛木頭，打算就是死也要拚一拚。不過，還沒等她一鼓作氣衝上去，遠處便傳來一道響亮的短笛聲。

斗篷人目光微閃，唇角一勾，篷尾一甩，竟放過他們，轉身而去。

荀柳鬆了口氣，頭髮也來不及紮，拿著包袱便拉住軒轅澈。「這裡不能久留，快走。」

軒轅澈卻反握住她的手腕。「我發現一個地方，妳先跟我來看看。」

他拉著她走到寨子深處，也就是之前山匪們嚴加看管的機密之地，伸手推開門。

荀柳一驚，裝著無數精鐵鑄造之武器的箱子堆滿了房間，應當是這段時日還未來得及運走的。

不對，斗篷人已經知道了這裡的情況，怕是還沒等賀子良的人趕到，這些武器就會被偷偷運走。

她目光微閃，從箱子裡挑出兩把做工精緻的匕首，塞進包袱裡，便掏出火摺子，往木箱裡一丟。

「走。」兩人飛快離開山寨。

不消半刻鐘，山寨內便燃起了大火。

距離山寨頗遠的鐵爐城亂石上，幾道黑影瞥見那一發不可收拾的火勢，停下動作。

其中一人衝著斗篷人半跪道：「主子，是否救火？」

兜帽下的眸子望著山寨方向，微微瞇了瞇，半晌才道：「不必。」

「可裡頭還有我們不少……」

「會有人比我們更著急，你操心什麼？」斗篷人輕笑一聲。

黑衣人聞言，低下頭，又將一件東西呈上去。

「方才我們捉到一人，是那夥村民之一，這是從他手上取下的。據這人所說，一切計劃都是名為荀柳的女子所設計，這武器也來自於她。」

斗篷人拿起袖箭看了看，目光越發深邃。

「真是有趣，派人去查。」

「是。」

荀柳和軒轅澈連夜離開山寨時，簡鶴等人也終於爬過層層大山，到了京城。

這天一大早，賀子良剛打著哈欠，準備上朝，卻見管家從前院慌慌張張地跑過來，哆哆嗦嗦的抖著鬍子。

「不好了，老爺，門口出大事了。」

這可新鮮了，自從雲家被抄以來，這京城發生的大事還少？但他還是頭一次見到管家被嚇唬成這樣。

賀子良有些好笑地摸了摸鬍子，打趣道：「哦？什麼事比老爺我上朝聽人扯淡還大？」

管家氣喘吁吁道：「咱們府外來了一幫人，說是剛從龍岩山脈的山匪窩裡逃出來，還說山裡有座大鐵礦，那些山匪逼著他們做了不少兵器，此時正吵著要老爺主持公道呢。」

聽到「鐵礦」這兩個字，賀子良鬍子一抖。

「你說什麼？龍岩山脈裡頭有鐵礦?!」想了想，又覺得不對勁。「這件事，理應去找府衙報案，為何他們會先來找我？」

「他們說，是一個英雄交代的，務必要當面見到您，才能說出所有實情。」

賀子良目光閃了閃，撫著鬍子來回踱步，對管家道：「你派人將他們全部請進來，儘量莫太引人注意。另外，替我送封告假信進宮。」

「是，老爺。」

大漢惠寧十一年二月，京城發生了一件大事。

從龍岩山脈裡逃出的村民和鐵匠，共七十六人，直奔戶部尚書賀子良的府邸報案，扯出一起山匪開挖鐵礦、私製兵器，長達一年內拘禁百人、殘殺數十人的驚天大案。

惠帝震怒，派賀子良與丞相蕭世安率兵部、刑部徹查此案，果然在這七十六人所指位置，發現塌陷的礦山和一座燒焦的匪寨，刨出精鐵兵器近百餘車。

然而，接下來的線索，卻無法追查。

據這七十六人所言，他們之所以能順利逃命，完全歸功於一位已葬身於此的英雄。要不是他隻身犯險，混入匪營，設計圈套，他們也不會成功逃出龍岩山脈。

礦山下被壓成血泥的山匪屍體何止百具，那名英雄到底長相如何，再無人得知。

不久後，京城兵器界內悄然出現一種新武器，為不少江湖人和兵器行家所好，但設計者姓甚名誰，卻沒人知曉。

夜晚，丞相府內。

啪！一只茶盞被砸成碎片，上座身穿紫色官袍的男子滿目陰森地看著跪在面前的壯漢。

「一年多的心血，全白費了！你說，我該怎麼懲罰你才好？」

壯漢正是山匪窩的大當家雷鳴，拚命將腦袋往地上磕，嗓子打著顫。「求相爺再給我一次機會……」

「給你機會？」蕭世安慢條斯理地撫了撫袖子上的花紋。「你覺得你的命能抵得過一座礦山？」

他冷笑一聲，起身對窗外道：「來人！」

幾個面無表情的家僕進來，恭敬行禮。

雷鳴神色一慌，往前膝行幾步，抓住蕭世安的褲腿哀求。「相爺，求求您，我不會再讓您失望的……」

蕭世安厭煩地甩腿，冷聲道：「拉下去。」

幾個家僕立即上前架住他，抬了出去，再無人聽到他的喊叫。

管家進來，對閉眼揉穴的蕭世安道：「相爺，您交代的事情，已經辦好了，兵部跟刑部那邊，也打好了招呼，可就是賀府……」

蕭世安冷哼一聲。「賀子良不蠢，以卵擊石的事情，他可不會主動做，皇上尚且要看我蕭家幾分臉色，何況是他？這件事情到此為止，傳信下去，讓那些蠢貨掂量自己的位置，莫要繼續在皇上面前惹人注意，蕭家萬不可再成為第二個雲家。」

「是，相爺。」

第十七章

這日，離丞相府不遠的賀府內，有輛馬車停在不起眼的側門門口。

不等車夫上前敲門，一位貴婦便親自開門，走到馬車旁，小心問道：「可是崔嬤嬤？」

車門動了動，一道熟悉身影下了車，對貴婦笑道：「賀夫人，許久不見，都還安好？」

薛氏緊張地打量四周，親暱地拉住崔嬤嬤的手。「安好安好。先進來再說吧，他正在裡頭等著妳呢。」

崔嬤嬤點點頭，跟著薛氏進去。

薛氏帶崔嬤嬤見了賀子良後，便對兩人道：「你們聊，我去泡茶。」

崔嬤嬤點頭，等薛氏走後，才向賀子良行禮。「恭喜賀大人。」

「有什麼可恭喜的。」賀子良滿臉不高興。「御史大夫監察百官，皇上這是將老夫提到了蕭黨眼皮子底下，擺明不讓老夫安生過日子。」

崔嬤嬤忍不住笑道：「升了官還不高興，天底下怕是只有您呢。」

「不說這事了。」賀子良搖搖頭。「這麼多年，崔嬤嬤不聞不問宮中之事，這次突然出宮來找我，所為何事？」

「也沒別的事情。」崔嬤嬤淺笑一聲。「只是聽說那位礦山英雄的事跡，好奇而已。」

賀子良像是看不認識的妖精一般，瞪著崔嬤嬤。

「這可真是稀奇了，妳費力出來一趟，就是為了聽故事？」

崔嬤嬤緩緩抬頭看他，雙手交疊。

「賀大人，您別瞞著我了，若是一般村民或鐵匠，怎能想到這般聰明的計劃？又怎能設計出這般奇巧的殺人兵器？即便犯著得罪蕭黨的危險，賀大人亦要派人去查真相，想必也很好奇那英雄的身分吧？」

賀子良猛地站起身，震驚地瞪著她。「妳怎麼知道這些？」

崔嬤嬤呵呵笑了。「我崔梨花好歹跟著賢太皇太后多年，連這點手段都沒有，怕是活不長啊。」

她起身，拍了拍衣襬，施施然道：「賀大人，我既然來找你，便不打算繼續跟你打啞謎。有些話，我們還是敞開了說好。」

「若是關於雲家的事情，大可不必了。」賀子良有些不快地甩了甩袖。

「我並不關心雲家如何，只是涉及皇家，我便不能不管。」

崔嬤嬤的笑容淡了。「我明白賀大人的顧慮，可如今皇上擺明想用你來制衡蕭黨，接下來朝上分黨立派，定會將賀大人扯進去，得罪蕭黨是遲早的事，這般逃避，又該如何應對？如今賀大人只有兩條路可選，擁立羽翼薄弱的大皇子，或投靠蕭黨。」

賀子良目光微閃，不接話。

「或者，還有第三條路可選。」

賀子良抬頭看她。「妳所說的第三條路，試問普天之下，誰能賭得起？崔嬤嬤，老夫是幫了你們一次不假，但不代表老夫要拉上全家，乃至全族的性命陪著妳賭。妳拚命送出去的人，生死還未可知。」

崔嬤嬤微微一笑。「大人如何以為這是場毫無勝算的賭局？難道礦山一案，還不足以向你證明？」

賀子良一愣。「什麼意思？」

「大人不是想知道這位礦山英雄究竟是誰？」崔嬤嬤輕聲道：「那日出宮之時，她和二皇子正在馬車車底。」

「妳是說……」

賀子良神色微變，想起那日兩個村民說的姊弟。姊姊有些保命的小聰明倒也罷了，但區區一個姑娘家，搞出這麼大的動靜，他實在是難以相信。

「崔嬤嬤，妳莫要拿這些話來哄騙我，妳怎麼確定那就是妳認識的人？那些村民和鐵匠說，他們的恩人已經死於礦山之下。」

「我當然確定。」

崔嬤嬤走近一步，從袖中掏出一樣東西，放到桌子上。

賀子良一看，居然是他私下多番盤問才問出來的、名為袖箭的兵器。

「這東西，只有那丫頭做得出來。這些年，她送了我不少這樣的物事。賀大人有興趣，下次我可差人送出來給你瞧瞧。」

崔嬤嬤說著，笑意深了深。「賀大人怕是不了解這丫頭的本事，若她決定要護著一個人，老身便篤定她能護得了。」

賀子良冷哼一聲。「那又如何？二皇子年紀尚小，就算活下來，一切也未能論斷，更遑論他無依無靠，又憑什麼翻身？」

「賀大人可聽過鳳令？」

賀子良心中一震。「鳳令?!我只當是傳言，竟然真的有？」

崔嬤嬤但笑不語，他來回踱步思索，半晌後才抬頭。

「傳說賢太皇太后曾料到後世朝廷會生亂，便命心腹組建了一支暗部，只聽命於她與鳳令持有者。數年間，暗部混入文武百官與市井小民之中，一遇動盪，鳳令使可挑選一名皇家中人授予鳳令，這也代表著……」這個人有資格越權繼位。

「妳就是鳳令使?!」

賀子良看著其貌不揚，甚至比他還要老態龍鍾的崔嬤嬤，嘴角忍不住抽搐了幾下。

崔嬤嬤撫手淺笑。「賀大人，我已擇主。現在，該你了。」

賀子良驚疑不定地看著她，久久不語。

這時，房門外響起一陣敲門聲，薛氏端著茶水走進來，見兩人大眼瞪小眼不說話，納悶道：「你們這是怎麼了？」

「無事。妳先出去，我們有要事相商。」

賀子良打發薛氏，端起茶猛喝一口，而後對崔嬤嬤道：「好，我暫且幫你們，但此事非同兒戲，二皇子是否良才，老夫還需再看。」

「有大人此言便可。」

「接下來，我們該做什麼？」崔嬤嬤微微行禮。「老身只會些宮人手段，上不得檯面，全聽賀大人安排。」

賀子良撫了撫長鬚，走到桌前仔細打量袖箭。

「製鐵司的大人跟老夫有些交情，想必他應當很樂意收下這些鐵匠。」他忍不住嘆口氣。「看來，這拉幫結派的行當，老夫也不得不做了。」

荀柳不知遠在千里之外的京城，因為她發生了多大的動盪。

讓那些人去找賀子良報案，完全是因為覺得這些山匪來歷不一般，想找個信得過的官員接手而已。她也是怕自己和軒轅澈的事情暴露，這位賀大人能替他們隱瞞一二。

礦山一案還未結束，荀柳和軒轅澈早已走出龍岩山脈，跋涉到了嶙州地界。

嶙州北部正與昌國交戰，由於軍餉和往來大漢腹地的商隊都從南部穿梭，所以看守得比較寬鬆。

荀柳和軒轅澈趁著守衛盤查商隊的空檔，從馬車底下鑽出去，拉著軒轅澈跑了老遠，才回頭看看毫無所覺的城門守衛，鬆了口氣。

「趕路趕了一整天，找間客棧休息一下，先吃點東西。」前面不遠處就是一家客棧，她扭頭對軒轅澈道。

軒轅澈抿唇看著北方，不接話。

荀柳嘆了口氣。「我知道你心裡著急，但縱然飛過去，也需要時間，更何況我們的身分不安全。聽話，這次進城，先打探一下消息再行動。」牽起軒轅澈的手。

軒轅澈聽話地任由她拉進了客棧。

這家客棧不大，生意倒是還算紅火。荀柳左右看看，選了個人最多的位置，帶著軒轅澈坐下。

店小二熱情上前。「二位客官是打尖，還是住店？」

「來兩道你們店裡味道最好的菜，還要兩碗米飯加一壺茶。」

「好，二位客官稍等。」

店小二殷勤地擦好桌子，正要去準備吃食，又聽見荀柳道：「等等。」

「客官還有事？」

荀柳看了看周圍，裝作不經意地問：「是這樣的，我們兄弟要去北部尋親，剛才在路上聽說了一些消息，想問問那裡的情況。聽說雲大將軍……」

「客官，您小聲點。」店小二避諱地打量周圍，見沒人注意這裡，才湊近道：「不是小店不願意告訴您，而是現在官府嚴禁私下談論雲大將軍。大家私下說說便算了，但小店還要做生意，請客官諒解。」

荀柳看看身旁神色不佳的軒轅澈，擺了擺手，打發店小二下去。

店小二忙又賠罪數聲，這才離開。

「是不讓百姓談論，還是害怕百姓談論？」軒轅澈冷笑一聲，忽然道。

荀柳見他放在桌子上的拳頭緊握，嘆了口氣，扳開他的手指，塞了一杯熱茶給他。

她掃視周圍，只見眾人閒聊家事或者和昌國的戰事，確實未聽見任何有關雲家的話語，不由心裡戚戚。

就算對雲峰的認識不多，但她至少知道，這數年來要不是他帶兵安邦，用血肉之軀阻擋刀劍，嶙州地界的百姓們，怕是半數要命喪戰亂。

他們能在如此激烈的戰事下這般安居樂業，全要歸功於這位戰神將軍。

如今戰神蒙冤，卻連一個敢為他說句公道話的人都沒有？

這時，兩個商人打扮的男子在兩人身後落坐，其中戴著羊皮番帽的男子對店小二吩咐幾句，從懷中掏出一罈酒來，擱在桌子上，邊喝邊和同伴閒話。

「你聽說了沒有，朝廷派來的十萬精兵已經和雲峰在狼牙山打起來了。雲峰這賊子，這回看來是逃不掉嘍……」

此言一出，周圍人立即噤聲，扭頭看向這人。

荀柳見軒轅澈目光驟冷，按住他的手，輕輕搖頭。

那兩人卻毫無所覺，依舊喝得高興。

另一人嘻嘻笑道：「你怎麼知道他會死？」

商人猛灌了一口酒，洋洋自得地回答。「這還用說，一個叛國賊子，朝廷怎能容他？縱使雲峰手下悍將無數，但這可是王軍旗下十萬精兵，怕是大羅神仙都救不了他。」

他說著，湊近同伴，賊兮兮道：「你怕是還不知道吧？消息傳進京城當日，雲貴妃攜子自焚而亡。你猜這是為何？」

「為何？」

「我曾聽聞，雲貴妃與雲峰私下有染。」商人說著，哈哈大笑起來。「否則她為何自焚？自然是畏罪。」

軒轅澈目光一厲，抽出拳頭就要起身，荀柳攔也攔不及。

然而，還沒等他有所動作，卻聽店內響起一聲暴喝。「放屁！」

荀柳一愣，扭頭看去，只見一名青年倏然站起，衝著商人怒道：「朝廷不仁便罷，沒想到嶙州境內居然還有你們這般忘恩負義的骯髒人！」

商人倒也不怕，起身看了眼青年，不在意地諷刺道：「怎麼，我說句真話而已。你們竟敢公然維護叛國賊子？」

但是，回答他的是店內無數隨之站起的男女老少，皆冷然盯著他。

同伴見勢不妙，扯了扯商人的袖子，勸道：「算了，我們換個地方……」

「怕什麼，老子說的又不是假話，雲峰就是叛了國，就是亂臣賊子。」

「你膽敢說這句話，就莫要活在嶙州。」

一名上了年紀的老先生站起來，緩緩道：「嶙州的老老少少都知道，自己欠著雲大將軍一條命，爾等不配活在雲大將軍用命換來的地方。大漢就是因為有爾等這般是非不分，黑白不明，只會落井下石的草包，才會讓真正為國為民的英雄蒙受不白之冤。」

青年上前一步，揪住商人的衣領。「別再讓我聽到你說這些話，聽到沒有？」

周圍人見狀，也氣勢洶洶地圍上來。

商人這才發覺自己捅了婁子，戰戰兢兢地看眾人一眼，連桌上的好酒都不顧，拉著同伴跑出了客棧。

見兩人已走，眾人才各自回座，繼續聊些無關緊要的家務事。

軒轅澈還站在原地，荀柳走過去，見他一雙鳳眼微紅，說不清是喜是哀。

她將他拉回來坐下，店小二端著飯菜上來，瞥見軒轅澈紅著眼，便關心道：「哎喲，小公子這是怎麼了，可是對小店不滿意？」

荀柳笑道：「無事，只是剛才被嚇到了而已。」

店小二鬆了口氣，邊擺菜邊笑道：「客官不要介意，嶙州時常發生這些事，習慣就好。」又嘆道：「皇家朝廷已無人敢為雲大將軍說一句話，我們平頭百姓無權無勢，唯一能為他做的，只有這些了。」

待店小二下去，荀柳見軒轅澈垂頭不語，伸手將飯菜推到他跟前，把筷子塞進他手中。

「不枉你舅舅出生入死，保國衛民，你看，還是有不少人記掛著他。快吃吧，吃完了，我們還要趕路，或許你很快就能見到你舅舅了。」

軒轅澈不吭聲，臉上卻隱隱出現一絲期待，聽話地動筷子吃起來。

然而，世事無常，荀柳怎麼也沒想到，當他們千辛萬苦趕到邵陽城，聽到的卻是雲峰的死訊。

二月十三日，嶙州邵陽城百里烏雲遮日，杜鵑花團團緊簇，豔如泣血。

一布甲小兵手捧文書，走上城牆，手指微顫著打開，只掃了第一行字，便紅了眼。

來往百姓皆停下手中動作，抬頭看去。

身後將領見狀，捅了捅他的後腰，怒道：「唸！」

小兵抖了抖唇，這才道：「今日奸賊雲峰，以及部下伏虎將軍孟山在內，三萬餘人已全部被王軍絞殺在狼牙山……」似是不忍再繼續讀下去，閉嘴不語。

將領又狠捅了他幾下，威脅道：「快唸！」

小兵咬緊了唇，手指幾乎要捏破那薄薄的紙張。「賊子雲峰以及孟山叛國通敵罪證確鑿，依律，屍身……屍身……」

「唸！」

布衣小兵忽然將文書狠狠一撕，拔出腰間大刀。「雲大將軍沒有叛國！狗官辱英雄，殺忠臣，該死的應當是你們！」

百姓忍不住閉了閉眼，片刻之間，只聽噗哧幾聲，白刃入肉，一具屍體像是無用的麻袋一般跌下城牆，砸出滿地的血污。

城牆上的將領代替小兵的位置，走上前來，面無表情唸道：「賊子雲峰以及孟山叛國通敵罪證確鑿，依律，屍身將於三日後懸於城門示眾，以儆效尤！」

此言一出，原本麻木的百姓們滿眼怒火，唾罵聲此起彼伏。

將領卻視若無睹，撿起地上的文書，若無其事地走下城牆。

第十八章

誰也沒有注意到，人群之中，有兩道身影在聽到這個消息之後，渾身像是僵住了一般。

其中那道較小的身影立即便要向那將領衝過去，卻被身旁那人抱住身子，往旁邊拖。

荀柳緊緊抱著軒轅澈的肩膀。「小風！冷靜下來聽我說！」

軒轅澈依然拚命掙扎著，血紅著眼，一張利齒隨即咬在荀柳的手腕上。

荀柳忍不住疼得嘶了聲，卻不肯放手，直到袖子上滲出一絲紅，軒轅澈嚐到了血腥味，這才愣愣地鬆口。

荀柳顧不得疼痛，只想抱著他，多給他一些安慰。

「小風，你別忘了，你還要好好活下去，要為你的母妃，為了你的舅舅和這三萬人清洗冤屈。這個時候，你千萬要冷靜……」

軒轅澈不再掙扎，眼底卻是一片空洞。

「清洗冤屈？清洗了，他們就能活過來？」

荀柳看著他毫無生氣的眸子，心裡酸澀，忍不住抱緊了他。

「不，哪怕是復仇，哪怕是為他們殺盡天下不公，既然活著，就要為他們，為你自己做一些事。你還有我，將來無論你做什麼，我都會陪著你，我保證。」

軒轅澈抬眼，定定看著她，啟唇道：「若我要覆滅整個大漢呢？」

荀柳微微一驚，他竟然是連自己的父族也一起恨進去了？

半晌後，她揉揉他的頭髮。「只要你高興。」

軒轅澈聽了，目光又恢復成沈靜如水的樣子，只是裡面多了一些荀柳看不懂的東西。

見軒轅澈平靜下來，荀柳才鬆口氣。

這時，城內的人群突然騷動，攤販們放下自己的生意，一股腦兒往城裡湧去。

荀柳抓住其中一名路人，問道：「這位兄弟，你可知前面出了什麼事情？」

「聽說有人為了剛才的布告，在衙門門口鬧起來了。」

荀柳鬆開他，和軒轅澈一起跟著人群走，直到拐了好幾個街口，才看見邵陽城的衙門。

衙門前，人潮湧動，無數人圍著大門，和數十個守衛推搡。

「無良狗官，還我將軍！」

「董長青滾出來！狗賊！」

「董長青是誰？」荀柳望著攢動的人頭問道。

「他是我舅舅麾下的臥龍將軍。除了他之外，還有伏虎將軍孟山和玄武將軍韓軍。」軒轅澈眼底露出一抹冰寒。「就是他向朝廷報信，說我舅舅通敵叛國。」

荀柳看著越發失控的局面，又問：「孟山已死，但那位玄武將軍呢？」

軒轅澈沈默不語。

一列士兵從衙門內湧出來，齊刷刷拔刀，迎向手無寸鐵的百姓。

帶頭一人身著銅甲，是一名年輕小將。

「莫要生事，速速離開！」

百姓面無畏懼，反而挺著血肉之軀更進一步，指著那些士兵的鼻子罵道：「你們好歹也曾經是雲大將軍麾下，如今卻幫著狗官們害死了雲大將軍！」

一名瘸著腿的老者，拄著棍子哭道：「懸首城門示眾？你們摸著自己的良心問問，當真下得了手？」

那些士兵當中，有人低下頭，小將的目光閃了閃，語氣依然冷冽。

「我只是在盡我的職責，你們趕緊退下。若繼續生事，莫怪我們不客氣。」

「我倒要看看你如何個不客氣法！」

人群之中，傳來一道響亮的女聲，眾人紛紛讓開，只見一位鬢髮斑白的婦人，慢慢走到小將面前。

「孟姨……」小將神色閃躲，竟是不敢直視婦人的雙眼。

孟母看著他，雙眼赤紅。「金校尉，你當真也覺得我兒孟山是叛國賊？」

小將抿了抿唇，不說話。

孟母淒然笑了，目光落到他那身銅甲衣上，伸手慢慢撫平他衣領的褶皺。

「金武，我知道你愛惜這身衣服，當年你懇求我兒收你入營，一步步走來生死相托，我兒拿你當過命的兄弟……」

孟母說著，手指微顫。

「如今我兒成了叛賊，你當了校尉，我不求你為他翻案洗冤，只求你將我兒的屍體還回來……縱使他真的犯了天大的錯，人也已經死了，讓我這老母親好好安葬兒子，不行嗎？」

周圍的人群聞言，再也忍不住落下淚。

「對，人都死了，你們還想做什麼？真不怕因果報應，天打雷劈？」

就在這時，烏雲密布的天空忽然轟隆一聲，劈下一道驚雷，似乎正應和著百姓口中的天理昭彰。

士兵慌亂起來，不知該怎麼辦。

這時，衙門內又湧出數十精兵，抽出大刀，不由分說照著人群砍去。

頃刻之間，幾條人命像是牲畜一般，被收拾殆盡。

「爾等若再生事端，將視為叛黨，一同斬殺。快滾開！」

嘩啦！暴雨落下，血水混著雨水、淚水，衝刷著腳下的淤泥。

荀柳和軒轅澈站在雨中，耳旁傳來斷斷續續的哭聲、痛呼聲。兩排士兵站成一道冰冷的分割線，將正義牢牢阻擋在權勢和武力對面。

百姓們相互攙扶，落淚離開。

這一場對抗終於落幕，而輸家永遠是無所倚仗的平民百姓。

「他們不給，我們便去搶。」荀柳幾乎是哽咽著說出這句話。

軒轅澈赤紅著眼，抬頭看去，只見荀柳揑緊了拳頭，咬牙道：「哪怕是拚上性命。」

「你們要去劫屍？」一道沙啞女聲在兩人身後響起。

兩人轉身看去，只見一名老婦站在雨中，眼中含淚，定定看著他們，忽然雙膝一跪。

「求好漢救下我兒孟山。」正是方才與金武對峙的孟母。

荀柳忙上前扶起她。「孟大娘，先起來說話。」

孟母起身拭淚。「好漢剛才所言，可是當真？」

荀柳鄭重應道：「我們千里迢迢趕來，為的就是見雲大將軍一面，縱然他已經……我們也必會拚死奪回他的屍首安葬。」

她看了眼附近的士兵，轉頭道：「這裡說話不方便，找個安全地方再說。」

孟母點頭。「去老身家中吧。」轉身帶他們鑽入了一條偏僻的巷子。

走了一會兒，一扇木門出現在眼前，孟母推開門道：「先進來暖暖身子。」

她把他們引進廳堂，轉頭卻見眼前少年髮絲濕亂，方才的兩條劍眉被雨水洗去，竟變成一對形狀美好的柳葉眉；因為衣裳濕透，顯出曼妙的身段。

這哪裡是她以為的好漢？明明就是……

「妳是女兒家？」孟母睜大了眼。

荀柳一驚，和軒轅澈對視一眼，見他臉色微微泛紅，別開眼，便低頭看看身上，這才明白是為什麼露了餡。

她畢竟是正值妙齡的少女，且這四年在宮裡未在吃食上虧待過自己，所以身段著實比同齡少女玲瓏有致得多。

之前她換上男裝，用布條勒住胸口，還能勉強假裝成男人，但雨水打濕衣裳，特屬於女子的曼妙身段盡顯無遺，是人都看得出來。

荀柳想上前解釋，孟母卻失望至極，跌坐在凳子上。

「我居然病急亂投醫到這種地步。一個女兒家，如何能救回我兒的屍首？」說罷，捂著臉哭了起來。

「我們並沒有騙妳。孟大娘，縱然妳並未請求，三日後我們也會這麼做。」

「妳一個女兒家，他也不過是個孩子，為何要這般送死？」孟母放下手，滿眼淚水地看著兩人。

荀柳剛想說話，卻聽軒轅澈道：「不試一試，怎知一定是送死？難道因為會送死，就要放棄？孟將軍每次上沙場，可曾這般想？」

孟母一愣，抹了抹臉。「你說得對，是老身失禮了。」

她慢慢起身，走進內室，捧出兩套衣服遞給他們。

「這一套是我兒生前的舊衣服，這一套是老身年輕時穿過的。姑娘不嫌棄的話，先換下來吧，旁邊就是房間。」

荀柳謝過孟母之後，接下衣服，對軒轅澈道：「你先進去換。」

軒轅澈沒說什麼，抱著衣服進房。

等軒轅澈進去，孟母又問荀柳。「敢問姑娘姓甚名誰？」

「我叫荀柳，他是我弟弟荀風，與雲大將軍有些親故，這次本是特地來找他的……」

荀柳的話還沒說完，卻聽大門外傳來一陣敲門聲。

「孟大娘！開門，我是壯子！」

孟母過去開門，一名皮膚黝黑的壯漢渾身濕透地鑽進來。

「孟大娘，我聽說了今日的事，我和弟兄們打算……」男子抬頭一看，發現還有不認識的外人，警覺地問：「這是誰？」

孟母忙道：「這位姑娘叫荀柳。」見軒轅澈換好衣服走出來，接著介紹。「這是她的弟弟荀風。」

又對荀柳姊弟解釋。「這位是壯子兄弟，他曾是雲大將軍麾下將士，這一條腿正是當年和昌國交戰時被敵兵砍斷的，後來是雲大將軍見他傷重才勸他解甲歸田。告訴他，也是多了個人幫忙，姑娘別介意。」

荀柳和軒轅澈聞言，低頭看向男子的腿，右膝以下果然空蕩蕩的。

見荀柳點頭，孟母才對面有懷疑的壯子道：「他們打算三日後劫屍，是來幫咱們的。」

壯子打量荀柳一眼，出聲嘲諷。「你們知道城門是什麼地方，隨便就敢揚言劫屍？」

軒轅澈目光沈著。「為何不敢？」

壯子定定盯著他半晌，微微笑道：「好小子，夠膽量，雲大將軍泉下有知，有你這般不畏生死的少年敢在背後挺他，也該瞑目。但這種送命差事，不能讓你們兩個孩子動手。」

他說著，轉身對孟母道：「大娘，我和兄弟們打算三日後動手。您放心，無論如何，我們都會把雲大將軍和孟山帶回來。」

「等等！」

壯子說完，正準備離開，荀柳卻喊住他。「難道你們打算硬搶？」

壯子回頭。「這件事情，你們不用管了，回去找父母安生過日子，這是我們這些雲家舊部才該做的事。」

「你怎知我們跟雲大將軍沒有關係？」軒轅澈清冷的聲音響起。

壯子上下打量他好幾眼，這才想起不久前從京城傳出來的謠言，目光中帶著幾分驚異。

「難道你們是雲家人？」

雖說雲家被抄九族，但若有人幫襯，逃掉一、兩個也不是不可能。這兩個孩子年紀都不大，又是一副餐風露宿的模樣，十有八九就是雲家人。不然這麼點大的孩子，怎有這麼大的膽子去劫屍？

軒轅澈見壯子誤會，也不解釋，就當是默認了他的猜測。

荀柳上前一步。「讓我們參與你們的計劃，不然就算只有我們兩個人，也定要動手。」

壯子想了半晌，咬牙點頭。「好，我答應你們，但你們得聽我的安排。」對孟母說：「大娘，先讓他們在您這裡住下，等明天大家聚齊再商議。」

孟母應了，等壯子離開之後，才問：「你們真是雲家人？」含著淚笑了。「真好，雲大將軍沒有絕後。他泉下有知，定會高興的。」

軒轅澈微微別開臉，眼角又泛紅了。

其實，他們也不知道雲家是否還有活口。就算有，又能怎樣？依照蕭家人的狠辣，怕也不會放過。

大漢七歲不同席，十四歲便可談論婚嫁，孟母考慮到荀柳畢竟是個女兒家，便將軒轅澈安排在孟山的房間裡，而荀柳則和她將就住一夜。

安排是安排好了，三人卻毫無睡意。

荀柳漱洗完，見孟母不在房內，便披著衣服走出去，見院子裡亮著火光，伴隨著啜泣聲，是孟母在替雲峰和兒子祭奠頭七。

背後傳來一道細微的開門聲，荀柳轉頭，是軒轅澈。

軒轅澈走過去，一起蹲下燒紙錢。

她心頭一酸，也跟著過去燒。

孟母淚眼矇矓，見是他們，便將旁邊的一大疊紙錢全遞過來。

「燒吧，多燒點，讓三萬壯士的英魂走得舒坦些。」

三人默然無語，只見灰煙裊裊，隨風直上，散在邵陽城的各戶人家裡。

若是上天有眼，便能看見，這一夜，邵陽城半數人家整夜無眠，小兒啼哭，男兒落淚，不知是在哭蒼天不仁，還是哭三萬已隨風消逝的鐵膽英魂。

隔天，巷子深處的一座院子裡，十幾個男子正爭吵不休。

「不行，若照你說的做，沒等劫到兩位將軍，我們就已經暴露了。他們這麼做，就是故意設下圈套，想將我們一網打盡，屆時定有不少人在城門附近埋伏，不能硬衝。」

說話的是一名年紀稍大的中年男子，瞎了一隻眼，臉上戴著獨眼罩。不只他，其他十幾個人身上，皆多多少少有些殘疾。

荀柳和軒轅澈也在，不過他們沒被允許出聲，只能聽著他們爭論。

另一人聞言，洩氣道：「那要怎麼辦？我們只有十幾個人，不論怎麼設計，都得先殺上城門。」

一時之間，眾人沈默。

荀柳忽然道：「你們當中，誰會射箭？」

「射箭？」帶頭的壯子忽然眼睛一亮。「對，用箭射斷繩子，再讓人在城門下接住兩位將軍。我準頭好，腿腳也不便，這箭由我來射。」

其他人對視了一眼，都沒有異議。

如此，計劃便定下來，十幾個人各自去做準備。

壯子卻在眾人走後，叫住荀柳和軒轅澈。

「無論此事成不成功，你們都莫要再留在這裡，往西走，走得越遠越好，不要被董長青的人發現，知道嗎？」

荀柳聽了，不答反問。「我聽說還有一位玄武將軍，他現在在哪裡？」

從各種議論聽起來，董長青肯定不是善類，她卻一直未聽聞韓軍的去向。如果找到他，說不定能知道真相。

壯子冷笑一聲。「他？今早狗官公布的名冊裡沒有他的名字，三萬人裡，只活了他一個，怕是早就做了董長青的走狗。」

荀柳一愣，不由去看軒轅澈，卻見他面無表情，似乎並未聽進去。

看來，韓軍這條路也走不通了。縱使他沒有參與這件事，為了保全自己，十有八九不會幫他們。

商量完所有事情之後，壯子便將荀柳和軒轅澈送回孟家。

孟母不在家，留了一桌飯菜給他們。

荀柳見軒轅澈熟練地去廚房拿了筷子和碗，順便遞給她一份，忍不住笑道：「認識你的人，見到你現在的樣子，怕也不會以為你就是二皇子。」

軒轅澈挾了一塊肉，放進荀柳碗中。「從出宮那天，二皇子就已經死了。現在，我只是姊姊的小風。」

他抬頭，對荀柳露出一個乖巧的笑容。

荀柳嘆了口氣，忍不住伸手摸摸他的頭。

「不論往後遇到什麼危險，我都不會離開你。」所以你不用總是對我做出這麼小心討好的表情。

最後一句話，她還是沒說出口。

「快吃吧。」

軒轅澈點點頭，秀氣地吃起飯菜。

荀柳跟著拿起筷子，看見他手腕上因為動作而露出的半截袖箭，眼珠轉了轉。

縱然壯子他們的辦法可行，但她總覺得官府定不會輕易讓他們劫走雲峰和孟山的屍首，更別說這擺明了就是董長青用來抓雲峰舊部故意設下的圈套。

她不能一點準備都沒有。

「待會兒吃完飯，我們上街一趟。」

軒轅澈目光微閃，卻什麼話都沒問，乖巧地點了點頭。

第十九章

飯後，荀柳帶軒轅澈出門。

昨日鬧事之後，官府巡邏更是嚴格，一旦看到煽動百姓的可疑人士，便捉進大牢。短短一天，大牢都滿了一半。

雖然此舉極為傷民，但邵陽城的縣令絲毫不懼，看來背後有蕭黨或是董長青撐腰。

街上不似前幾日一般熱鬧，只有寥寥幾家店還開著門。

兩人從街頭找到街尾，荀柳這才看到一家開門的鐵匠鋪子。

似是因為生意不好，老闆一見兩人過來，非常熱情地道：「兩位打算買些什麼？一般的刀具、農具，小店均有出售。」

這種小店多半是買賣農具，這種時候敢在官府眼皮子底下售賣兵器的店家確實不多。

荀柳也不挑，隨便看了看，問道：「你們可接受訂製？」

老闆一聽，小心地看街上一眼，見沒有士兵巡邏，便道：「您可是要訂製兵器？這個的話，小店就做不了了。」

「不算兵器。」荀柳從袖中掏出一張紙，遞了過去。「你看看，這個是否做得出來？」

老闆仔細看了一眼，只見紙上畫著好幾樣東西，有四片鷹爪一樣的鉤子，還有一些奇形怪狀的配件，似乎是要組合在一起的。

「這是……」

「哦，不瞞店家，我家裡種了一片果園，這是特地請師傅設計，用來抓樹枝的鉤子。」

老闆恍然大悟。「雖沒見過，但看得出來，這鉤子設計得很巧妙。客官什麼時候要？」

「開春就要開始農忙，所以要得有些急。最快什麼時候能做出來？」

老闆想了想。「現下活計不多，但這東西比較精細，多請幾個夥計做才能快一些，所以錢嘛……」

荀柳笑了笑，掏出一塊頗有重量的銀子遞過去。「一共做兩副。另外，幫我買兩根十丈左右、韌性強的繩索。」

老闆一看見銀子，便雙眼放光，忙接過去，點頭哈腰道：「客官放心，明日此時之前，小店定會準備好您要的東西。」

兩人走出鐵匠鋪後，軒轅澈抬頭看荀柳。「妳不信任壯子他們？」

荀柳搖頭。「不是不信任，而是以防萬一。我們只有這次機會，無論如何都要成功。」

軒轅澈望向遠處人來人往的城門，不發一語。

三天時間很快過去。

剛剛放晴的邵陽城，又開始陰雨連綿。

辰時，官兵們將兩具裹著草蓆的屍體抬上城門。

慘白的面孔、緊閉的雙眼、遍體鱗傷的身體……往日威風赫赫的大將軍，如今卻像牲畜一般，被吊掛在城門上。

不知何時，城門下聚集不少百姓，淚流滿面地對著那兩具掛著叛賊之名的屍體下跪，磕起頭來。

街旁一處廊簷下，兩個戴著斗笠的身影，正看著城門上的屍體。較小的那人，眼睛正死死盯著其中一具屍體，渾身不住地發抖。

旁邊的人忽然緊緊抓了抓他的手。「他們竟然用鐵鍊！」

軒轅澈回神，抬頭看去，果然見兩具屍體的脖子上纏著粗粗的鐵鍊，一直繞到城牆上。兩排弓箭手和精兵呼啦啦衝上城門，嚴密地守著屍首，猶如銅牆鐵壁。

荀柳心下一驚，立即拉著軒轅澈去了跟壯子約定的地方。

壯子等人緊鎖著眉頭，其中一人憤憤捶了桌子一拳。

「就知道這些小人不會這麼好對付。現在我們該怎麼辦？」

「還能怎麼辦，直接衝上去！」另一人起身怒道：「就算不成功，也得拉幾個董長青的走狗作陪！」

「大家不要衝動。這麼意氣用事，豈不是白白送命？」

「那你說怎麼辦？窩在這裡，一起當縮頭烏龜嗎？」

「你不要這麼激動……」

「你讓我如何不激動？兩位將軍正被吊在城門上受辱！」

「讓我們去。」荀柳突然打斷他們。

眾人聞言一愣，扭頭看向兩人。

壯子唇角動了動，半晌才道：「你們？」

「對。」荀柳上前一步，挽起袖子，露出手腕上已經改造過的袖箭。「這個東西能送我和小風上城門，但需要你們替我們引開他們的注意。」

眾人面面相覷，無一人出聲。

荀柳索性一抬手臂，衝著高處牆壁發了一箭。

嚓！一只鐵爪從袖箭裡疾速射出，死死釘入牆壁中扣住。而後，荀柳手指微動，袖箭便飛快吞進連著鐵爪的繩索，荀柳便輕輕鬆鬆附著在牆壁上。

眾人神色一驚，等她收好鐵爪之後，立即過來細看。

「妳如何弄到這東西的？我竟從未見過。」

荀柳並未回答，只道：「有了這個，我們便可繼續進行原來的計劃。不過，需要我和小風親自上去救人，你們要為我們爭取時間。」

壯子立即搖頭。「不行，這麼危險的事情，不能讓你們去。這東西是否能脫下來？我們挑兩個人上去……」

「這東西負重有限，在場只有我和小風能用。」不然她不會在這種時候才下這個決定。「時間緊急，你們沒有別的選擇了，只能讓我們兩個上去。」

「可是……」壯子神色掙扎。「要是你們出了意外，我和兄弟們怎麼對得起雲大將軍？」

「不用你們對不起。」軒轅澈上前一步。「我們不會輕易死，但這件事也必須做，不論你們答不答應。」

眾人互看一眼，壯子咬牙點頭。「好，我答應，先讓我們商量一下怎麼做。」

他說完，十幾人又湊在一起討論起來。

荀柳看著他們的背影，低頭問軒轅澈。「小風，你怕不怕？」

軒轅風定定看著她，目光沈著。「不怕。」

「好。」荀柳微微笑了笑。「那我們親自去接他們回來。」

一刻鐘後，眾人的商議有了結果。

壯子指著城門兩側，仔細囑咐荀柳和軒轅澈。

「待會兒，我們會分成兩隊，從側面引開他們的注意，但時辰不長，我們無法預計能撐多久，你們只需要解開鐵鍊跳下去，屆時自然會有人準備好板車，在城門下托住你們和兩位將軍，並直接撞開城門。若成功的話，逃出城後，你們一路往西，千萬不要回頭。」

「那你們呢？」荀柳問道。

壯子笑了笑。「自從我們決定做這件事，便已經誓死追隨雲大將軍了……」

他的話未說完，見軒轅澈面色複雜地看著他，又笑著伸手拍拍軒轅澈的肩膀。

「後生可畏。有你們始終記掛著替他們沈冤昭雪，我們便心安了。」

壯子拿起桌上用木頭做的小腿義肢裝上，另外十幾人默然無語，跟著壯子各自佩戴好刀劍，一齊下樓。

城門上，弓箭手和士兵們被大雨澆得心中煩躁；城門下，百姓仍舊不肯散去，反而越聚越多。

一名士兵不耐煩地動了動肩膀。

「到底要我們守到什麼時候？難不成要淋一天的雨？」

「誰知道呢？看這樣子，誰還敢來劫屍？我看是上面多慮了。」

另一名士兵嘲諷地開口，孰料話音剛落，便見城門下的雨幕中閃過一道暗光。

嗖！他胸口一涼，低頭一看，一支羽箭插入心臟，再張口便已喘不動氣。

方才說話的士兵立即慌張拔刀，扯開嗓子喊：「有人偷襲！」

數道銀光一閃，十幾人不要命地殺上城門，身手極為敏捷，躲開弓箭手，順著牆角往城牆上襲來。

弓箭手們索性丟弓棄箭，拔出腰間大刀一起廝殺。

百姓們見狀，紛紛往街道上躲去。

這時，人群之中出現兩道身影，像是兩尾魚一樣，靈活地鑽過慌亂的人群，直接衝著城門跑去。

嗖嗖兩聲，兩道身影突然一頓，如射出的急箭一般，竟直直飛向城門。

「快看！將軍有救了！」有百姓回頭，驚喜道。

城門上，荀柳剛抓穩城牆邊沿，卻聽旁邊傳來喀嚓一聲，軒轅澈的鐵爪居然脫落，眼看著身體便要往下墜，神色一變，徒手抓住脫落的鐵爪。

「小風，堅持住！」手心傳來鑽心的疼，她卻不敢放手。

這時，城門上的官兵發現了兩人，舉著大刀砍來。

軒轅澈見狀，吼道：「放開我！」

「閉嘴！」荀柳閉了閉眼，忽然鬆開扒著牆壁的手，兩人躲過刀刃，身子飛快落下。

眼看兩人馬上就要摔成肉餅，荀柳伸出手腕，衝著高處牆壁射出鐵爪，再猛地一收。

鐵爪緊扣牆壁，荀柳抱著軒轅澈，像是失重的麻袋一般，被彈回去。

城門上的士兵未料到兩人還有此一招，反應過來，準備提刀時，卻覺心口一涼，抬頭對上一雙泛著森森冷光的鳳眸。

荀柳拔出鐵爪，卻見四個彎鉤已然變形，看來是承重過量，徹底報廢了。索性將鐵爪連著繩索取出來隨地一丟，裝填短箭，軒轅澈也跟著做。

無數官兵發現這裡的情況，往城牆上湧來。

荀柳跟軒轅澈顧不上左右夾擊，飛快解起雲峰及孟山屍首上的鎖鍊。

「不行。小風，你來解，我掩護！」

荀柳轉過身，用袖箭抵擋官兵。然而兩人身上的袖箭，加起來不過十幾支，根本抵擋不住這麼多人。

壯子等人死的死，傷的傷，見官兵全往城牆上湧去，心下一急，直接用血肉之軀阻擋。

「快！」壯子怒吼一聲，胸口被砍了一刀，再也支撐不住，倒了下去。

荀柳不敢扭頭去看，咬牙紅了眼，見短箭耗完，便直接拎起已死官兵的大刀，擋在軒轅澈身前。

「好了！」軒轅澈突然道。

這時，一輛板車疾駛而來，剛停在城門下，軒轅澈立即鬆開鎖鍊。

駕車的兩名大漢接住屍首，放置於板車上。

荀柳一喜，正準備和軒轅澈跳下去，卻為時已晚，身後的大刀眼看就要往她頭上砍來。

一道身影突然揮刀擋在兩人身前。

「快走！」那人暴喝一聲。

竟是那名金校尉，但他為什麼會來幫忙？

荀柳來不及思索那麼多，只對軒轅澈道：「快，我們先下去！」

軒轅澈點頭，將袖箭上的鐵爪固定在城牆上，抱著荀柳，縱身一躍，穩穩落在板車旁。

緊接著，金武也抄起輕功躍下，對兩名大漢道：「我來擋著，你們去砍斷門鎖！」

兩名大漢互看一眼，沒工夫計較其他，便聽他的話，抬起大刀，往城門大鎖上砍去。

大雨沒有一絲要停歇的意思，城牆上的雨水混著血水，從臺階上往下流。

荀柳抹了抹臉上的雨水，只見十幾個英雄當中的最後一人倒在血泊之中，官兵再無阻擋，如蝗蟲般往這裡湧來。

前方只有金武擋著那些刀劍，沒多久，身上也多了數道血痕。

軒轅澈像是瘋了一般，手無兵刃，就抬起路旁的石頭，跟著兩名大漢拚命往巨大的鐵鎖上砸。

暴雨中，百姓們老少相依，皆哭泣著別過頭，不敢去看。

荀柳忽然覺得自己就像是一隻螞蟻，即便來自異世，即便已經克服不少生死難關，但對於這個世界的王權勢力，她也無能為力，任人擺布。

她不知道這次是否還能幸運一回，但活下去又能怎樣呢？這十幾個人已然回不來了。

官兵一個一個減少，又一人血濺當場，剩下的幾個官兵再無人敢上前。
金武喘著粗氣，渾身上下已無一片完好皮膚，但仍舊逼視著官兵們，不肯讓出一步。
荀柳從他微顫的手看出來，他已經瀕臨極限。
這次，注定要失敗了嗎？
她看著遠處的街道，大雨中，似隱隱有大批腳步聲傳來。
一名官兵嘲諷道：「金校尉，我們早已派人稟告董大將軍，這時來的定是董大將軍的營隊，我勸你還是莫要做無畏的抵抗，你本有大好的前程，何必要和這些叛黨為伍？將人和屍首交出來，我等也好替你求幾句情。」
金武充耳不聞，只抬了抬刀，態度依然堅毅。
官兵見他不領情，又諷刺一聲。「你與我們耗著也是無用，董大將軍馬上就到了。」
兩名大漢聞言，更是攥起所有力氣砍鎖。只差這道城門了，萬不能在這個時候失敗。
軒轅澈放下石頭，轉身走到荀柳身旁站定，冷冷看向正前方的街道盡頭。
果然，雨幕之中出現一道黃，是大漢士兵身上獨有的鎧甲顏色。
幾名士兵互看一眼，臉上顯出一絲得意。
然而，附近的幾條巷子也響起無數腳步聲。
「不對，董大將軍的營隊怎會分開？」
士兵忙往巷口看去，竟是無數百姓拿著自家的鐵鍬、榔頭和棍子，從巷子裡走出來，慢慢聚集在城門下，面對營隊，擋在荀柳等人身前，有上萬人之多。

孟母走出來，拿著鋤頭，毫無畏懼地面對那幾個士兵。

「你們去告訴董長青，邵陽城所有百姓皆在這裡，他若要殺，便殺個乾淨。不然，縱使他出了邵陽城，嶙州的百姓也必不會放過他這忘恩負義的狗賊！」

百姓們舉起手中的農具，官兵見勢不妙，屁滾尿流地往後退。

孟母走上前，扶住遍體鱗傷的金武，眼中滿是不忍。「小武，是我錯怪你了。今日之後，你如何在軍中立足？」

金武吐出一口血沫，笑道：「孟姨，我是愛惜這身衣裳，但若靠背叛兄弟得來，我寧可不要；董長青麾下的位置，我也不屑要。縱然當個逃犯，天涯海角，自有我的容身之地。」

「好，好。」孟母紅著眼，也笑了。「不愧是我兒以命相托的兄弟。」舉步走向板車。

板車前已經圍著不少百姓，儘管雲峰臉上血色盡失，遍布傷疤，但這張曾被無數人信賴崇敬的面孔，依然栩栩如生，猶如只是沈睡一般。

但他們知道，一代戰神終究已經逝去，不忍看他身上被折磨出來的傷，紛紛掩面哭泣。

軒轅澈死死盯著那些深可見骨的傷口，像是要把這些傷口的長短深淺都記下來一般，等著來日一道道奉還在兇手身上。

孟母伸出顫抖的手，摸了摸雲峰旁邊那具屍體已經蒼白的臉。

「你這渾小子，至今未娶妻生子，連個念想都沒給為娘的留下，天天念叨著保家衛國，對你娘怎就這般狠心？」

孟母說著，忍不住落淚，卻又笑著擦去淚水。「不過，我知道我兒不是孬種，死也死得英勇……」

她不捨地看了兒子半晌，轉過身，竟要衝著荀柳和軒轅澈跪下，荀柳立即伸手攔住她。

「孟大娘，妳這是做什麼？」

「謝謝你們將我兒屍體救下來。」

「孟大娘，這不只是我二人的功勞……」荀柳哽咽幾聲，又道：「是壯子他們……」

「我知道。事後邵陽城但凡留下一個人，必會好好安葬他們。」孟母哭道：「我還有一事相求。」

「孟大娘，妳儘管說。」

孟母抬頭。「請兩位找個明媚地方，將我兒和雲大將軍安葬在一起。他一生最敬大將軍，曾說過歸鄉之後也要與他毗鄰。如此，也算了了我兒心願。」

荀柳一愣。「孟大娘，妳不與我們一起走？」

孟母笑了笑。「雖然是為了雲大將軍，但這些人是我帶來的。無論生死，我都要和他們在一處。況且，我已經老了，跑不動了。」

她笑了笑，最後看板車一眼，慢慢朝人群走去。

荀柳還想去追，手卻被軒轅澈拉住。

她低頭看去，見他雙眼盈滿了淚，微微搖頭。

「這是她的選擇，就像孟將軍。」

周圍百姓聞言，皆抹了抹淚眼，壯漢們上前幫荀柳等人砍起鐵鎖。

另一頭的營隊，已然停下。

為首的騎馬之人身穿銀色鎧甲，身材結實、臉頰瘦長，正是剛受封的董長青。他看著前方數萬拿血肉之軀與他作對的邵陽城百姓，臉色陰沈地抓緊韁繩。

「真是不知死活。」

「等等，董大將軍。」

正在董長青要下令斬殺百姓之時，一人縱馬上前阻止他。「莫要意氣用事。」

董長青看那人一眼，怒道：「難道就由著他們造反？」

「董大將軍，他們不過只是要安葬兩具屍體而已。」那人目光微閃。「你可別忘了，你私自懸屍示眾這件事，並未獲得朝廷准許，相爺也不願將此事鬧大。」

董長青聞言，未敢再繼續下令。

喀嚓！巨大的鐵鎖終於斷裂。

「你們快走。」孟母催促荀柳等人。

兩名漢子夾著金武坐上板車，荀柳也拉著軒轅澈跳上去，只來得及看孟母最後一眼，板車往城外疾馳而去。

董長青見狀，狠狠捏了捏韁繩，忽然陰沈地笑了。

「罷了，不過一具屍體而已，倒是讓我見識邵陽城百姓的勇氣。正巧，營地也該徵收新兵了，就先從邵陽城開始吧……」

第二十章

荀柳一行五個人帶著兩具屍首，一路從城門往西，進了龍岩山脈，確定後無追兵，這才敢停在一處可看見後路的山崖上，稍事歇息。

五個人當中，三個人受了輕重不一的傷。其中兩名大漢，個子稍高、臉型方闊的那個叫王虎；個子低一些，粗眉毛的那個叫錢江，兩人是一對結拜兄弟，也是壯子一行人中唯一活下來的。

傷得最重的便是金武，身上那身校尉服已被血染成紅色，此時正靠在路旁喘氣。

荀柳掏出包袱裡的藥膏，替三個男人簡單地包紮了下，便走到山崖邊，看著天邊即將下沈的夕陽。

「不知道孟大娘他們現在怎麼樣了？」

金武聞言，往邵陽城的方向望去，虛弱道：「希望他們沒事。」

「董長青不敢殺邵陽城的百姓。」正用衣服替雲峰清理臉上污漬的軒轅澈忽然道：「至少蕭黨不敢殺。」

荀柳想想，覺得有道理。蕭黨的目的並不僅是除掉雲家，而是在於皇位，只要他們還擁護三皇子，便不可能做這般惹怒民心的事。

如今蕭黨已惹怒了邵陽城，再不收斂，怕是整個嶙州都會暴動，屆時京城的布局必定受到影響。

金武看向少年，眼裡露出一絲讚許。「你說得不錯。」

荀柳轉身打量四周，道：「我們就將雲大將軍和孟將軍埋在這裡吧，這處山崖應當鮮少有人來。」

金武看了看周圍，費力地挪動身子，笑了笑。「這裡確實不錯，前能望見邵陽城官道，後靠綠樹青山，來年我們也好回來祭拜。」

荀柳扭頭望向始終守著雲峰不放的軒轅澈，走過去，摸了摸他的頭。「小風，你覺得怎麼樣？」

軒轅澈沈默著，點了點頭。

下葬時，軒轅澈還是忍不住，撲到土坑裡，俯身在雲峰身旁說了幾句話，這才讓開位置，任由泥土蓋住了雲峰毫無生氣的臉。

山崖上立起兩塊木板做的無字碑。這是以防萬一，怕蕭黨發現，特意隱去了姓名。

等所有事情落定，已是深夜。五個人沈默地圍著火堆。

「接下來，你們打算去哪裡？」荀柳問道。

錢江和王虎互看一眼，王虎道：「不知道。天高海闊，哪裡容得下我們，就去哪裡。」

金武苦笑一聲。「我無父無母，又身無長物，本來孟山和雲大將軍在世時，我一心想要追隨他們建功立業，但現在……」

荀柳低頭看向沈默不語的軒轅澈，軒轅徹也抬頭看她。

「我們姊弟準備去西關州投靠夏飛將軍，如果你們願意的話，不如跟我們一起出發？」

金武有些驚訝。「你們要去投靠靖安王？」

「算是，也不是。」荀柳道：「如今只有那裡是蕭黨爪牙搆不到的，我們也是為了逃命而已。」

王虎猶豫。「聽說靖安王為人暴戾，年輕時殺人無數。還有傳言，說他不久之後，可能就會造反……」

荀柳聳了聳肩。「那又怎樣，總比現在的情況要好。」

三人面面相覷，金武先點了頭。「我跟你們一起。反正，去哪裡於我來說都一樣。」

錢江和王虎想了想，也跟著點頭。「好吧，既然都走到這一步了，那就一起走，好歹有個照應。」

荀柳笑著點點頭，這正是她開口的目的。從京城一路走來，她和軒轅澈兩人著實太過艱難，若能說動他們一起去西關州，至少安全得多。

商定之後，五人在原地休整兩天，等傷勢好些，第三天一早，拜過雲峰和孟山之後，便準備出發。

按照荀柳的建議，他們還是從龍岩山脈裡前進，打算從山裡穿行。五個人確實要比兩人前進快且安穩得多，偶爾途經山村，便可以飽餐一頓，但更多時候只能餐風露宿。

為了能吃得好一些，荀柳改造之前的兔子陷阱，多抓了幾隻兔子。不過因為比起其他人，她烤兔子的手藝著實太過出眾，所以一來二去之後，幾個大男人便主動接過這活計，陷阱也有軒轅澈繼續琢磨改進，只讓她負責做飯。

荀柳發現，軒轅澈似乎不太喜歡金武，尤其是每次金武靠近她說話的時候，總能感覺到這孩子有些莫名其妙的怒氣。

三月，五人穿行好幾日，終於越過龍岩山脈最西邊的最後一座山頭。

王虎看著山下蜿蜒的官道，嘿嘿笑了幾聲。「終於到了。這些天總是待在山裡讓蟲咬，老子快煩死了。」

錢江走過去，一把勒住他的脖子。「你還好意思說？就你矯情，晚上還非要墊著毯子才能睡。你看人家荀柳，只是個姑娘，都比你強多了。」

此言一出，不知是什麼嘩啦一聲掉在地上，四人轉頭看去，見撿柴回來的金武睜大了眼，不可置信地盯著荀柳，腳邊是散落一地的乾柴。

「妳、妳是女的?!」

荀柳、軒轅澈、錢江愣住。

王虎看了看荀柳，又看了看眾人。「你們沒人告訴他這件事？」

錢江尷尬地摸摸頭。「我也不知道他竟然沒看出來……」

金武仔細打量著眼前明明做少年打扮的荀柳，想起這些天他像對待兄弟一樣將她攬來攬去，甚至好幾次幾乎是貼著她的臉說話，頓時臉頰爆紅。

「妳、妳怎不告訴我，妳是女兒家？」

荀柳無言，難道她長得就這麼沒有女人味？一雙眼睛看也看不出來？她還以為這哥兒們只是喜歡和同伴親近而已。

許是見荀柳的表情頗為怪異，金武猛地反應過來，解釋道：「不、不是，那天我見妳挺猛的，根本不像女兒家……」

荀柳更無言了。這是不是在說，她長得不好看？

氣氛一時間有些尷尬。

錢江主動打破尷尬，摸頭笑道：「那個，大家肚子都應該餓了吧？我們去抓兔子，荀柳和小風留在這裡生火。」

他說完，便和王虎將還不知道自己說錯了什麼的金武拖出去。

軒轅澈的目光閃了閃，走過去拉荀柳的手，輕聲安慰。「姊姊很好看，別聽他胡說。」

說是這樣說，但若是仔細看，便會發現他眼底似乎藏著一抹高興。

荀柳回神，摸了摸他的頭，無奈地嘆口氣。

「算了，反正我又不靠臉吃飯，好不好看都無所謂。走，我們生火去。」

然而，軒轅澈卻一動不動，荀柳回頭看去，見他十分認真地道：「我說的是真話。妳很好看，比任何女人都好看。」

荀柳噗哧笑出聲，走過去輕點了點他好看的鼻頭。「你說得對，只要我的小風覺得我好看就行。快過來生火，馬上就要天黑了。」

這回，軒轅澈沒再堅持，任由她拉著過去。

火生好後，錢江等人提著幾隻已經洗好、剝好的兔子回來了。

平日這時候，金武都會湊近荀柳，纏著她聊天，現在卻很自覺地避到一旁去。

軒轅澈代替了他，坐過去幫荀柳烤起兔子來。

等兔子烤好，荀柳見金武一直不敢看她，便將兔子遞過去，笑道：「我是女兒家沒錯，但又不是妖怪，你這麼躲著我做什麼？」

金武接過兔子，撓撓頭，瞟了她一眼，紅著臉，吞吞吐吐道：「那個，是我不對，是我壞了妳的名聲，我會負責的。」

軒轅澈目光一冷。

荀柳錯愕，隨即哈哈大笑。

「你不會以為，一男一女摟了肩膀幾回，便要成親才能解決吧？」

「當然。」金武抬起頭，表情很嚴肅。

荀柳又看錢江和王虎，兩人也頗為贊同地點點頭。

「大漢是曾有女兒家長輩以此鬧上公堂逼婚，而且成功了。」

荀柳失笑。「但我不需要你負責，更不會鬧上公堂逼你娶我。」

「不行！這次是我疏忽，應當如此！」金武站起身，一副英勇就義，非此不可的模樣。

荀柳頭疼，沒注意到一旁少年見她沈默，神色竟有些緊張。

半晌後，她展顏一笑。「不如這樣，我們結拜好了。」

三人聞言，均是一愣，說不出話來。

荀柳道：「怎麼，嫌棄我是個女兒家？還是覺得我這人不值得結交？」

金武連忙揮手。「不不，只是……」

「沒有只是。」荀柳笑著說：「這幾天來，我與三位朝夕相處，已然熟知三位的品性。若三位覺得小妹德行也算不錯，便沒什麼可猶豫的。或者，三位還有別的顧慮？」

錢江想了想，微微一笑。「也好，我死了兩個哥哥，倒是從未有過一個招人疼的妹妹，我贊成。」

王虎跟著憨厚地笑了笑。「那……我也贊成。」

三人看向金武，見他想了想，釋然道：「好，我從小無父無母，沒想到有生之年，還能多幾個兄弟姊妹。我先報年紀，我金武，今年二十有五。」

荀柳接著道：「荀柳，年方十六。」

「錢江，今年三十有二。」

「王虎，今年二十有九。」

夜晚，山中春風相送，四人劃破手指，將血滴於水中，而後面對明月跪地，以樹葉盛水立誓。

「黃天在上，后土在下，今日我等四人在此義結金蘭，歃血為盟，不求同年同月同日生，但求同年同月同日死。今後福禍同享，生死相托，如有違背，亂箭穿心，不得好死。」

「看來我年紀最大，那就不才當一回大哥了。」錢江笑道。

王虎撿起一塊小石子，往錢江身上丟去。「我比你小不了幾歲，憑什麼要叫你一聲大哥？當初咱倆結拜的時候，可沒分過長幼。」

「哎，這回可不同。人多了，自然要分一分，往後也好互相稱呼。」

金武忽然站起身，扭了扭脖子，捏了捏拳頭。「我覺得你們這麼吵，也不是辦法。自古以來，沒說結拜一定要按年紀分大小。不如我們換個新法子，比誰更能打，怎麼樣？」

他說著，奸笑一聲，衝著兩人撲過去，嚇得王虎嗷嗷一叫，立即拉著錢江往林子裡跑。

金武像是興奮過了頭，竟也張牙舞爪地笑鬧著，追了過去。

荀柳見這些幼稚的男人，忍不住噗哧笑出聲。

軒轅澈安靜地添柴，但安靜得有些過了頭。見三人跑遠，才抬頭看著荀柳。

「姊姊有親人了。」

荀柳沒注意到他的不對勁，猶自沈浸在喜悅中，點點頭。

軒轅澈眉眼微垂，有些失落。「那姊姊以後就不是我一個人的了，是嗎？」

荀柳一愣，這才認真去看他，只見他的臉龐映著火光，表情是說不出的哀傷，忙上前揉了揉他的頭髮，將他攬進懷裡。

「怎麼會呢？我的親人，也是你的親人，我答應過你的事情不會改變。但是……」

她正了正色，道：「我不能陪伴你一輩子，等你長大成人，總有一天會離開我。你有血海深仇要報，也會成家立業，有自己的妻兒。姊姊對你來說，只是一個過客，明白嗎？」

「我不明白。」軒轅澈緊緊抱著她的腰身，倔強道。

荀柳被他勒得腰疼，無奈地嘆了口氣。

也是，這個時候他能明白什麼叫成家立業？等他長大，就明白了。

荀柳只能含糊哄道：「好，好，我不離開。就算天崩地裂，河水倒流，我也不離開你，行了吧？」

軒轅澈認真看著她。「姊姊說的是真的？」

荀柳乾笑一聲，繼續打諢。「當然。」

然而，多年後，她萬萬沒想到，這句話竟然真讓某人記了一輩子！

在龍岩山脈裡過了最後一夜，五個人這才收拾好，往山下前進。

荀柳和軒轅澈是黑戶，另外三個人可能是蕭黨通緝對象，所以只能尋找機會溜進城內。以往只有荀柳姊弟倒也算了，現在足足五個人，目標太過明顯，成了個大難題。

「不如我們捂上臉，直接衝進去。」

王虎剛提議，錢江便翻了個白眼。「你當是搶劫？捂住臉，就沒人找得出你了？」

金武看了看周圍，目光停在一排正準備進城的商隊上，隨後腳步一閃，跟在商隊後頭，還回頭比手勢，示意他們快跟上來。

荀柳忍不住偷笑，拉著軒轅澈的手跟過去。

錢江和王虎愣了一下，也趕緊跟上。

之所以這樣做，是因商隊的人不用出示戶牒，只要老闆拿出行商令，便可以全部進城。

商隊老闆似是跟城門守衛熟識，很自覺地將行商令遞過去。

守衛的目光不經意掃過荀柳等人，覺得有些面生，漫不經心地問：「後頭那幾個人，也是你們商隊的？」

商隊老闆納悶地轉頭望去，與此同時，荀柳等人朝一個胖子身後躲了躲，身影居然嚴絲合縫地被擋住了。

商隊老闆回過頭，笑道：「哦，那幾個夥計是新招來的。官爺看著面生，也是正常。」

守衛又漫不經心地點頭，將行商令還給商隊老闆，招了招手，讓同伴放行。

於是，荀柳等人便堂而皇之地溜進城內。

「三弟，你行啊。這股機靈勁兒，怪不得能當校尉。」王虎一把摟住金武的脖子，哈哈笑道。

金武嫌棄地推開他。「我可沒答應當老三。」

「行了，先找地方吃飯吧，我和小風都餓了。」

三個大男人同時一呆，錢江很誠實地說：「小妹，我們沒錢去客棧。」

荀柳和軒轅澈相視而笑，走到一旁取下包袱，從裡頭掏出骨灰罐。然後又在三個漢子目瞪口呆之下，從骨灰裡掏出一錠銀閃閃的銀子，遞給錢江。

「喏，待會兒我們找間客棧好好休息一晚，明天一早再出發。」

王虎和金武湊近錢江，瞪著那錠銀子，許久說不出話來。

錢江吞了吞口水，道：「小妹，那不是妳娘的骨灰罐嗎？」

荀柳很無辜地眨了眨眼。「如果不這麼做，你們怎會現在才知道裡頭有銀子呢？」

王虎懂了，怒指著她的鼻子。「原來妳一直在防著我們。」

「欸。」荀柳俏生生地伸出手指，撥開他的手。「這叫未雨綢繆，以防萬一。況且，之前也用不著不是？」

三個男人雙眼冒火瞪著她。之前用不著，因為都是他們三個用苦力換的。

半晌後，錢江笑著嘆了口氣。「小丫頭片子，連我都被妳騙過去。罷了罷了，這般機靈倒是件好事，將來一個人，我們也不用擔心了。」

王虎卻盯著罐子，眼巴巴道：「小妹，裡頭還有多少？讓二哥看看？」

荀柳立即將罐子蓋起來收好，塞到荀風懷裡。

跟孩子搶東西的事，王虎幹不出來，只能抿了抿唇，憋著氣。

「我這也是為了你們好，省得你們亂花。誰需要用錢，必須先問過我。」

錢江呵呵笑道：「錢本來就是妳的，妳好好收著。那邊有家客棧不錯，我們過去吧。」

金武悶不吭聲，但在幾人落坐的時候，主動挨近了荀柳和軒轅澈。

王虎瞪他。「你挨著小妹幹什麼？待會兒咱們三個還要喝酒呢。」

金武正經地搖搖頭，抬起水壺，十分殷勤地幫荀柳姊弟倒水。

「現在你們不重要，我得討好掌權的人。」

王虎和錢江互視一眼，同時張嘴道：「呸！」

得益於荀柳的私房錢，五個人終於能好好吃頓飯。

這時，幾個嗓門大的客人走進客棧，坐在他們旁邊那一桌。

「哎，你說這西關州到底是造了什麼孽，年年發旱。去年糧食顆粒無收，也就算了，今年才剛開春，居然又開始鬧旱災。」

「是啊，也就這一帶好一點。再這麼下去，我怕連這裡都保不住了。」

金武等人神情微變，軒轅澈忍不住看向荀柳，荀柳衝他笑了笑，示意他安心。

「怎麼從未聽說過西關州乾旱的事？朝廷不管嗎？」

「朝廷哪裡顧得上。」錢江邊喝茶邊道：「這些年只顧著和昌國打仗，更別說這裡還是靖安王的地盤。」

「這樣看來，越往腹地走，旱災怕是越嚴重，我們還要去嗎？」金武遲疑。

「當然去。」荀柳接話。「天災猶可躲，人禍躲不了，去了再隨機應變。」

大家都贊同地點了點頭。

第二十一章

次日，荀柳非常大方地掏出錢，準備雇一輛馬車。

孰料，問來問去，竟沒有一個車夫敢送他們去腹地，只能忍著肉痛，直接買了一輛，交給錢江等人輪流趕著，倒是舒服多了。

他們越往腹地走，越覺得吃力，經過的店鋪家家關門，更別說想找一家像樣的客棧。

「幸好我們準備的水和乾糧足夠，不然真的難捱。」

錢江看看剛舒口氣的王虎，不甚樂觀地搖搖頭。

「別高興得太早，再這樣下去，會發生什麼事情，誰也說不準，不知道靖安王拿不拿百姓的命當命了。」

「什麼意思？」王虎沒明白過來。

錢江的目光掃向前方不遠處，有一群面黃肌瘦的農夫，拿著鋤頭跟棍子包圍一群商人，看起來像是要搶劫。

坐在車裡的荀柳、軒轅澈和金武也撩開簾子，金武皺眉道：「這些人像是從腹地流竄過來的，看來腹地的情況不容樂觀。」

「大哥，二哥，你們過去幫忙，順便抓幾個人問問腹地的狀況。」荀柳伸著脖子道。

錢江呵呵一笑，不等馬車停穩，便跳到地上。「正有此意。」

另一邊，那些農夫似乎是餓得發狂，對商人身上值錢的東西毫不動心，只翻來覆去地尋找吃食。

他們見身後有人走來，以為是想來分一杯羹的，二話不說，便掄起手上的棍子、鋤頭揮過去。

然而，還沒看清來人是誰，有人覺得手上一空，兩三下就被掀在地上。

「好、好漢饒命，我們也是迫不得已的！」

沒被抓住的人見錢江身手這般厲害，識相地丟下棍子，跟著跪地求饒。

「是啊，我們再也不敢了。」

錢江問道：「你們從哪裡來？為何攔路搶劫？」

被抓住的農夫哆哆嗦嗦，半晌才道：「我們是從湧泉縣來的……好漢，我們已經整整餓了七天，實在是沒有辦法，才做出這樣的事情，求求你放過我們。」

「既是天災，為何不待在家鄉等官府救援，跑出來就能得救了？」

眾人抬頭看去，這才看見有一輛馬車駛來。車門打開，露出一張姣好的少女面孔，正是荀柳。

大家面面相覷。「姑娘有所不知，有人告訴我們，官府有意放任不管。這麼多年，西關州年年大旱，官府存糧消耗殆盡，就算管，又能管多少？」
荀柳聞言，笑道：「有人說，你們就敢聽？我倒是想知道，那人有沒有跟著你們一道逃出來？要是這人故意騙你們，等官府發糧，他豈不是占了好幾份便宜？你們靠著打劫，又能活多久，難道是想餓死在路上，等著當孤魂野鬼？」
農夫們啞口無言。
荀柳見他們不說話，對軒轅澈道：「小風，拿點乾糧和水出來。」
軒轅澈點頭，將兩袋水和一包乾糧遞給錢江。
錢江將這些吃食交給他們，嚴厲道：「這些夠你們吃一、兩天，要麼盡快回鄉，要麼留在這裡找點生計，莫要再行此行當。下次再見到你們，我就不會這般客氣了。」
農夫們忙應下，接過水和糧食，連連磕頭，相互攙扶著離開。
兩個商人見狀，走過來行禮道謝。
荀柳見這兩人一老一少，似乎是爺孫倆，便道：「這個時候外面不太平，你們還是盡快回家吧。」
「我們這就回去，多謝英雄。」兩人說完，又行了個禮，往後頭的城鎮走去。
錢江跳上馬車，看了看前方寬闊的土路。「再走一、兩天便到湧泉縣，要繼續走嗎？」
「怎麼，你怕了？」王虎哈哈笑道。
「我怕什麼？」錢江沒好氣地瞪他一眼。「咱們幾個糙漢子能有什麼事？就是小妹和小風兩個……」

「有三位哥哥保護，我和小風也不會有事的。」

「那我們就繼續走了。」

錢江呵呵笑了幾聲，接過王虎手上的韁繩，用力一甩。

「駕！」

這日，五個人走到了湧泉縣，離碎葉城已然不遠。

然而，這裡的氣氛太過詭異，偌大的縣城，城門口居然連一個看守的士兵都沒有，大街上更是冷冷清清，門可羅雀。

「湧泉縣的人都跑去哪了？」

王虎跳下馬車探了探，確定無人後，回來打開車門。「一個活人都沒有，難不成都餓死了？」又要去扶荀柳。「小妹，我扶妳下來。」

「不用。」

荀柳俐落地跳下馬車，伸了伸懶腰，去扶軒轅澈，讓王虎甚無趣地衝著軒轅澈癟嘴。

「你這小子真會享受。我們疼著小妹，小妹卻只知道疼你。」

荀柳哭笑不得。「小風才多大，二哥也好意思吃他的醋？」

王虎佯裝生氣地別過臉。「那是，除非一壺好酒才能解決。」

這次是金武和錢江負責駕車，聞言跳下來，跟著沒臉沒皮地蹭上前。

「這麼說的話，我也吃醋了，沒點小酒小菜什麼的，也好不了。」

荀柳無言。「行了，現在情況不明，我們還是謹慎一點，先找個地方落腳吧。」

錢江把韁繩遞給金武。「老三，你在這裡陪著小妹他們，我和老二去前面找客棧。」

「好，你們去吧。」

錢江跟王虎走後，荀柳便拉著軒轅澈坐到路邊的臺階上，金武將馬車牽到對面的草地上，也跟著過來坐下。一扭頭，看到身旁的軒轅澈正在擺弄手腕上的袖箭。

「哎，那天我見你們用這東西攀上城牆，挺稀罕的，是怎麼做的？」

他說著，毫不客氣地想伸手去碰，卻撞上軒轅澈那雙深不可測的鳳眸，悻悻然地摸了摸自己的鼻子。

說來也怪，明明這小子才十多歲，平時表現得軟糯乖巧，對小妹更是百依百順，可他卻覺得，這小子渾身透著一股說不出來的氣勢，尤其是那雙眼睛，竟像是能看穿人心。

他對袖劍好奇得很，遂起身挪到荀柳身邊，問道：「哎，小妹，妳手腕上那個東西，借三哥看看？」

荀柳倒是絲毫不介意，大方地將袖箭取下來，遞給金武。

「它叫袖箭，沒有刀劍靈活，但勝在出其不意。改日有材料了，我親自幫你們做一副，也好防身。」

「這是妳自己設計的？」

金武不可置信地來回翻看，再抬頭看著荀柳，目光像是在看個寶貝。

「這能耐比男人都厲害啊。小妹，跟妳結拜，簡直是三哥我上輩子修來的福氣。」

他拍完馬屁，又轉過話頭。「既然都這麼大方了，不如再大方一些，替三哥多做一個，湊成一對？」

荀柳拿回袖箭，挑挑眉。「這件事，我得問問大哥跟二哥。」

「別了吧。」

金武話音剛落，便聽見不遠處傳來一聲動靜。

「誰?!」

一個衣衫襤褸的六、七歲孩童站在不遠處，正呆呆地看著他們。

荀柳上前一步，軒轅澈警覺地拉住她的袖子，卻被她溫柔拂開。

「我只是去看看。」

「不如我過去……」

金武的話還未說完，便被荀柳打斷。「他顯然比較怕你，還是我過去妥當點。放心，我會小心的。」

荀柳慢慢地朝孩子走去。

「小弟弟，你叫什麼名字？你的父母在哪兒？」

孩子仍舊只是愣愣盯著她，在荀柳正要伸手去摸他的頭時，忽而猛地轉身往後跑去，鑽進巷子裡不見了。

金武見狀，跟著走來。「奇怪，湧泉縣的百姓到底在搞什麼名堂？」

荀柳比了個噤聲的手勢，軒轅澈和她更有默契，立時調整好袖箭。

原本寂靜的街道，突然響起無數道腳步聲，像是誰趕著牛群往他們這頭竄來一般。

不久，街道盡頭的巷子裡湧出無數人影，皆是和剛才那小孩一樣，衣衫襤褸、面黃肌瘦，但看著三人的目光卻凶狠如餓狼，不少人更是直接朝他們的馬車撲過去，搶奪車上的糧食和馬匹。

金武拔出劍，擋在荀柳跟軒轅澈身前。這些都是普通百姓，又大多是身體虛弱，幾乎不費力氣就打倒了幾個，卻架不住這麼多人一起圍攻，逐漸落了下風。

荀柳姊弟更是不敢拿出袖箭傷人，一來二去的，也處於劣勢。

「快搶東西，他們不敢殺人！快！」

有人發現這群人不敢動手，鼓動更多人衝上來。

金武氣得雙眼冒火，提起劍，往那人胳膊上刺。

「你倒是試試，我敢不敢殺?!」

這群百姓見狀，往後退了幾步。但另一邊的百姓沒從馬車上搶到東西，索性不要命地挺胸衝上來。

「反正都要死了，怕什麼？大家一起上！」

正在僵持不下的時候，街尾突然湧出鐵騎，共百餘人，身材英武，手持刀槍，騎馬怒喝奔來。

為首之人身著金黃銅甲，劍眉星目，忽一抬手，手中的長纓槍射出，穩穩插在荀柳等人面前的泥土中，將那些百姓逼退了三尺多。

「我看誰敢在此鬧事！」

百姓中有人認出他，立即將手中的棍子丟下，跪在地上，戰戰兢兢道：「夏飛將軍。」

荀柳和軒轅澈對視一眼，不動聲色地看過去。

其他人像是被觸電一般，不約而同將武器一扔，紛紛伏地一跪，竟是乖順得很。

夏飛翻身下馬，將韁繩交給身邊的騎兵，朝荀柳等人走來。

金武提防著，將荀柳姊弟往後擋。

「這就是妳說的那位夏飛將軍？他怎麼好像不認得妳？」

荀柳乾笑一聲。「我只是聽說過他而已，不算熟悉，呵呵……」

金武無語。

夏飛的目光不經意地在三人身上掃了一圈，闊步一轉，喝斥那些下跪的人們。

「之前我已讓湧泉縣縣令貼過布告，為何不等救援？還私自燒了府衙，攔路搶劫？全部給我帶回去，關進大牢。」

「將軍大人，不要啊……」

這時候，一個小男孩從人群之中走出來，正是剛才那個衣衫襤褸的孩子。

他走到夏飛面前，小心翼翼地揪住他的衣襬，抬起髒兮兮的臉蛋哀求。

「將軍大人，請你不要抓走我們，我們已經餓了好多天，聽說不會有人再管我們了，才這麼做的。」

夏飛轉頭打量跪在地上的一群人，見個個衣不蔽體、骨瘦如柴，伸出手摸了摸小男孩的腦袋。

「是誰向你們散播謠言？」

那些人面面相覷。「我們不認得。他的穿著打扮不像湧泉縣人，是個生面孔。」

夏飛冷笑一聲。「不認識的人說的話，你們也敢信？先一起進去吃牢飯，等我查清楚了，再找你們算帳。」

孩子聞言，失落地低下頭，跟著那群人被騎兵們押下去了。

金武見狀，上前一步攔住夏飛。

「這位將軍，這些人不過是迫於無奈，且並沒有傷害我們的打算。連個孩子也不放過，是不是太過分了些？」

夏飛挑眉，這才認真地打量起三個人。

荀柳不等他說話，拉住金武，小聲道：「三哥，別多事。你看那些人並未反抗，便知對這位將軍十分信賴，想必他做事應當很公允。」

夏飛聞言，目光中多了一絲興味。

「你們又是何人？這個時候，湧泉縣的人都往外跑，你們為何反其道而行？」

荀柳剛要解釋，卻聽街角又傳來一陣腳步聲，只見幾個騎兵押來兩個人。

「大人，我等在巷口抓住這兩個身上帶刀的可疑人物，很有可能是西瓊國的奸細。」

這兩個人正是錢江和王虎，臉上都帶著傷，明顯是剛才打鬥過。

王虎一見到他們，便喊道：「老三！小妹！」

「放開他們。他們不是奸細，他們和我們是一起的。」金武立即道。

「一起？」

夏飛的目光懷疑地在他手中的長劍上掃了一眼，忽而拔出地上的長槍，直指向他。

「那你們倒是給我一個解釋，來這裡做什麼？西瓊派奸細混入西關州挑撥百姓，已經不是一次兩次。若想證明身分，先拿出大漢戶牒再說。」

眾人語塞，最終還是荀柳乾笑一聲，試圖解釋。「那個，是這樣的……」

話音未落，夏飛的長槍便指向她的脖子。「拿不出來？那就一起關進大牢。」

半個時辰後，金武抓著牢裡的鐵門哭笑不得，轉頭去看錢江跟王虎。

「你們兩個去探路，怎麼會和官兵打起來？到底怎麼回事？」

荀柳和軒轅澈正在幫他們臉上的傷口敷藥，王虎聞言，忍不住捶了石牆一拳。

「我哪知道他們是真的官兵？方才我們遇到一夥人出來搶劫，卻打不過我們……」

「然後呢？」荀柳追問。

「官兵看到我們還手，手上還拿著刀，就以為我們才是打劫的人。」錢江苦笑。「所以，就變成這樣了。」

荀柳、金武雙雙無言。

軒轅澈說了一句。「說到底，還是因為我們沒有戶牒，接下來要想想怎麼跟他們解釋。」

錢江嘆了口氣。「不如我們就說是從嶙州北部逃出來的，讓他們查無可查。」嶙州有不少城池陷落，都位在邵陽城北邊，被昌國掌控。

「不妥。」金武搖頭。「他們若是鐵了心要查，派人去嶙州，定能查出問題，這不是長久之計。」

「那老子乾脆告訴他們，老子是雲峰舊部，為了躲避蕭黨追殺，才逃出來。」

錢江沒好氣地瞪王虎一眼。「你怎知靖安王沒跟蕭黨同流合污？這麼說是出去送死。」

王虎沒趣地癟嘴，看向一旁默不作聲的荀柳，語氣有些煩躁。「小妹，到底怎麼回事？妳不是說來投靠夏飛將軍的，敢情又在騙我們？」

軒轅澈見狀，冷冷盯著王虎，好似他再多說一句，便要不客氣。

「老二！」錢江的臉色嚴厲了幾分。「這件事不怪小妹，你不該不信任她。」

金武也往荀柳身前擋了擋。「你想撒火可以，但別往自己人身上撒。」

王虎愣了愣，也覺得自己確實過分，撓了撓頭，對荀柳道：「小妹，妳別介意，二哥只是有些著急。」

「別吵了。」荀柳站起來。「二哥，我沒怪你，這確實是我沒預料到的，我去解釋。」

她說著，看軒轅澈一眼，見他輕輕點頭，才起身走到鐵門處，去喊在外面看守的士兵。

「告訴夏飛將軍，我有重要情報要親口告訴他。」

第二十二章

湧泉縣的府衙內，夏飛正和幾個文官、副將一起商議賑災的事。

一個士兵進來行禮，稟道：「將軍，有個今天抓到的奸細要見您，說是有重要情報。」

「重要情報？」

夏飛目光閃了閃，對眾人道：「事情就先這樣安排，盡快將米糧派發下去。若有其他事情，之後再議。」

等一群人散去之後，夏飛對士兵道：「把人帶上來。」

「是，將軍。」

與此同時，金武三人看向荀柳和軒轅澈，問出了心裡的困惑。

「小妹，你們是不是有什麼事情還瞞著我們？我一直很納悶，你們自稱是雲家人，但據我所知，雲家和靖安王府並無交情。你們來這裡，究竟是為了什麼？」

錢江見荀柳不說話，便勸金武。「老三，這一路走來，我相信小妹他們沒什麼壞心，你不必如此。」

「大哥，我並不是不相信他們，而是不喜歡被人瞞著。既然都結拜了，有什麼事情不能光明正大地拿出來說？」

最後一句話，他是看著荀柳的眼睛說的，語氣中帶著一些不理解。

王虎見狀，也上前打圓場。「哎，老三，剛剛你不是還教訓我來著，怎麼現在自己發火了呢？」

「我發火，是因為我拿她當親妹子看。親妹子有事瞞著你，你不生氣？」金武怒道。

「好了。」荀柳大喝一聲。「我告訴你們就是。」

三人住了嘴，一旁的軒轅澈捏了捏她的袖子。

荀柳笑著摸摸他的頭，低聲道：「抱歉，三位哥哥，有些事情確實騙了你們。我和小風並不是雲家人，我原名叫柳絮，是長春宮裡的宮女。」

三人聞言，神情驚訝。「長春宮？那不是雲貴妃……」

「對，雲大將軍投敵的消息一傳入宮中，長春宮便被禁衛軍看守。我怕死，才從宮裡逃出來。」

錢江不可置信地看向軒轅澈。「那小風……」

「他是我的親弟弟。我們父母早亡，一直相依為命。」

金武想了想，又問：「你們為何會冒死救雲大將軍？」

「因為雲貴妃對我們姊弟有恩。要不是她，我跟小風不會活到現在。」

這句話，她說得真心實意。若非雲貴妃的犧牲，他們怕是早就死在宮牆之內。

軒轅澈沒出聲，澄澈鳳眸泛著一層朦朧的光。

「長春宮的那場大火，不是意外，是雲貴妃親手放的。雲大將軍投敵的消息傳進宮後，她便料定，蕭黨不會放過她和二皇子。

「次日，蕭妃果然買通了長春宮的宮女，誣衊她穢亂後宮，甚至還說二皇子並非皇嗣。而後，長春宮被封，雲貴妃心死，與其蒙冤受辱，不如一把火走得乾淨。」

三人聽到這裡，不由咬牙，捏緊了拳頭。

「雲貴妃死後，蕭妃當權，龍座上的人不過為她掉幾滴淚而已。我們姊弟，只是替她和雲家不值。」

啪！王虎往石牆上砸了一拳。「畜生不如的蕭黨，居然陰毒到這種地步！」

荀柳道：「我們不是有意欺瞞你們。出宮時，蕭黨不知為何得知了消息，以為我是奉了雲貴妃的命令，出宮找雲峰舊部，一路追殺到城外。雖然進了嶙州之後，便甩掉他們，但不確定是不是還有其他人知道我們的行蹤。來西關州找夏飛將軍，則是托了宮裡一位老嬤嬤的福，她與夏飛將軍有舊，指引我們逃過來的。」

金武聞言，鬆了口氣，又有些責怪。「這些事情，妳怎麼不早跟我們說？妳是不是雲家人都不重要，重要的是我們是一家人，有難一起扛。」

「好了，既然事情都說開了，以後便不要再提。」錢江說完，又問荀柳。「小妹，妳真的要一個人去見夏飛？不如我們幾個一起。」

「不，大哥，現在他不信任我們，尤其是你們三個。待會兒，我帶小風一起過去，至少這位將軍對孩子還算友善，我會向他解釋清楚的。」

見荀柳如此堅持，錢江等人只能妥協。「好吧，若有變故，你們儘量躲開。半個時辰內，如果妳沒回來，我們就算闖也會闖出去。」

這時，兩名士兵走過來，打開牢門，看了荀柳一眼。

「是妳要見將軍？」

荀柳點頭，拉過軒轅澈，對他們道：「還有他。有些事情，需要他幫我解釋。」

兩名士兵見軒轅澈年紀尚小，並不構成威脅，便將兩人帶走，重新關上了牢門。

荀柳和軒轅澈被押在前面走，不一會兒便到府衙後院。

一進門，荀柳便看見夏飛坐在主位上。

夏飛已過不惑之年，動時殺伐果斷，靜時穩重中亦有久經沙場的殺氣，此時手上拿著一份冊子，不知上面寫的是什麼內容。

「將軍，人已帶到。」

夏飛未抬頭，隨意地揮揮手，兩名士兵便退了出去。

「你有情報要告訴我？」他仍舊未抬頭，看樣子對她所謂的重要情報並不感興趣。

荀柳也不著急，只是俐落地從袖子裡掏出崔嬤嬤給的玉珮，遞了過去。

「不知將軍可認識這樣東西？」

夏飛抬頭，掃了玉珮一眼，立刻一驚，起身奪過它，左右翻看許久，才眯眼審視荀柳。

「妳為何會有這樣東西？」

「看來，將軍應當認識一位崔嬤嬤了？」荀柳不急不慌道。

夏飛看著她，思索片刻，目光晦澀難懂。「妳到底是何人？」

荀柳看向一旁的軒轅澈，到底該不該告訴他？雖然是崔嬤嬤所托，但誰又能保證眼前這人可信？連錢江等人，她都昧著良心隱瞞，若這時對一個還不算熟悉的人吐實，豈不是功虧一簣？

她想了想，心裡打定了主意。

既然騙都騙了，那便一視同仁吧。

荀柳向夏飛行了個禮，徐徐道來。「民女等人並不是奸細，民女是從長春宮中逃出來的，曾與崔嬤嬤有些私交。民女臨走時，她給了這塊玉珮，說是您可以幫民女。另外三位，是民女的結拜哥哥，他們得罪了蕭黨，所以與民女一同逃難至今，還請將軍諒解。」

「女兒家？」

夏飛驚訝地打量她的臉，輪廓確實不似男子般僵硬，表情更複雜了幾分，又看向她身旁的少年。

一開始，他便只注意到荀柳，沒留心她身後還有個孩子。

此時一看，他竟也覺得這孩子很不一般。尋常孩子見到他這般氣勢凶猛的武將，怕是早就嚇得大哭，這少年非但不怕，甚至敢迎視他的目光。

那一雙鳳眸，似乎有些熟悉……

他低頭看手上的鳳令，忽然想起什麼，神色一變，卻見少年緩緩衝他搖了搖頭。

夏飛忍下心中的震驚，表情恢復鎮定，將鳳令塞進自己袖中，語氣溫和許多。

「十多年前，我曾受過崔嬤嬤的大恩。既然是崔嬤嬤介紹來的人，我自會相幫。妳有何請求，儘管開口。」

咦，這麼容易就過關了？

荀柳有些莫名其妙，她自己都覺得這套瞎話漏洞太多，夏飛看起來這麼精明，怎麼說信就信了？這一關，過得有點簡單了吧？

她語塞半晌，才道：「您不再盤問盤問？」

許是這個表情和語氣逗樂了夏飛，爽朗地大笑幾聲。

「其他的事情，我自會派人去查，是真是假，過幾天便可知曉，但妳和妳的結拜兄弟們，可以先從大牢裡出來了。我差人找幾個房間給你們落腳，等此事查明，才能離開。」

荀柳恍然大悟。不就是軟禁嘛，這個她懂。

如今二皇子和她在一起的事情，只有崔嬤嬤知曉，夏飛再怎麼查，只要崔嬤嬤不願告訴他，他也查不出什麼。若他知道了軒轅澈的身分，十有八九是崔嬤嬤說的，證明他足以信賴，屆時她再道歉也無妨。

荀柳越想越覺得，自己說謊的本事還真是頗有水準。

既然是夏飛將軍有令，大牢自然不能再繼續關押錢江等人。

正當錢江他們數著時間，準備衝出去時，便看到荀柳和軒轅澈帶著傳令兵過來，笑呵呵地打開牢門。

「大哥，二哥，三哥，我們有房子住了。」

錢江、王虎、金武一臉困惑。

縣衙後院是湧泉縣縣令和其女眷居住的地方，但縣衙被百姓們燒燬之後，縣令攜家帶口不知逃到哪裡去，一干下屬也散了個乾淨。

所以，除了夏飛帶來的人之外，後院裡就只有他們一行五個人。士兵們是不住在房間裡的，他們得賑災和恢復縣內秩序，多半在外找地方休息，準時在府衙集合。

他們被分到兩個房間，三個男人住在一起，而軒轅澈還是堅持和荀柳待在一處。

錢江等人倒是沒有什麼意見，只一一調侃軒轅澈幾句，便離開了。

幸好房間夠寬敞，荀柳四處看了看，猜測這可能是縣令某個受寵小妾的房間，東西滿齊全，分裡外套間，裡間有床，外間有座小榻，正好夠兩人休息。

她將被子抱到床上，邊鋪床邊道：「小風，你睡這裡，我睡外面。晚上如果有事，就出來叫我。」

軒轅澈看看又硬又狹窄的小榻，皺了皺眉，正想說話，卻見窗外有道人影一晃而過。

他的目光閃了閃，對著正在鋪床的荀柳軟糯道：「姊姊，不遠處就是廚房，我去燒些熱水來，妳泡泡腳可好？」

荀柳噗哧一笑。「你什麼時候會燒水了？」

「不難，我會自己生火。」

荀柳不疑有他，點了點頭。「好，那你慢點，若是燒不好就來叫我。」

軒轅澈點頭，出了房門，往四周看了看，見那道人影正站在牆角下，便小心地關上房門，朝他走過去。

「夏將軍。」

他眼中哪裡還有半分方才的乖巧懂事，一雙鳳眸似寒潭般深不可測，讓人不敢相信，這竟是個才不到十三歲的少年。

夏飛單膝跪下，恭敬地將手中的鳳令遞過去。

「暗部一甲夏飛，叩見主子。」

只一眼，他便明白崔嬤嬤為何會選擇這位主子。小小年紀遭遇此般變故，又從京城一路被追殺，逃命至今，想必是吃盡苦頭，但主子眼中卻無一絲慌亂與無措，心性非同一般。

鳳令使已擇主，也意味著不久的將來定會有一場奪嫡之戰，他早已看不慣的大漢皇室，也該換換人了。

軒轅澈接過鳳令。「起來吧，暫時不要向任何人暴露我的身分。」

夏飛起身，打量在房間窗紙上晃來晃去的少女身影。「那女子是否可信？」

軒轅澈淡淡地瞥他一眼。「你放心，她不知道鳳令的事情。」

夏飛正要鬆口氣，卻又聽他冷冷道：「還有，這樣的話，我不希望再聽到第二遍。」

荀柳好好睡了一晚，次日起床，發現軒轅徹不見蹤影，便披衣穿鞋，想出門去尋。

這時，房門被人推開，軒轅澈很高興地端著水盆走進來。

「我猜到妳要醒了，這是我剛燒好的熱水，洗洗臉吧。」他將水盆放到桌子上。

荀柳納罕地看了他好幾眼，這才笑著將手伸進水裡，果然是溫的。

「小風，你能幹了啊。再過不久，是不是還會砍柴做飯了？」

這小兔崽子剛出京城時，就跟個瓷娃娃一樣。現在看上去，多了不少煙火氣。

荀柳伸出手，捏了捏他的臉蛋。清晨暖陽之下，竟顯得她一個姑娘家的手，還沒個小子的皮膚白。

她鬱悶地嘆了口氣，又使力在那張越發出眾的小臉蛋上，掐了個指印。

「你說你跟著我風吹雨淋這麼久，怎麼沒曬黑？反而是我這雙手……」

她甩了甩手上的水，翻過來翻過去地看，非常不滿意。

其實荀柳的手雖不算白，但勝在骨節纖細好看，指甲瑩潤又有光澤，不算肉也不算骨感，長得正正好。就跟她的臉蛋一樣，雖無傾城之貌，卻秀氣乾淨宛如鄰家小妹一般，讓人一眼看了便生出好感。

唯一算是能讓她自豪的也就是身材了，因為前世作為「搓衣板」的尷尬，所以這一世她在宮裡刻意培養過，現今若不是因為男裝束縛，女裝的她腿長膚細，玲瓏有致，端的是個妙齡少女。

「姊姊一直很好看。」軒轅澈抬眼看著她，軟軟道。

「難不成比你以前見過的姊姊們還好看？」

荀柳不在意地繼續將手伸進水盆裡，撩起水洗臉。

軒轅澈目光閃了閃，卻認真道：「妳比她們好看。」

「你們姊弟喜歡一大早的起來互相吹捧？」

門外傳來幾聲忍俊不禁的笑聲，是錢江等人來了。

荀柳洗完臉，隨意擦了擦，替自己紮了根高高的馬尾辮。

金武看著她紮頭髮的姿勢，忍不住嘖嘖道：「小妹，怪不得當初我沒認出妳是女兒身，妳看看妳的動作，哪裡像個含羞帶怯的姑娘家？」

王虎也跟著湊熱鬧。「動作不像個姑娘就算了，好歹頭髮梳得好看些，讓哥哥們養養眼也好啊。」

苟柳將頭髮紮好，沒好氣地瞪他們一眼。

「要好看，也得有好看的髮簪，不需要銀子？你們是嫌咱們不夠窮是不是？」

「聽聽這話說的。」金武沒皮沒臉地笑道：「妳可不能算窮。」

錢江搖頭，無奈道：「小妹，妳別聽他們的，等以後安定了，大哥保證送妳一根純銀的簪子。」

金武癟嘴。「大哥總是愛裝好人。」

錢江好笑地轉頭看去，正打算回嘴，卻聽到院外傳來嘈雜的人聲。

「快抓住他！散播謠言的，很可能是西瓊奸細，莫要放他跑了！」

一個人影飛快從院門閃過，錢江等人對視一眼。

「老二，你留下來照看小妹和小風。老三，我們過去幫忙。」

金武點頭，兩道身影如閃電一般，衝出了院門。

第二十三章

錢江等人剛追上去，追逃犯的官兵也追到了門口，看見三人，毫不客氣地提刀逼過來。

「又是你們？怎麼會這麼巧，逃犯正好往這個方向跑？把人交出來！」

荀柳也來了，無言道：「這位大哥，光天化日之下，我們怎麼可能窩藏逃犯？你莫要抓不到人，就誣賴我們。」

王虎跟著附和。「對，你們就是誣賴。」

「少廢話，我早就覺得你們有問題！」

小將提起刀，竟是要動手的意思，身後的一干小兵也跟著舉起了刀。

「都給我住手！」

眾人身後傳來一聲低喝，是夏飛帶著兩名親衛走過來。

他看看那些士兵，目光不經意地掃過在一旁不動聲色的軒轅澈。

「出了什麼事？」

士兵立即抱拳道：「將軍，我們好不容易逮到一個散播謠言的奸細，卻被他耍滑跑了，往這三個人的方向跑過來，現在屬下正向他們要人。」

「荒唐！」夏飛怒得眉毛直豎。「跟我這麼多年，還是改不了你這個糊塗腦子。若是人不在這裡，我看你拿什麼把人追回來。」

「不勞將軍操心，我們已經幫忙帶回來了。」

眾人看向身後，錢江與金武見院門口，而他們中間縮著腦袋的人，正是剛才追捕的逃犯。

這下，小將才知道自己冤枉了好人，心虛地放下刀。

不過他倒也磊落，直接拱手向荀柳等人道歉。

「抱歉，是我誤會你們了。」

「沒事，之前我們有過誤會，這回算是一次解開了。」荀柳也很大方地笑道。

夏飛讚賞地看荀柳一眼，又饒有興趣地看向金武三人。

「你們身手不錯，看樣子倒有幾分軍人習慣，難道也是軍中出身？」

錢江道：「我們兄弟確實從過軍，曾經受過舊傷，退下來的。」

夏飛笑著點點頭。「如此，倒是屈才了，三位兄弟可否考慮過重新入軍？」

錢江他們聽了，十分震驚，畢竟他們的來頭不似常人，有些猶豫。

夏飛沒將話說死，只道：「你們不必現在就回答我，等回到碎葉城再說。」又吩咐小將。「將人押下去好好審問，其他的事出去再說。」

「是。」

見夏飛等人要走，荀柳看看金武和王虎心動又猶豫的表情，上前一步喊住夏飛。

「將軍等等。」

夏飛轉身看她。「荀姑娘還有事？」

姑娘?!

小將不可置信地打量荀柳，見她身條纖細、眉眼如畫，想起自己剛剛提著刀對一個姑娘家逞威風，登時紅了臉。

荀柳沒注意到這些人的目光，對夏飛行禮。

「將軍，這幾日我們待在這裡，也是閒著，我知道你們忙著賑災，不如讓我們也幫幫忙如何？三位哥哥可以抓奸細或巡邏。」

夏飛猶豫地用眼角餘光瞥過軒轅澈，見他沒什麼表情，便點頭應下。「姑娘有此心甚好，那本將就代湧泉縣的百姓謝謝你們了。」說罷，帶著一行人離開。

金武看得出來，荀柳這麼做，是為了他們考慮。「小妹，其實妳不必……」

「我不必什麼？」荀柳笑了笑。「你很想重新入軍不是嗎？夏將軍是個不錯的將領，你們跟著他，是個不錯的選擇。」

「但我們畢竟得罪了蕭黨。」王虎有些擔憂。「如果他知道這件事……」

「蕭黨不一定查清了你們的身分，況且你們心不在市井，既然想建功立業，便放手去做，小妹一定會支持你們的。」

金武和王虎感動地看著她，倒是錢江呵呵笑道：「我就算了。這麼多年，我也累了，武藝也沒有你們兩個好。等落了腳，我倒是想過過媳婦孩子熱炕頭的日子。」

「小妹以後想做什麼？」王虎問道。

荀柳低頭看看軒轅澈，他靠近了她半步，竟是主動將腦袋湊上來讓她摸，一雙鳳眸裡盡是依賴和信任。

荀柳噗哧一笑，揉亂了他的髮。

「我在宮裡時就盼望著，有朝一日能出宮，找個地方過安樂日子。不用太繁華的地段，最好是農戶人家，種幾片菜園，想吃就摘；養幾隻雞鴨，想吃就殺。」

金武忍不住笑出了聲。「小妹，妳這要求也太低了些。不過，往後殺雞鴨的時候，莫忘了叫哥哥一聲。」

「哎哎，小妹我喜歡吃雞翅，別忘了替二哥留一份。」

「你們也太不厚道了些。小妹，大哥不好吃，留對燻鴨掌給大哥便可。」

這時，荀柳的袖子被人輕輕扯了扯，軒轅澈抬頭看她。「姊姊，那我呢？」

荀柳刮了刮他的鼻頭，笑呵呵道：「你肯定是先吃雞腿的那個。」

軒轅澈聞言，嘴角愉悅地揚起，眼底似有星辰閃爍。

中午吃過飯，荀柳等人跟著夏飛的人出去賑災。

金武和錢江他們被派去巡邏和抓捕奸細，而荀柳和軒轅澈則跟著護送米糧的隊伍，出去賑濟災民。

因此，荀柳這才真正見識到湧泉縣的旱情有多嚴重。

一路走來，只見到處是乾裂成鱗紋的土地，小河溝裡更是滴水不見，秧苗枯死，柳枝發黃。本該是人口密集的村落，卻人煙罕至，好不容易看到幾個人，也是骨瘦嶙峋、形容枯槁的模樣。

荀柳忍不住問旁邊的士兵。「其他人都到哪兒去了？」

士兵嘆了一聲。「跑了，不然就是餓死了，被野狗分食，尤其是那些老人小孩。若非因為奸細挑撥，大部分人還可以撐過這個時候，唉……」

他無奈地搖搖頭，又道：「這些糧食是靖安王和將軍從軍餉和私庫裡湊出來的，不少兄弟埋怨過，但想想家中的父老鄉親，便咬咬牙忍了，大不了一天少吃一、兩頓而已。可是，救得了第一次，救不了第二次，誰知道老天爺要不開眼到什麼時候？」

話剛說完，他們便看見一對母子躺在路旁，母親不過二十多歲，孩子才幾歲而已，摟在一起，面色發青，身上也逸出難聞的味道，看來已然死去多時。

士兵看了一眼，不忍道：「過去將他們埋了吧。」

兩個小兵走上前，把人抬起來。

軒轅澈抿唇盯著那兩具屍體，荀柳拍拍他的肩膀，示意他繼續往前走。

軒轅澈跟著她，許久後才輕聲道：「他一定知道，卻沒有管，因為他想拖垮靖安王。」

荀柳的腳步頓了頓，知道他指的是誰。

「小風，這世上天災人禍不斷，如有仁君，便可避免這種死亡。」

她說著，轉頭看他。「有朝一日，你若能代替那人，一定莫要忘了這句話。」

軒轅澈未回答，但垂下的眼裡，卻多了一絲亮光。

沒一會兒，隊伍停在一處開闊的地方。

像他們這樣的隊伍，一共有十幾支，都是由士兵組成，到湧泉縣的各個角落派發稀粥、饅頭和米糧。

一路上，他們遇到不少災民，災民見到隊伍，便知是官府派人來賑災，眼巴巴地跟了許久，等他們停下，便想立即上前搶奪。

幾名士兵擋在粥車前，威嚴道：「從今日起，每日都有人在此派粥施糧。不要慌，好好排隊，每個人都有份！」

這話一出，災民們老老實實聽話，一個個排隊來領粥。而荀柳和軒轅澈則負責在一旁盛粥、盛米。

慢慢地，隨著人越來越多，也越來越忙。

負責施粥的士兵滿頭大汗，荀柳乾脆拿起一旁的大碗，對他們道：「正好有兩個粥桶，我們分開給吧。」

帶頭的老兵點頭。「也好，我們幫妳抬過去。」

分成兩隊施粥，輕鬆多了。但軒轅澈見荀柳額上漸漸沁出汗珠，有些心疼。

「阿姊，我來盛粥。」

荀柳卻搖搖頭，對他笑道：「你負責發饅頭就行，別數漏了。」

整整忙了兩個時辰，才將粥和饅頭送完，百姓們手中握著雪白的饅頭，衝一行人連連磕頭，直到他們走得老遠，還未起身。

荀柳說不清自己心裡是什麼滋味，更多的是憐憫和嘆息。

士兵們倒是很開心，一路說說笑笑，氣氛不像剛來那時低靡。

走到河堤時，荀柳看見東北方向綿延萬里的浮雲，忽然想起之前行走數日的龍岩山脈。山裡的天氣和這裡千差萬別，總是下雨不說，更是異常濕潤，還有一條大河。

大河……她靈光乍現，低頭看看腳下的土地，突然拉住老兵的胳膊，急道：「大哥，龍岩山脈裡有條大河，你們知不知道它通向哪裡？」

老兵納悶地看她一眼。「妳說的是靈河吧？那河水源頭在龍岩主脈，出了山，卻是流經西瓊國境內。妳莫不是以為，我們能攻占西瓊國，開渠運水來救急吧？」好笑地搖搖頭。「別癡人說夢了。」

不，開渠並不是唯一的方式。但她想到的辦法，對這裡的人來說，確實太過異想天開，只能配合著尷尬地笑了笑。

老兵只當她年輕，想得多，和其他人笑幾聲便算了。

但軒轅澈了解她，趁著士兵們往前走遠時，扯了扯荀柳的袖子。「姊姊是不是想出了什麼辦法？」

荀柳遲疑地點點頭。「只是有個想法而已，怕沒人敢信。」

軒轅澈認真道：「姊姊說的，我都信。」

荀柳摸了摸他的腦袋，笑著問：「我若說我有法子把龍岩山脈裡的靈河水運出來，你信是不信？」

軒轅澈眼底閃過一絲驚異，半晌未做反應。

荀柳聳了聳肩。「你看，你也驚著了吧。還是算了，這個法子怎麼也得有當地官府幫忙，靖安王見都沒見過我，定會以為我是個瘋子。」

她說完，便繼續往前走，只當自己從未想過這件事。

軒轅澈站在原地許久，等距離拉遠了才跟上，忽然拉住她的手，撒起了嬌。

「我想聽這法子是怎麼做的，姊姊回去能不能告訴我？」

荀柳想了想，覺得解釋也解釋不通，隨便糊弄道：「姊姊只是胡亂逗你玩的，姊姊的腦子可想不出什麼好法子。」

軒轅澈聽了，目光閃了閃，沒再繼續追問。

兩人回去時，在府衙門口遇到押著嫌犯回來的錢江等人。

晚膳時辰，因為糧食緊缺，夏飛身先士卒，一日三餐都是清粥饅頭，所以荀柳等人自然也只能啃饅頭。

「頓頓饅頭，沒個鹹淡的，我都快吃得反胃了，好歹也給口鹹菜啊。」

王虎個頭最大，也最好吃，見錢江領回來的又是饅頭，有些鬱悶地說。

「小妹，我很想念妳烤的鹽漬兔子肉啊……」

「你就別念叨了，還讓不讓人安生吃飯？」

金武拿來兩個饅頭，遞給荀柳和軒轅澈，自己也拿起一個，狠狠啃一口，表情也有些味如嚼蠟。

荀柳挑了挑眉。「你們不想吃饅頭？」

王虎剛準備啃饅頭，聞言立即放下，高興道：「小妹，妳是不是還有存糧？」

錢江、金武和軒轅澈也眼巴巴地看過來，卻見她搖搖頭。

「沒有。」

金武無趣道：「那妳問什麼？」

「可我能變個法子吃饅頭啊。」荀柳舉起饅頭，眨巴眨巴眼。

一炷香後，三個糙漢子蹲在院子內，看著荀柳手上焦黃噴香的烤饅頭串，忍不住嚥了嚥口水，同時對荀柳比起大拇指。

「小妹，我準備放棄從軍了。我突然發現，跟著妳混，日子好像更不錯。」金武沒臉沒皮地說，手往饅頭串上伸，卻啪的一聲被王虎打掉。

「小妹，烤好了吧？烤好了就快分啊，二哥我快饞死了！」

一直很安靜的軒轅澈抬頭道：「姊姊，我年紀小，是不是能多分幾個？」

錢江低頭沈思片刻，站起身。「我去看看能不能再領一點回來。」一溜煙跑出院子。

半個時辰之後，荀柳看著三大一小捂著圓鼓鼓的肚子，一臉滿足的模樣，哭笑不得。看來，不論在哪裡，烤串都廣受歡迎啊，她只是加了點鹽和辣椒，這幾個人居然就增加了好幾倍的食量。

「嗝，這是我吃過最好吃的饅頭。要不是因為饅頭不夠，我還能再吃十個。」王虎嘿嘿笑道。

「小妹的手藝著實不錯，到碎葉城落了腳，咱們開間飯館如何？」錢江心情很好地跟著附和。

「要是真能順利落腳，什麼都好說。」金武坐起來，挺了挺肚子。「我看，西關州也不太平。」

「內有旱災，外有西瓊，確實不太平。」錢江也點點頭。「若無旱災拖累，以靖安王的實力，抵抗西瓊倒是不難。但現在旱災未平，朝廷更是乾脆擱置不管，誰也說不準西關州到底會如何。」

荀柳想到那個會被人以為是瘋子的法子，跟著乾笑幾聲。「對啊，旱情確實挺嚴重的。」

軒轅澈聞言，忽然道：「姊姊不是說有法子能治旱？」

三個糙漢子的目光齊刷刷掃了過來，看得荀柳憋紅了臉。

荀柳瞪向嘴上沒把門的軒轅澈，他卻只睜著大眼扮無辜。

「妳有什麼法子？」錢江等人不約而同驚喜道。

若是別人說這話，他們十有八九會當吹牛聽，但他們見過荀柳的本事。一路走來，這丫頭喜歡不按牌理出牌，而且總是懂些他們從未聽過的技藝，遇到難題，更是另闢蹊徑，且次次成功。

她若有什麼想法，說不定真會是個好法子。

「那個，我只是開玩笑而已。」荀柳企圖糊弄過關。

「哦？那我們倒是想聽聽，怎麼個玩笑法？」金武賊兮兮地笑了聲。

「這、這個……」

王虎見她吞吞吐吐的，著急道：「哎呀，小妹快說吧，別吊我們胃口了。要是妳的法子行不通，便權當是哥哥們聽個睡前故事，成不？」

荀柳被他逗笑了，無可奈何地搖搖頭。

「其實告訴你們也無妨，但我現在說了，你們也不會明白。」她站起身。「明天你們去替我找樣東西，我親自弄給你們看。」

「什麼東西？」三大一小異口同聲道。

「一根拇指粗細的中通管子，無論什麼材料都行，最好是彎的。」

王虎不甚明白地撓撓頭。「管子和旱災有什麼關係？」

「別管什麼關係，聽小妹的就是了。時辰不早，小妹和小風早些休息，我們回房吧。」

金武拉著王虎往外走，錢江看著鬧不夠的兩人，無奈地搖了搖頭，起身對荀柳道：「你們好好休息，我也回去了。」

荀柳點點頭，笑容滿面地送三位哥哥出門。

關上房門，荀柳轉頭，銳利目光衝某少年射了過去。

「小風，坑姊這本事，你倒是學得很快啊？」

某少年端坐在凳子上，一雙鳳眸無辜至極，歪了歪頭。

「可妳不久前剛答應過金武哥哥他們，有事不能瞞著。」

荀柳愣住，確實是她不對。既然說了就說了，反正錢江他們也不是外人。

「算了，早點休息。」

她說完，剛要走到小榻旁坐下，卻見軒轅澈搶先占了她的位置。

「那張床太大了，這尺寸對我來說正好，咱們換一換。」

荀柳剛要說話，卻見他翻身躺下，背對她蓋上了被子。

荀柳心中一暖，知道軒轅澈是擔心她睡得不舒服。見他這般堅持，也沒說什麼，從包袱裡多拿出幾件厚衣服，蓋在被子上，才走到內室躺下。

吹滅床頭的蠟燭後，皎潔月光從窗外透進來，荀柳看了看在外面小榻上睡得正香的軒轅澈，復而轉頭盯著帷帳，心裡安定許多。

自從出宮以來，這還是她第一次不用時時刻刻擔心未來的日子，或許跟著夏飛一路到碎葉城，真能順利安定下來吧。

懷揣著許多未來美好的可能，她漸覺睏意，慢慢睡熟了。

安靜的房間中響起少女輕緩的呼吸聲，小榻上的被子卻動了動。

軒轅澈緩緩睜開眼，扭頭看向內室，見荀柳睡得正香，才輕輕起身下榻，出了門。

第二十四章

次日天氣正好，一早和錢江等人打過招呼後，荀柳和軒轅澈又跟著施粥隊伍去賑災。

經過第一天的布施，湧泉縣附近的村民都得知了官府來施糧的消息，不少人一早就來排隊等著，人數比昨日增長了好幾倍。

施完粥，已然是傍晚時分了。

荀柳和軒轅澈跟著隊伍，筋疲力盡地回到府衙，卻見錢江等人已經笑呵呵地等在院子裡，眼神像是三隻求誇獎的小狗，等著她挨個兒摸頭。

荀柳哭笑不得。「先讓我喘口氣。」

金武不等她動作，狗腿地衝到屋裡，端來茶水。「小妹辛苦了。」

荀柳沒接杯子，而是瞄了身旁的軒轅澈一眼。

金武從善如流，立刻也幫軒轅澈倒一杯。「小風自然也辛苦，來，喝水，盡情喝。」

荀柳這才接過茶水，喝得一乾二淨，然後抬頭問道：「東西都找到了？」

三人點頭如搗蒜，只見錢江從背後掏出一樣東西。

荀柳看去，見錢江手上的是根手腕粗的竹子，笑著搖搖頭。「大哥，這不是彎的。」

錢江嘆口氣，將竹子隨地一丟。「我實在是找不到合適的。」

王虎哈哈笑道：「大哥，你這竹子著實太差了些，你們看看我的。」

他說著，伸手從懷裡掏出一個布包，打開之後，所有的人立即往後退一步。

「什麼東西這麼臭?!」金武捂著鼻子道。

王虎卻將東西往幾人面前遞了遞。「兔腸啊，多新鮮，剛打下來的。」說著，又往荀柳面前湊了湊。

荀柳覺得一股腥臭迎面而來，差點沒被熏暈。

「小妹，這是彎的，也有中通，不是正合適？」

荀柳捏著鼻子搖搖頭，要讓她用這東西對嘴做實驗？開什麼玩笑！

金武實在忍不住，憋著氣，踢了王虎一腳。「趕緊把那骯髒玩意兒扔掉！我說白日怎麼有段時間不見你的人影，原來是跑出去抓兔子了。」

王虎沒趣地將兔腸收起來。「這可是好東西，炒著吃可香了。你們不喜歡，我喜歡。」

眾人這才鬆了口氣，沒好氣地瞪王虎一眼。

「三哥，你呢？」

金武笑著將東西拿出來，荀柳看了看，問道：「羊皮縫的？」

他手上的確實是根中通管子，但她還是搖了搖頭。「不行，羊皮材質倒是可以，但這針腳漏水。」

荀柳看了看面面相覷的三人，道：「找不到合適的工具，我跟你們講，你們也不會信的，還是算了吧。」

其實這倒不是主要的，而是就算她取信了他們，再自信一點，就算是用同樣的方法取信了夏飛和靖安王，但這法子也不是一朝一夕就能做好的，需要耗費大量的人力跟物力。雖然比起開渠通水，稍微簡便一些，但對於現在千瘡百孔的西關州，也無異於一場賭博。

況且，她不能保證這個法子一定成功，若是出了疏漏呢？誰能負責？

起碼，她沒有這個膽量。

「算了，這個法子不一定好用。現在已經是春天，也許這場天災馬上就能結束。」

荀柳說著，無視三人焦急的神色，準備進屋。

這時，軒轅澈忽然道：「我這裡還有一樣東西，不如試一試？」

荀柳和其他三人扭頭看去，只見他手上躺著一把蘆葦桿。

「我是在回來的路上偶然看見的，雖然不是彎的，但接起來，再拆開金武哥的羊皮管子裹上，不知能不能用？」

三個漢子聞言，目光一亮，金武更是高興地摟了摟軒轅澈的肩膀，笑道：「好小子，聰明！小妹，現在妳總能說了吧？」

荀柳認真看三人一眼，無奈地嘆口氣。

「好吧，去拿一碗水來，進屋說。」

進了屋，荀柳將碗放在桌沿上。

「其實，我的法子很簡單。你們應該都知道靈河吧？」

四人點了點頭。

她伸出手，擋在碗前的桌沿上示意。「這是擋住靈河和整個西關州的龍岩山脈。」

錢江目光微閃。「妳該不會是想從靈河挖渠運水過來？」

不等荀柳回答，他便直接搖頭。「這肯定行不通。這麼大的山脈，哪怕是出動整個大漢的百姓都挖不穿，莫說是西關州的百姓了。」

另外三人也疑惑地看著荀柳。

荀柳笑而不語，拿起那根已經被接好的蘆葦桿。

「我觀察過靈河的水位，起碼比西關州高了幾百尺。水有個特性，只要有一根符合條件的管子，便能這般……」

她說著，將管子的一頭插進水裡，另一頭朝著桌沿下的地面，又蹲下身子，在衝著地面的那頭管子上吸了一口。

一股無形的力量，將碗裡的水從那管子往地面上吸去，頃刻之間流了個乾淨。

屋內驟然安靜，金武等人張大了嘴，看著管子不說話。

軒轅澈抬起一雙鳳眸，定定看著荀柳，眼底的光越發明亮。

荀柳未注意眾人的表情，將那管子拿起來，又道：「只要水位比管子的另一頭高，又有足夠的力量將水吸過來，靈河水便能源源不斷地流入西關州腹地。接著，在州內各縣鋪設足夠的管道灌溉農田，往後每年便不用再擔心鬧旱災了。」

「若管道出現崩裂，反而引起洪災，又該如何？」

「這個問題好辦，只要在連接靈河的主管道旁安置哨所，一旦州內管道出現問題，便直接切斷主管道。因為管道的另一頭若是高於水位，水流便會退回靈河內。」

荀柳想了想，又道：「不過我不建議太依賴此法，若同時兼行其他有效的蓄水方式更好。因為靈河的水位不一定一成不變，很可能出現意外。」

「本王活了這麼多年，倒是頭一回長這麼大的見識，果然是後生可畏。」

荀柳這才發現，方才問話的聲音很陌生，扭頭看去，只見一個身披金甲、鬚髮皆白的老將逆光站在門口，應當就是大名鼎鼎的靖安王。恭敬站在他身後的，正是夏飛將軍。

方才金武等人聽得太過入迷，這才發現外面有人，見是靖安王親臨，更是有些失措。反倒是軒轅澈不慌不忙地站起身，行了個禮。「叩見靖安王。」

金武等人這才反應過來，趕緊行禮。

錢江見荀柳還傻站著，立即小聲提醒她。「小妹，還不行禮？」

「不必了，本王最討厭這些俗禮，都起來吧。」靖安王王鴻泰擺了擺手，威嚴道。

話是這樣說，但面前畢竟是先帝親封的唯一一位且位高權重的異姓王，金武等人從未見過這等人物，自然是有些拘謹。

靖安王掃了眾人一眼，目光又落在荀柳身上。

「小丫頭，妳這法子是怎麼想出來的？」

荀柳語塞，只能繼續低著頭編瞎話。「是民女兒時貪玩，偶然發現的。民女喜歡的東西，總是比一般人古怪些。」

金武等人不約而同地點了點頭。嗯，是很古怪。

靖安王卻是撫掌。「但妳這一時貪玩，說不定真救了我西關州千萬百姓。等回了碎葉城，在我那些部下面前，妳再將這法子示範一遍。」

這語氣，根本就是明擺著下命令。

荀柳咬了咬唇，正想說話，身旁的夏飛卻輕聲提醒她。「荀姑娘，王爺此話是已然決定，妳沒有拒絕的餘地。」

好吧，她還能說什麼？

荀柳嘆了口氣，不情不願地行禮。「是，王爺。」

靖安王見她這樣，哈哈大笑了幾聲。「我還是頭一次見到敢對我甩臉的人。小丫頭，妳不怕本王罰妳不敬上？」

荀柳笑容未變，慢條斯理道：「王爺不會跟民女計較的，因為王爺這般威武不凡的英雄，斷然不屑欺負一個手無寸鐵的弱女子，不是嗎？」

錢江等人齊刷刷抬起頭，生怕這個敢在老虎屁股上拔毛的傻妹子，下一刻就完蛋了。

靖安王瞇眼看著荀柳，不出聲。

夏飛見狀，也忍不住幫忙求情時，靖安王才忽而爽朗笑開。

「小丫頭，有膽量。希望到了碎葉城，妳還能這般和本王說話。」

靖安王說著，轉過身。「夏飛，安頓好這幾個後生，明日讓他們隨著一起回程。」

「是，王爺。」

等靖安王一行人走後，金武等人才鬆口氣，過了一會兒，又納悶起來。

「靖安王怎會突然過來？」

荀柳自然也想不明白，但她更擔心的不是這個，而是到了碎葉城後，會不會因為此事引起蕭黨注意？若是真的用這法子治旱，動靜著實太大了。

經過幾天的賑災，湧泉縣大致恢復秩序，沒必要繼續鎮壓，靖安王便留下一批人繼續施糧，帶著大部分的軍隊離開湧泉縣。

荀柳等人，自然也在軍隊之中。

「停，原地休整兩刻鐘。」

前行將領下了命令，急行整整一天、未進食水的隊伍，這才停下來。

金武等人下了馬，看見軒轅澈正小心翼翼地扶著荀柳下來，便笑著走上前。

「小妹，我當妳強悍比男子，沒想到區區騎馬也能難得住妳？」

荀柳沒好氣地白他一眼，齜牙咧嘴地揉著後腰。「我沒騎過馬，當然沒你們厲害了。」

錢江、王虎倒是有些擔心。「小妹，若是受不住的話，我去向夏將軍稟報一聲，我們在後頭慢點趕路就是。」

「不必。」荀柳看看正在和幾個將官說話的靖安王，搖了搖頭。「靖安王急於治旱，定然不會放我們自己走。沒事，反正沒幾天就到了，不過累一些罷了。」

三人想了想也是，便點點頭。

「算了，先吃點東西。」

錢江說著，拍拍石頭上的灰塵，招呼荀柳和軒轅澈。「小妹，小風，你們坐這兒。」

兩人坐下，接過他遞來的乾餅。這種乾餅是野菜和粗麵混合製作的，營養連饅頭都比不過。士兵帶著的乾糧都是乾餅，饅頭則全留在湧泉縣賑濟百姓。

這時，一個年輕的士兵從前方的隊伍走來，遞上一個小包袱，對幾人道：「這是夏將軍吩咐我送來的饅頭，拿著吧。」

荀柳起身，笑著接過。「謝謝夏將軍體恤。」

待那士兵走後，王虎卻有些慪慪。「又是饅頭啊……」

「有饅頭吃就不錯了。」錢江笑道。

荀柳也是食之無味，即便是烤饅頭片，吃多了也會反胃的。

她正準備打開小包袱分饅頭，卻瞥到路旁的幾片葉子，眼睛登時一亮。

「或許我們不用只吃饅頭了。」

她唸了一句，便將小包袱丟給軒轅澈，在路旁隨便撿了根棍子，挖起那幾棵植物的根莖，邊挖邊喊。

「大哥，你們快過來幫我挖，小風生火。」

「好。」軒轅澈點頭，去撿枯柴。

金武等人先是愣了愣，回神後立即找東西幫忙，王虎更是直接抽出自己的大刀當鏟子，使勁挖土。

半晌後，王虎看著荀柳懷裡抱著的東西，滿臉懷疑。

「這個東西能吃嗎？」

荀柳有些詫異。「你們不知道這個？這是番薯，俗稱地瓜，美味擋餓的好東西啊。」

剛才她還納悶，湧泉縣的旱災這般嚴重，為何還能留下這麼好的食物？現在看來，好似跟她想的不一樣？

王虎等人搖搖頭。「從來沒聽說過，這東西也是我們頭一回見。」

「管他呢。」荀柳懶得多想了。「以前沒見過，現在就讓你們見識見識。」又問：「小風，火生好了嗎？」

「好了。」軒轅澈乖乖應道。

荀柳美滋滋地將幾條大地瓜直接埋進火堆裡，不一會兒，等火差不多滅了，才用棍子刨出來。接著，捲起衣服下襬包住手，抓著地瓜拍了拍灰，各捏住一頭掰開，便露出金黃軟糯的肉，而且發出一陣令人生津的香味。

王虎眼睜睜地看著她將其中一半遞給軒轅澈，忍不住道：「小妹，這個看起來好像挺好吃的……」

金武和錢江也一樣眼巴巴地看著。

荀柳笑彎了眼，挑出三條遞給他們。「吃吧，味道可比饅頭好多了。」

軒轅澈先咬一口，隨即抬頭對荀柳笑道：「甜糯非常，確實好吃。」

王虎聞言，哪裡還忍得住，一掰開就急忙塞了一大口。

幾人就著地瓜和饅頭，吃得心滿意足。

不久後，這香味飄進旁邊士兵們的鼻子裡，無數雙眼睛衝著他們看去，還有人嚥了嚥口水，看著自己手裡的乾餅，只覺得食之無味。

有人忍不住，想走過去問問他們吃的是什麼，但還沒等他們這麼做，便見幾道身影從面前走過，待看清楚來人是誰，便立即收回目光，各做各的事情，不敢再抬頭去看。

這時，荀柳懷中僅剩一條最大的地瓜了。

王虎等人虎視眈眈，見她吃完手上的那半條後，正準備上前去要，卻聽背後響起一道聲音——

「這是何物？」

幾人抬頭看去，見靖安王正帶著夏飛和幾個下屬，笑吟吟地站在那裡看著他們。

金武等人忙跪下行禮。

荀柳看了看自己懷裡的地瓜，想了想，掰成兩半，遞給靖安王和夏飛。

「夏將軍和王爺嚐嚐就知道了。」

靖安王挑眉看了看她伸過來的手。

眾人看著她宛如分享食物給普通朋友般的舉動，都有些驚愣。

夏飛身側的幾個將領互視一眼，不敢說話。

錢江等人的面色有些尷尬，但現在阻攔也來不及了。

還是夏飛見大家傻愣著，忍不住咳嗽一聲。

「那個，荀姑娘……」

他的話還未說完，卻被靖安王伸手阻攔。「哎，本王說過，最討厭那些俗禮，這樣就挺好。都起來吧。」

靖安王說完，哈哈笑了一聲，伸手接過那半條地瓜。

夏飛自然不敢再說什麼，也接過半條地瓜，尷尬得不知如何是好。見靖安王咬了一口，便將地瓜舉到鼻子前聞了聞，也張嘴咬下。

直到唇齒間溢出香味，他才頗為驚訝道：「這東西的味道確實不錯，但為何從未聽說過？荀姑娘又是如何找出來的？」

又要開始編瞎話了。

荀柳無奈，只能糊弄道：「民女也是兒時無意間聽外人談論過，這回也是頭一次見，碰碰運氣而已。聽說它的名字叫番薯，俗稱地瓜，栽種簡單，也便於長期保存。民女認為，這東西最適合廣泛耕種，尤其是湧泉縣這樣的地方。」

「這些都是妳聽來的？」夏飛不以為然。「聽來的說法，怎可信以為真？」

「不只是聽來的。」一道少年聲音忽然響起。

眾人看去，只見軒轅澈目光淡淡地開了口。

「先帝在時，曾有海外異族來朝進貢，其中有一樣東西便是這紅皮白肉的番薯，但先帝認為其相不雅，所以並未看重，後來不知為何，流落到民間。但百姓大多不敢輕易食用外來之物，所以這東西並未在民間受到歡迎。」

「沒錯。」靖安王點頭，接了話。「確實有這件事。那些異族來朝時，本王也在京城，記得他們管這東西叫白根，能擋飢解餓，且播種簡便，是個好東西。這麼久遠的事情，連本王也差點忘了。」

他說著，目光忽然掃向軒轅澈。

「這件事，你區區一個少年，如何知曉？」

荀柳一驚，想上前解釋，軒轅澈卻快一步，不急不慌地回答。「草民在京城酒肆當過一些時日的雜役，聽客人提起的。」

荀柳心中鬆了口氣，讚許地看向他。

這小子，學聰明了。

靖安王打量軒轅澈半晌，爽朗一笑。

「你們姊弟倆挺有見識，不過番薯、地瓜這兩個名字，本王倒是頭一回聽說，或許是知曉它來歷的百姓自己取的。」又喊：「夏飛！」

「在！」

「派人去找找，看看還有沒有地瓜，帶一些回碎葉城，交於農司研究栽種。」

「是。」

夏飛應下，領著其他士兵去找了。

——未完，待續，請看文創風1195《小匠女開業中》2

流浪貓狗介紹所

為流浪貓狗加油 和貓寶貝 狗寶貝 廝守終生（一定要終生喔！）的幸福機會

對人來說，貓寶貝狗寶貝只是生活的一部分，
但妳（你）對牠們來說，卻是生活的全部，領養前請一定要考慮清楚——

▲ 眼神煥發光彩的小天使——牛奶

性　　別：男生
品　　種：米克斯
年　　紀：2歲
個　　性：親人親狗、愛撒嬌
健康狀況：已結紮，已施打八合一預防針、狂犬病疫苗，
每月例行洗耳、除蚤、投心絲蟲預防藥，
四合一和血檢報告結果均正常
目前住所：台中市南區（月園流浪動物照護協會A14籠位）

本期資料來源：月園流浪動物照護協會

『牛奶』的故事：

今年過年假期中，園區收到救援人的求救信息，告訴我們在通霄的某處施工案場，有一隻長期餵養的狗狗「牛奶」，右前肢疑似中了山豬吊陷阱，躲在案場建到一半的小木屋裡。身負重傷的牠膽小驚恐，非常警戒人類，接近不了牠以致傷口腫脹成兩倍大，經過兩次埋伏後，才成功誘捕順利送醫。

歷經兩星期不間斷施以強效消炎藥和抗感染藥點滴，加上雷射輔助等密集治療，傷口壞死的痂皮逐漸脱落，長出新的肉芽組織，終於脱離險境，可以出院接回園區照護，也免於截肢的命運。

更讓人欣慰的是，牛奶的個性就此一百八十度大轉變，從怕生變成黏人愛撒嬌的小可愛。康復後的牛奶，前肢幾乎看不出曾經受過傷的痕跡，現在可是活蹦亂跳的健康寶寶！

牛奶親人親狗，互動零距離，連第一次到訪的善心朋友也來者不拒，是隻適合新手爸媽收服的極品狗狗。有意願者可洽月園流浪動物照護協會各官方平臺，如：IG、FB等，我們將為您與牛奶安排令人怦然心動的會面，請接招吧！

認養資格：

1. 認養人須年滿20歲，有穩定的經濟能力，必須取得全數同住室友同意，
   確定狗吠叫時不會對鄰居造成影響，本人須親自到園區探訪有意認養的牛奶。
2. 請了解並願意配合認養手續，必須簽署一份申請書、兩份切結書，
   簽署磨合期切結書時，必須提供身分證正、反面影本。
   限認養人本人簽署以上切結書，請勿代替別人認養。
3. 毛孩是家人！不接受工具狗、放養、長期關小籠飼養、再度棄養、飼養在惡劣的戶外環境，如：
   牽繩太短、無遮蔽處、吃餿水等等。
4. 同意並能配合本會飼養理念：每年定期健康檢查，施打狂犬病、預防針（八合一或十合一）等疫苗，
   每月固定洗耳、預防心絲蟲、除蚤。
5. 須同意送養人日後之追蹤探訪，對待牛奶不離不棄。

來信請說明：

a. 個人基本資料：姓名、性別、年齡、家庭狀況、職業與經濟來源等。
b. 想認養牛奶的理由。
c. 過去養寵物的經驗，及簡介一下您的飼養環境。
d. 若未來有結婚、懷孕、出國或搬家等計劃，將如何安置牛奶？

娘子扮豬吃老虎

文創風 1191～1193

簡直不成體統！
誰家新婦洞房花燭夜會……會那般主動？
事後還捲了被子呼呼大睡，讓自家郎君凍醒！
他驚險抓住她飛踹過來的腳，她還惡人先告狀說他捏她，
這便罷了，竟還神色一言難盡地叫他多補補身子，實在氣人！

人生樂事就是嘗嘗美食，逗逗夫君／芋泥奶茶

沈蘭溪意外穿來這朝代，家中沒有糟心事，順心如意過了多年好日子，
誰知自家三妹因心有所屬，拒絕嫁人，最後還逃婚了！
眼看大婚日子將至卻沒有新娘，嫡母無奈找上她這個庶女替嫁，
沈蘭溪知道，與侯府的這樁親事是他們沈家祖墳冒了青煙才能高攀上的，
這新郎官祝煊，後院乾淨，沒有通房、妾室，只與過世的元配育有一幼子，
而且那祝家不知為何，竟也認了，同意換個新娘嫁過去，
但重點是，嫁出門做人家的新婦，哪有在自家當小姐來得自在？
何況嫡母寬和，家庭融洽，她才不想挪窩去別人家伺候公婆、操持後院呢！
什麼？除了她原先置辦的嫁妝外，三妹按嫡女分例備好的嫁妝也一併給她，
嫡母還另贈一雙東蛟夜明珠，以及她肖想許久的一套紅寶石頭面！
沈蘭溪都想跳起來轉圈了，這三妹逃婚逃得真是恰恰好……

2023年8月出版

文創風 1189～1190

女子有財便是福

領教過爾虞我詐的現代商界，再來到商貿發達的古代社會，
林棲做生意就是如魚得水，總能贏得別人的信服。
在婚姻上挑到潛力股相公，在政治上站隊跟對皇子，
總是低調賺錢的她，還真想不到人生有輸的理由！

滿腹生意經，押寶對夫君／竹笑

林棲低調地網羅應試學子們的畫像，打算從中選個潛力股丈夫，
誰知，他一個寒門秀才不小心誤闖她家院子，還撞見她在挑對象，
既然來都來了，她也大方地向這位候選夫君提出結親的意願，
一個願娶，一個肯嫁，兩人一拍即合，說成婚就成婚。
她調侃道：「看來你還要吃幾年軟飯呀。」
「煩勞娘子了。大家都知道妳是低嫁，能娶到妳是我的福氣。」
這個丈夫也是有意思，別人家的上門女婿都知道扯條遮羞布，
他卻不好面子，還對外大大方方地承認自己靠娘子供養。
算他有眼光，有她這般會賺錢的隱形富婆作靠山，好處可多著呢～～
他不僅得以全心投入科舉考試，還有天下第一書院的大儒當老師，
半年前一文不名的小秀才，轉眼間就站在天下學子所仰望的位置，
日後更是不負眾望成為六元及第的進士，林棲很滿意這門親。
可如今朝局波譎雲詭，挑對夫婿之外，她還得押寶押對儲君……

百年修得同船渡，千年修得共枕眠／琉文心

2023年8月出版

翻牆覓良人

他帶她來到一棵百年大樹下，樹上掛滿寫著一對對情人名字的紅布條，
據說這是極為靈驗的姻緣樹，他問她願不願和他一起掛上紅布條？
看著布條上由他親筆寫下的兩人名字，她疑惑地問他，只一人筆跡可靈？
結果他一愣，連忙表示，要不她在布條上頭親上一口，表示她也認可，
這話說得好笑、離譜，可她卻也乖乖照做了，甚至還親上兩口……

文創風 1185 1

沈文戈乃鎮遠侯府的嫡女，在家中是被父母及六位兄姊疼寵的寶貝，
奈何情竇初開，只一眼就瘋了似地愛上那縱馬奔馳的尚家郎君，
她甚至赴戰場救他一命，雙腿因此落下寒症，令她生不如死，但她不後悔，
即便家人反對，她依舊毅然決然地嫁入尚家，可還沒洞房他就出征了，
因為愛他，她堂堂將門虎女在夫家被婆婆搓磨、苛待三年都受了，
好不容易盼到他返家，他卻帶回一楚楚可憐的嬌柔女子，要她接納，
於是，她只能獨守空閨，眼睜睜地看著他倆恩愛數年，直至死去，
幸好，上天給了她重生的機會，這回她絕不再活得這般卑屈了！

文創風 1186 2

雖然沒能重生回嫁人前，但在夫婿帶小嬌娘回來的前幾天也就先忍著，
靜候他帶人回來，然後毫不留情地帶上所有奴僕及嫁妝「走」回娘家，
沒錯，她就是要讓所有人知道，她要和離，不要這忘恩負義的夫婿了！
她沈七娘家大業大，憑啥夫家享盡沈家的好處，還要處處羞辱、折磨她？
前世嫁人後她沒回過一次娘家，連至親手足們的葬禮都未能出席，
如今為了和離，她開先例將夫家告上官府，一如當初非君不嫁的轟轟烈烈，
這般憋屈的小媳婦，誰愛當誰去當，她即便壞了名聲也不再受這委屈！
大不了她不再嫁人便是，她都死過一次了，還怕這種小事嗎？

文創風 1187 3

沈文戈養的小黑貓「雪團」不見了，婢女們滿院子都找不著！
結果，隱約聽見隔著一堵牆的鄰家傳來微弱貓叫聲，那可是宣王府啊！
傳聞中，宣王王玄瑰行事狠戾、手段毒辣，甚至還會烹人肉、飲人血，
可因他乃當今聖上的幼弟，兩人關係親如父子，沒人能奈他何，
偏巧母親不在家，無法上門拜訪尋貓，只能架上梯子親自爬牆偷瞧了，
畢竟奴婢們窺伺宣王府，若被抓到，都不知道要怎麼死了，
她好不容易爬上牆頭，眼前驟然出現一張妖魅俊美、盛氣凌人的臉，
這不是鄰居宣王本人，還能是誰？所以說，她是被逮個正著了？

文創風 1188 4 完

自從去過奢華的鄰居家後，她家雪團就攔不住，整日跑去蹭吃蹭喝，
害得沈文戈這個貓主人也不得不三天兩頭地架梯子爬牆找貓去，
結果爬著爬著，她甚至翻過牆去，和鄰居交起朋友來了，
時日一久，她才發現宣王這人身負罵名雖多，但人其實不壞，還老慣著她，
在他有意的疼寵之下，本已無意再嫁的她，一顆心漸漸落在他身上，
後來她才曉得，原來他竟是當年與她前夫一同在戰場上被她救下的小兵，
可他的嬤嬤說，他是個別人對他好一點，就恨不得把心都掏出去的人，
所以他對她好，全是為了報恩？還以為他是良人，原來是她自作多情了……

文創風
1194

小匠女開業中 1

國家圖書館出版品預行編目資料

小匠女開業中 / 染青衣著. --
初版. -- 臺北市 : 狗屋出版社有限公司, 2023.09
冊 ; 公分. --（文創風 ; 1194-1197）
ISBN 978-986-509-455-3（第1冊 : 平裝）. --

857.7 112012805

著作者	染青衣
編輯	安愉
校對	陳依伶
發行所	狗屋出版社有限公司
地址	台北市104中山區龍江路71巷15號1樓
電話	02-2776-5889～0
發行字號	局版台業字845號
法律顧問	蕭雄淋律師
總經銷	知遠文化事業有限公司
電話	02-2664-8800
初版	2023年9月
國際書碼	ISBN-13　978-986-509-455-3

本著作物由北京晉江原創網絡科技有限公司授權出版

定價280元
狗屋劃撥帳號：19001626
網址：love.doghouse.com.tw　E-mail：love@doghouse.com.tw